陈平原 著

图书在版编目（CIP）数据

故乡潮州 / 陈平原著 . —北京：商务印书馆，2022
ISBN 978-7-100-21559-6

Ⅰ.①故⋯　Ⅱ.①陈⋯　Ⅲ.①散文集—中国—当代
Ⅳ.① I267

中国版本图书馆 CIP 数据核字（2022）第 153247 号

权利保留，侵权必究。

故乡潮州

陈平原　著

商　务　印　书　馆　出　版
（北京王府井大街36号　邮政编码100710）
商　务　印　书　馆　发　行
北京中科印刷有限公司印刷
ISBN 978 - 7 - 100 - 21559 - 6

2022年9月第1版　　开本 880×1230　1/32
2022年9月北京第1次印刷　印张 12⅛
定价：88.00 元

目 录

辑一 回望故乡

003　如何谈论"故乡"

017　六看家乡潮汕
　　　——一个人文学者的观察与思考

042　乡土教材的编写与教学
　　　——关于《潮汕文化读本》

065　古城潮州及潮州人的文化品格

074　纸上的声音
　　　——从书展到月历

086　作为一种生活方式的古城

097　美食三柱

108　阅读趣味与地域文化
　　　——我读许地山、林语堂、丘逢甲、张竞生

126　《潮汕文化三人谈》小引

128　《一纸还乡》小引

130　《潮汕文化读本》序

132　"潮人潮学"开场白

135　《图说潮州文化》序

目录

辑二　故乡人文

141　俗文学研究视野里的"潮州"
152　在"爱国"与"爱乡"之间
　　　——以晚清潮州乡土教材的编写为中心
196　走向地方的新文化
　　　——《潮州民间文学选辑》总序
206　孤独的寻梦人
211　新文化运动的另一面
　　　——从卢梭信徒张竞生的败走麦城说起
229　自学成才的好处与困境
237　"为善"真的"最乐"
240　《潮剧史》小引
243　《旧影潮州》序
247　《行读天下》序
250　《造化心源——林丰俗作品展》序

辑三　自家生活

255　父亲的书房
261　父亲的诗文
265　永远的"高考作文"
270　子欲养而亲不待
274　未完成的"家族史"
288　不知茱萸为何物

— 目 录 —

- 291 乡间的野花
  ——回忆我的中学生活
- 297 五味杂陈的春节故事
- 303 扛标旗的少女
  ——我的春节记忆
- 309 冰糖鸡蛋
- 313 那是决定自己命运的关键时刻
- 323 教育的责任与魅力
  ——在韩山师院"陈北国际交流奖学金"颁奖仪式上的致辞
- 326 文化馆忆旧
- 333 山乡春节杂忆
- 341 农校子弟
  ——"洋铁岭下"之一
- 346 上学去
  ——"洋铁岭下"之二
- 351 逃学记
  ——"洋铁岭下"之三
- 356 我的语文老师
  ——"洋铁岭下"之四
- 362 《双亲诗文集》缘起
- 364 《学书小集》序
- 367 《游侠·私学·人文——陈平原手稿集》后记

- 370 后记：最忆是潮州

辑一 回望故乡

如何谈论"故乡"

如何谈论"故乡",这是一门学问,也是一种心境。什么是故乡,简单说就是自己出生或长期生活的地方。《史记·高祖本纪》录有刘邦《大风歌》:"大风起兮云飞扬,威加海内兮归故乡。"李白《静夜思》诗:"举头望明月,低头思故乡。"杜甫《月夜忆舍弟》:"露从今夜白,月是故乡明。"等等,等等。故乡又叫家乡、老家、故里、桑梓等。可别一听"乡"字,就以为是山村、边地或县以下行政单位;这里的"乡",也可泛指自己生长的地方或者祖籍。比如,你出生在北京或上海,那这里就是你的故乡。

科举考试时代,籍贯很重要;现代社会不一样,人口流动很厉害,原籍在哪里已没有多少意义了。以前填各种表格,都有籍贯这一栏,现在你拿护照看,改为出生地了。可这也不保险,很多人出生不久就离开,故乡的记忆照样很模糊。你低头思的是哪一个故乡,很难精确定义。1924年,周作人写《故乡的野菜》,其中有这么一段:"我的故乡不止一个,凡我住过的地方都是故乡。……我在浙东住过十几年,南京东京都住过六年,这都是我的故乡;现在住在北京,于是北京就成了我的家乡了。"这个态度我很喜欢——你曾经长期生活过的地方,无论乡村、小城或都市,都是你的故乡。

你我的故乡,很可能不止一个。因为,最近40年中国城市化进展神速,据国家统计局的数据:中国的城市化率,1949年是10.64%,1979年为19.99%,2018年已经是59.58%了。也就是说,当下中国,有一半以上人口生活在各大、中、小城市。很多人都跟你我一样,儿时在农村或小镇,每天与青山绿水为伴;念大学后,洗净了泥腿子,变成了城里人。今日繁华都会里很多衣冠楚楚的"成功人士",往上推一辈或20年,都是"乡下人"。这些有农村生活经验的"城里人",整个生命被裁成两截,一截在城,一截留乡。因此,今人的怀乡,大致包含三层意思,一是生活在都市而怀念乡村,二是人到中老年而怀念儿时,三是在互联网时代而怀念农业文明或工业文明。

在一个虚拟世界越来越发达、越来越玄幻的时代,谈论"在地"且有"实感"的故乡,不纯粹是怀旧,更包含一种文化理想与生活趣味。谈故乡,不妨就从自家脚下,一直说到那遥远的四面八方。今天就谈四个"乡"——乡音、乡土、乡愁、乡情。

学语言或文学的,喜欢抠字眼,"乡"通"向",四乡应该就是四方。《国语·越语下》:"皇天后土,四乡地主正之。"或者《庄子·说剑》:"中和民意,以安四乡。"这么说,四乡就是指四方。可我从小就说"四乡六里",或者"四乡邻里",那里的"四乡",除方向之外,似乎还包含距离。长大后游走四方,方才知道这是潮汕话,别的地方并不这么说。所谓"四乡六里",我的理解是看得见、走得到、摸得着、不太遥远的四面八方——包含地理、历史与人文。

一、关于"乡音"

"少小离家老大回,乡音未改鬓毛衰",唐人贺知章的诗句众口相传。此君浙江人,武周证圣元年(695)中进士、状元,而后长居长安,晚年回到故乡,写下《回乡偶书二首》。在朝当官,必须说唐代的国语(雅言),这跟自小熟悉的吴越方言有很大差别。几十年后回去,还能"乡音未改"吗?我很怀疑。在外谋生者,游走四方时,必须跟使用国语或各地方言的人打交道,不知不觉中,乡音就改了。前些年我在港中大教书,某次参加香港潮州商会雅集,恰好汕头电视台来录节目,希望大家都为家乡说几句。在场的人要不说粤语,要不说普通话,只有我自告奋勇,用自认为标准的潮州话侃侃而谈。可很快地,我就意识到自己语言笨拙乏味,都是简单的判断句,像初中生一样。事后反省,口音没变,语法没问题,但我离开家乡40年,这40年中涌现的大量新词及新的表达方式,我都必须在脑海里翻译一遍,才能磕磕巴巴说出来。这不太流畅的"乡音",还能说"未改"吗?当然,贺知章生活的时代,语言变化没有今天这么大,但长期在外生活的,说话不可能不受周围环境的影响,"乡音"其实很难保持纯粹。

这种尴尬局面,是方言区长大的人所必须面对的。我在《作为学科的文学史——文学教育的方法、途径及境界》(北京大学出版社,2016年)中,专门讨论为何二十世纪二三十年代的北大课堂一定要发放讲义,主要原因是教授们方音很重,北方学生听不懂。所谓"某籍某系",特指浙江籍学者在北大中文系占绝对主导地位,他们都很有学问，但讲课不无问题——有讲义那就好多了。等到1980年代我在北大教书，沟通没有问题，但南方口音依旧是个遗憾。可我没有自卑感，甚至半开玩笑说，北方朋友太可惜了，他们缺少方言与国语之间的巨大张力，语言敏感度不够。

八九十年代中国电影里的中共领袖，为何选择讲方言而不是普通话？中央文史研究馆开会，我提出这个问题，有知情人回答：当时电影主管部门曾召集各地影院负责人征求意见，问银幕上的毛泽东、周恩来、邓小平，到底该怎么讲话。80%以上的人认为，毛泽东应该讲湖南话、邓小平应该讲四川话，因为此前的电视新闻或纪录片已做了大量铺垫，大家对他们的声音有记忆，让他们在银幕上改讲字正腔圆的普通话，不好接受。于是有关方面规定，历史影片中，中共政治局委员以上讲方言，以下说普通话。当然，考虑到接受度，讲的都是改良过的方言或方言腔的普通话。正是在这种大背景下，大学老师上讲台，不用测试普通话，学生能听得懂就行。

最近这些年，常有年轻的潮籍朋友来访，若不特别说明，单从口音已经分辨不出来了。这让我既喜又忧。喜的是家乡普通话推广得很好，忧的是方言逐渐丧失。在大一统国家，因政治、经济、文化等因素，方言及地方文化日渐衰微，是个大趋势。幼教提前，影视发达，与此相应的是童谣消失，戏曲没落，这实在很令人遗憾。前几天跟香港的梁文道聊天，他在筹划用方言讲述历史文化，就选了粤语与上海话两种。其实，在我看来，后者都有点勉强。因政治体制及文化传统，目前只有珠三角尤其是香港的学者能用粤语开学术研讨会。这里说的不是日常沟通，也不是方言学会议，而是天上地下古今中外文史哲等,都能用方言来讨论,这大概只有香港能做得到。

1950年代我们的任务是推广普通话,如今则反过来,必须有意识地保护方言。以广东为例,广府、潮汕与客家三大方言区,其实兼及文化、经济与政治。若编地方文化读本,我不看好笼而统之的"岭南文化",而主张按方言区来编。《潮汕文化读本》(广东教育出版社,2017年)出来后,这个思路基本上被认可了。可惜的是,另外两个方言区的文化读本因各种原因,至今仍未落实。

《潮汕文化读本》各册前面的"致同学们",原来有一段话,正式出版时被删去:

> 举个小小的例证,与"乡音未改鬓毛衰"的上一辈乃至上几辈人相反,而今走出家乡的大学生,普遍乡音不明显。一方面是学校推广普通话,已经取得绝大成绩;另一方面,为了日后闯荡世界,方言区的孩子们也都自觉不自觉地远离方言。以致到了今天,谈及如何保护文化的多样性,必须从方言、童谣及地方戏曲入手。这一点,是以前从未想过的。

推广普通话与保护方言,二者如车之双轮,最好能并驾齐驱,因其背后的思路是国际化与地方性、国家与乡土、经济与文化。考虑到当下中国,方言及其代表的区域文化处弱势地位,需着力扶持。

最近为《潮州民间文学选辑》撰写总序,杨睿聪的《潮州俗谜》《潮州的习俗》和沈敏的《潮安年节风俗谈》今人阅读起来没问题,丘玉麟的《潮州歌谣》已经有些陌生了,到了方言小说《长光里》

（张美淦、钟勃），更是不得不借助注释。才不到百年时间，方言已经出现如此变异，下一代能否读懂并接纳方言作品，是个严峻的挑战。而没有文学滋养及学问熏陶的方言，会变得日益粗糙，且苍白无力。在这个意义上，不仅是方言学家，一般读书人也都有责任关注方言在当代中国的命运。

二、关于"乡土"

20多年前，在京都大学访学，有一天某日本教授问我，假如你是明清时代的读书人，从潮州到京城赴考，要走多少天，是水路还是陆路，路上怎么住宿，会不会被黑店老板做成人肉包子，还有，万一有机会参加殿试，你们潮州人能与皇帝沟通吗？说实话，当时被问住了，因我从没想过这些问题。多年后，读翁辉东等编《潮州乡土地理教科书》（1909）第五课"位置二"："居广东省城东北，相距一千六十里；北京之南，相距七千二百里。"这里说的不是空间的直线距离，也不是今天大家熟悉的铁路或公路，而是根据当年的驿站路程统计的。假如你是潮州府的读书人，一路过关斩将，有机会到京城参加会试及殿试，那你该怎么

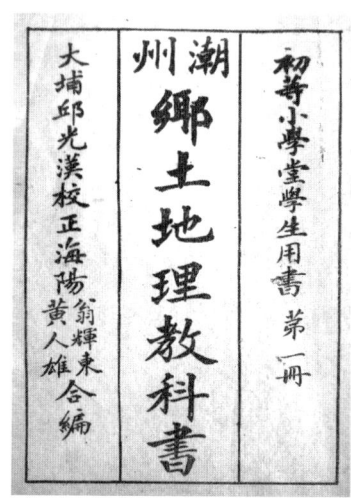

图1-1 《潮州乡土地理教科书》

走？查《明会典》及明隆庆四年休宁黄汴撰《一统路程图记》，大概是这么走的，从凤城水马驿（潮州），经过产溪水驿（丰顺）、灵山马驿（潮阳）、程江驿（梅县）、榄潭水驿（梅县）、北山马驿（惠来）、武宁马驿（惠来）、大陂马驿（惠来），继续往西走，来到广州，再折往北，经过清远县、英德县、曲江县、大庾县等，出了广东，再往北一直走，走走走，来到了今天河北的涿州，60里就是良乡县，30里到达卢沟河，再走40里，终于进了顺城门。记得1904年清廷颁布《奏定初等小学堂章程》，规定小学一、二年级应注重乡土教育，其中地理课程的教学宗旨是"养成其爱乡土之心"，具体内容包括"方向子午、步数多少、道里远近，次于及附近之先贤祠墓、近处山水"等，再加上"舟车之交通"，逐渐由近及远。现在交通发达了，近处搭高铁，远处乘飞机，沿途的风光及险阻均被忽略，家乡的位置也就变得十分模糊。

我之关注乡土教育，有学理思考，有历史探究，也有现实刺激。去年在韩山师院潮州师范分院讲《乡土教材的编写与教学》，我提及现代中国著名社会学家、民族学家、教育学家潘光旦的《说乡土教育》（1946）。在这篇半个多世纪前的文章里，潘先生感叹"近代教育下的青年，对于纵横多少万里的地理，和对于上下多少万年的历史，不难取得一知半解"，可唯独对于自己的家乡知之甚少。你问"他从小生长的家乡最初是怎样开拓的，后来有些甚么重要的变迁，出过甚么重要的人才，对一省一国有过甚么文化上的贡献，本乡的地形地质如何，山川的脉络如何，有何名胜古迹，有何特别的自然和人工的产物"，他很可能瞠目结舌，不知如何应对。

不瞒大家,我在北大接待家乡来的优秀学子,经常碰到这种尴尬的局面,很想跟他们聊聊家乡的事,可聊不下去。谈移民路线、方言形成或韩愈治潮的虚实,那属于历史,不懂可以原谅;说1991年潮汕三市分立的故事,以及当下各市的发展情况,他们也都没有我知道得多,而我已经离开家乡四十多年了。换句话说,今天的孩子们,从小心无旁骛,一心只读圣贤书,好不容易考上了北大、清华,更是胸怀全世界,不把小小的家乡放在眼里。高考压力山大,教材日趋一统,城市迅速扩张,科技日新月异,对于年轻一代来说,故乡变得可有可无。

从晚清提倡乡土教育,到我们编写《潮汕文化读本》,都是关注当地的自然环境、人文历史、文学艺术、物产及人情等。只不过时代不同,今天的读本可以编得更精致,也更实用。从家庭、邻里、地区,说到社会、国家、世界,如此由近及远的目的,是希望保留学习认知过程中的温度与情感。在一个越来越同质化的时代,多元文化的保存以及个人的独特体验,其实很重要。

刚才提及杨睿聪1930年印行的《潮州的习俗》,那本书虽在潮州制作,封面设计挺好看,还请了钱玄同题写书名,书中更以补白形式,引入周作人、江绍原、何思敬以及《国立中大民俗周刊》的言论。其中岂明《水里的东西》称:"我们平常只会梦想,所见的或是天堂,或是地狱,但总不大愿意来望一望这凡俗的人世,看这上边有些什么人,是怎么想。社会人类学与民俗学是这一角落的明灯,不过在中国自然还不发达,也还不知道将来会不会发达。"这段文字,乃周作人1930年5月所写的"草木虫鱼之五",收入

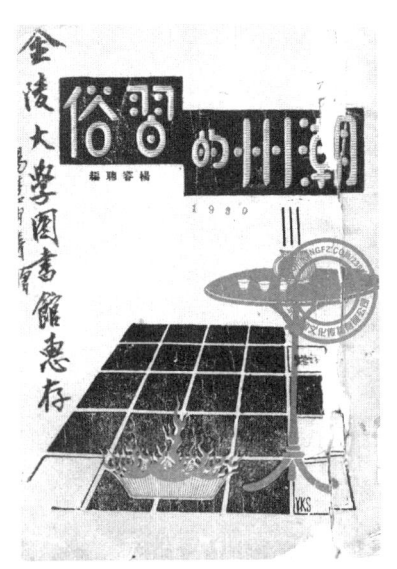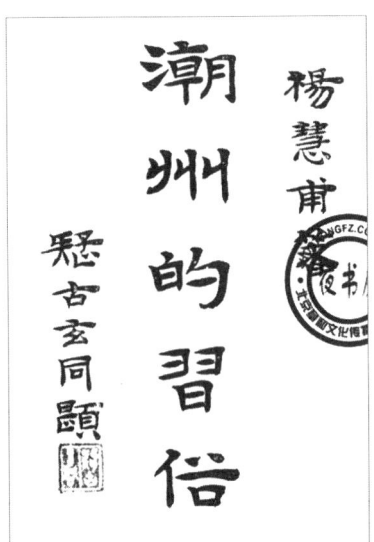

图 1-2 《潮州的习俗》

《看云集》。主旨是谈论"凡俗的人世",从自己家乡的"河水鬼"以及日本的"河童"说起,辨析传说与信仰背后的历史与人情。"我愿意使河水鬼来做个先锋,引起大家对于这方面的调查与研究之兴趣。"其实,谚语、童谣、节庆、习俗、信仰、禁忌等,都包含深刻的民心与哲理,关键是能否读懂它们。借用周作人为另一个潮汕人林培庐编的《潮州七贤故事集》所写的序言(1933):"歌谣故事之为民间文学,须以保有原来的色相为条件",切忌将其文艺化,也不要忙着褒贬。第一是实录,第二是阐释,第三才是传承。可以剔除过于荒诞不经的部分,但建议放长视线,不要太急功近利。所谓"旅游开发",并非传播乡土文化的最佳路径,因其容易走向过分商业化。

三、关于"乡愁"

朋友们见面,聊各自的故乡,有眉飞色舞的,但更多的是忧心忡忡——尤其是从农村走出来的。去年起,我带着老学生们续编"漫说文化"丛书(共十二册),收改革开放四十年来各专题的散文随笔,其中《城乡变奏》这一册,含"城市记忆""城市之美""我的家乡""故乡疼痛"四辑,很明显,前两辑文章好,可选的也很多;谈故乡这一辑最弱,选了刘亮程、梁鸿、南帆、梁衡等八篇,还是不太满意,感觉没超过"五四"时期乡土小说的立场与趣味。

今天众多乡愁文章的模型,乃鲁迅1921年所撰小说《故乡》。"我冒着严寒,回到相隔二千余里,别了二十余年的故乡去。时候既然是深冬;渐近故乡时,天气又阴晦了,冷风吹进船舱中,呜呜的响,从篷隙向外一望,苍黄的天底下,远近横着几个萧索的荒村,没有一些活气。我的心禁不住悲凉起来了。阿!这不是我二十年来时时记得的故乡?我所记得的故乡全不如此。我的故乡好得多了。"不仅仅是故乡颓败的感慨,鲁迅更反省"我"和闰土关系微妙而又不可逆的变化,追怀"海边碧绿的沙地"以及"深蓝的天空中挂着一轮金黄的圆月",思考着地上的路是如何形成的。这当然是故乡书写的经典,但不该是全部。

鲁迅1935年在《中国新文学大系·小说二集》的"导言"中,谈及"乡土文学"的特征:"蹇先艾叙述过贵州,裴文中关心着榆关,凡在北京用笔写出他的胸臆来的人们,无论他自称为用主观或客观,其实往往是乡土文学,从北京这方面说,则是侨寓文学的作者。"侨寓他乡,怀念故土,在书写乡愁的同时,隐含着"眩耀他的眼界"。无论小说、散文、诗歌、戏剧,文体可以不同,谈"故乡"的心情与趣味相通。可此类话题谈多谈久了,容易滑向矫情。等而下之的,用怜悯的眼光及高高在上的姿态,俯瞰故乡贫瘠的土地以及不甚富裕的民众,欣赏自己的同情心。

鲁迅没提到的是,假如这个"乡土"不是偏远的贵州、榆关或山阴,而是上海、广州或北京,该如何书写,以及能否纳入"乡土文学"的论述范围。这就说到文章开头提及的"故乡"不仅是边地或乡村,还可以是都市或像潮州这样的小城。十几年前指导一位韩国留学生撰写博士论文,她一反国人基于京海对立的预设而将二十世纪二三十年代的北平描写成"乡村气十足的城市",借用好些当年韩国游客的文章,说明在那时的韩国人看来,北京已经很都市、很繁华了。请记得,城市的大小与繁华程度,只是相对而言。我儿时生活在汕头农校,那是在洋铁岭下,在少年的我看来,潮州就是了不起的城市了。只要是远走他乡,即便从小生活在大都市的,也都会有乡愁。

不仅远走高飞的,几十年不离本乡本土的人,同样有自己的乡愁。比如感叹时光流逝,今非昔比。今天中国的城市或乡村,对照四十年或一百年前的模样,当然是面目全非了。怎么看待这种巨大的变化,可不能一味感怀"过去的好时光"。

这就说到乡愁的可爱与可疑。比如饮食,很多人感叹现在的食品不如以前好吃。尤其是游子归乡,都说这不是以前的味道。其实,儿时的记忆并不可靠,时间会过滤掉很多尴尬与不快,一次次追忆,强化了你我对故乡食物的美好印象。如果真的是"古早味道",你还不一定喜欢呢。再说,有什么理由要求故乡几十年不变?我们的口味及食品,其实都在变化,既要适应个体的味蕾,更得适应时代的风气。如何兼及想象中的故乡风味与现代人的感官享受,还有今天的都市怎么改,小城如何建,新农村应该是什么样子,这都是需要认真探索的。

今天的中国,诗意与痼疾兼有。谈故乡,不能太文艺腔,还得有历史感与现实关怀,否则会显得很矫情。"乡愁",这本是个很好的词,挺优美的,可近些年似乎被玩坏了。记得《中国在梁庄》和《出梁庄记》的作者梁鸿,在一次演讲答问时脱口而出:"现在一听到'故乡''乡愁'这样的词就头皮发麻,就想呕吐。想呕吐不是说不爱'故乡''乡愁'这些词了,而是因为它叙说太多太多了,我们反而把它忘掉了。如果今天一定要谈'故乡'对我意味着什么,我说,实在是难以承受之重。"(《梁鸿:听到"故乡"和"乡愁"就呕吐》,腾讯文化,2015年3月17日)确实,就像梁鸿提醒的,今天谈故乡,聊乡土,说乡愁,切忌把它抒情化、田园化、牧歌化。

四、关于"乡情"

为何桑梓情深,因为那是我的家乡,谈论它、了解它、传播它,与其说是为了家乡,不如说是为了自己。很多人客居异乡,猛然涌上心头的是"三十功名尘与土,八千里路云和月",该到为家乡做点事的时候了。读书人除了知书达理,还讲剑及屦及。坐而言,起而

— 如何谈论"故乡" —

行,若你真想改造社会,不妨就从自己熟悉的故乡做起。

我在北京已经生活了35年,照周作人的说法,北京也是我的故乡。2001年起,我好几回在北大讲授"北京研究"专题课,主持相关国际研讨会,出版《北京记忆与记忆北京》等。有感于很多人在北京生活多年,对这座八百年古都及国际性大都市毫无了解,也不感兴趣,前些年我撰写了《宣南一日游》(2012):"可惜不是北大校长,否则,我会设计若干考察路线,要求所有北大学生,不管你学什么专业,在学期间,至少必须有一次'京城一日游'——用自己的双脚与双眼,亲近这座因历史悠久而让人肃然起敬、因华丽转身而显得分外妖娆、也因堵车及空气污染而使人郁闷的国际大都市。"了解自己的故乡或脚下的土地,这不仅是知识积累,更是情景交融。学问讲求切己,如今的人文学者,很多人悬在半空中,表面上知识渊博,可那是电脑检索得来的。读书人的"接地气",常被解读为占据道德制高点的"关注底层",我的理解更为平实,那就是贴近时代,关注日常,接近民众生活,获得真实感受。

比起北京来,潮州更是我的故乡,若有可能,当然愿意为其添砖加瓦。虽然2001年教育部颁布《基础教育课程纲要》,提出国家、地方、学校三级课程管理的概念,乡土教育于是有了某种生存空间。但因没有硬性规定,远离高考成绩,在实际教学中,往往被忽视。有机会和朋友们合作编写《潮汕文化读本》,对我来说,无关业绩,更多的是还愿。这个过程很开心,至今想来,仍是美好的记忆。

有理想有才学的人,常常幻想一出手就惊天动地,否则,宁愿袖手旁观——这种心态很不好。每代人都有自己的得意与失意,不能坐等条件成熟。一眨眼,半辈子就过去了。凡过分追求完美的,结果很可能什么事情都干不成。胡适1929年12月为新月书店版《人权论集》撰写序言,引了佛经故事里的"鹦鹉救火":鹦鹉不问自家能力大小以及成功与否,只因"尝侨居是山,禽兽行善,皆为兄弟,不忍见耳"。这则故事的结尾很光明,"天神嘉感,即为灭火";可现实生活中,这样的感天动地极少见。做好事而不求回报,只是为了尽心尽力,这才是真正的乡情。

故乡确实不尽如人意,可这怨谁呢?你是否也有一份责任?对于远走高飞且在异乡取得很大业绩的你,在表达爱心与倾注乡情时,请尊重那些在地的奋斗者。说实话,家乡的变化,最终还是得靠坚守在本乡本土的朋友们。远在异乡的你我,即便能助一臂之力,也不能代替他们的思考与努力。错把故乡当他乡,还没下马就哇啦哇啦地发议论,以为可以复制你成功的异乡经验,那是不对的。误认的结果必定是乱动,最后很可能双方都不开心。理智的做法是,退后一步,明白自己的位置与局限,除了坚持《深情凝视"这一方水土"》[1],再就是因应故乡朋友的呼唤,小叩大鸣,在某个特定领域,略尽绵薄之力,如此而已,岂有他哉?

2019年3月8日于京西圆明园花园

(初刊《南方都市报》2019年3月20日)

---

1 《同舟共进》2006年第4期。

六看家乡潮汕

——一个人文学者的观察与思考

古往今来,"风景的发现"——即何人、何时、何地、因何缘故发现此处"风景殊佳",绝对是一门学问。你觉得"溪山行旅"很好,我以为"海上日出"更佳,他则认定"都市繁华"最值得入画,所有这些,很大程度系于观察的时机、角度与心境。因此,不同民族、不同时代、不同阶层,因生活方式与文化趣味迥异,均有可能发现属于自己的独特的风景。

中国人大都记得苏东坡的《题西林壁》:"横看成岭侧成峰,远近高低各不同。不识庐山真面目,只缘身在此山中。"此诗常被当作人生哲理解读,但忽略了其游客心态——此乃元丰七年(1084)苏轼游庐山那十几天写下的七首绝句之一。热心于谈论庐山的,还有另外两种人,一是从未来过,只凭书籍阅读,便展开无限遐想;二是本地人士,每天与之对话,闭着眼睛也能如数家珍。为何游客苏轼的诗最有名,这就说到发现风景的最佳视角,那就是能入能出,时内时外。

如果这风景恰好是你的家乡,你的观察必定带上感情色彩。因此,当你谈论这些乡土、乡音与乡情时,必须不时跳出"此山",兼及体认、表彰与反省,这才可能有深入的"观察与思考"。

一、远近高低各不同

我从小在潮安长大,念大学才走出家乡。多年后回想,自己离开潮汕时的感受,很像梁启超《新大陆游记》(1904)所描述的:

> 从内地来者,至香港、上海,眼界辄一变,内地陋矣,不足道矣。至日本,眼界又一变,香港、上海陋矣,不足道矣。渡海至太平洋沿岸,眼界又一变,日本陋矣,不足道矣。更横大陆至美国东方,眼界又一变,太平洋沿岸诸都会陋矣,不足道矣。[1]

一百年前如此,今天也不例外——从小地方走出去的读书人,很容易有这种感觉。初出家门,站在高处,回望自己的家乡,往往更多看到其缺失与遗憾。必须是饱经沧桑,方能以平常心看待自己家乡的利弊得失。记得唐代禅宗大师青原行思谈参禅:"参禅之初,看山是山,看水是水;禅有悟时,看山不是山,看水不是水;禅中彻悟,看山仍然是山,看水仍然是水。"远行的游子,大都经历这么一个曲

---

[1] 梁启超:《新大陆游记节录》,《饮冰室合集·专集》卷二十二第36页,上海:中华书局,1936年。

折回旋的过程。

十年前,《南方日报》组织了"广东历史文化行"系列报道,对全省范围内最具代表性的历史名人、文物遗址等做了系统表彰。我有幸应邀撰序,其中有这么一段:

> 如何深情地凝视你生于斯长于斯的"这一方水土",是个既古老又新鲜的挑战。说"古老",那是因为,在传统中国,类似地方志那样表彰乡里先进、描述风土名胜的著述不胜枚举。说"新鲜",则是随着全球经济一体化的迅速推进,保护文化的多样性成了一大难题。于是,发掘并呵护那些略带野性、尚未被完全驯化的"本土知识"或"区域文化",便成了学界关注的重点。[1]

警惕汹涌澎湃的全球经济一体化大潮彻底淹没文化的多样性,是我一直关注的话题。在2015年12月13日召开的"三亚·财经国际论坛"上,我再次提及:

> 在全球视野中,最近二十年的中国文化崛起,是很值得期待的。我关心问题的另一面,即中国文化内部的复杂性与多样性。相信大家都有切身体会,回头仔细看看,我们走出来的那

---

[1] 陈平原:《深情凝视"这一方水土"——〈广东历史文化行〉引言》,《同舟共进》2006年第4期;收入杨兴锋主编《广东历史文化行》,广州:南方日报出版社,2011年。

个家乡,已经完全不是原来那个样子了。三四十年间,众多青年才俊通过上大学告别原先生活的村镇或小城,来到大城市念书、工作并定居下来。多年后回去,你会发现,我们的家乡变了,最最关键的是,伴随着经济力量的横冲直撞以及大众传媒的无远弗届,原先相对封闭状态下形成的文化多样性,正迅速瓦解,并日渐消失。从建筑到衣着到习俗到娱乐方式,已经跟北上广等大城市差不多了,只是体量及质地下一二个档次而已。[1]

记得大学毕业时,同学间互相留言,我的本子上有这么一段:"潮汕平原很美,也很精致,可惜太小了。"我明白同学的志向与期待——在全国地图上寻找,我的家乡确实很小。这里的小,不只是面积与人口,还包括其在中国历史上的重要性。每当朋友或同事吹牛,说起自己家乡的山水、人物与故事,常常是他们说的我知道,我说的他们不晓得。不是我学问渊博,而是别人的家乡更知名,也更有影响力。只有说到潮州菜时,大家才一致首肯。

这就涉及潮汕人常挂在嘴边的"省尾国角"——这不仅是地理位置,也是经济力量,更是文化及心态。如此自嘲,虽不无道理,但需要重新反省。这里借用两位先贤的话,看能否催生出新的论述方式。

---

[1] 《陈平原:经济全球化推动力强大 实现文化多样性困难大》,财经网 2015 年 12 月 17 日。

梁启超在长文《世界史上广东之位置》(1905)中称：就中国史观之，僻居岭南的广东有如鸡肋；就世界史观之，地处交通要道的广东至关重要。从南路海道入手，梁启超论述广东交通的初开期、发达期、全盛期、中衰期、复苏期、过渡期，最后是"广东之现在及将来"，断言作为"世界交通第一等孔道"，"广东非徒重于世界，抑且重于国中矣"[1]。具体论述内容或粗疏，但思路值得我们借鉴：那就是参照系变了，学术思路以及评价标准都会随着转移。依此类推，谈论作为区域文化的潮汕，应着力发掘此前在大一统格局下被遮蔽的特殊价值。

原北大教授金克木1980年代写过一篇很有影响的短文《说边》："现在的人喜欢讲中心，不大讲边，其实边上大有文章可做。没有边，何来中心？中心是从边上量出来的。"这大有讲究的"边"，有空间的，有时间的，也有立场及思维方式的。"《阿Q正传》只写了几个点，都在边上。阿Q和赵太爷、和假洋鬼子、和小尼姑的冲突都在交界处。不见交界就是没见到整体。"[2] 这里讨论的，并非居中心者不能骄傲，而是身处边缘未必就黯淡无光，或许更有特立独行的潜质。当然，必须具有某种全局性思考，方能在交界处审时度势，突然发力。

林语堂说过一句俏皮话：中国历史上的皇帝大都出在津浦线两侧。1912年通车的津浦铁路，北起天津总站，南至江苏浦口，贯穿

---

1 梁启超：《世界史上广东之位置》，《饮冰室合集·文集》卷十九第76、92页。
2 金克木：《说边》，《燕口拾泥》第33—35页，杭州：浙江文艺出版社，1988年。

华北与东南。那是小品文，不是统计学，只能意会，不好深究。不算割据（南越王）或国外（郑信），广东因开发较晚，历朝历代没有在大一统帝国当皇帝的，连大官也都不太多。清末民初出了个临时大总统孙中山，那也是得益于梁启超所说的"世界史上广东之位置"。今日中国政坛，广东人的影响力依然不大，潮汕更是如此——说白了，这不是个搞政治的地方。

不搞政治不等于就没有好出路。撇开官场逻辑，身处"省尾国角"的潮汕，在多重视野中来回观察，交互作业，或许会有新境界出现。具体说来，引入粤东政经、岭东文化、韩江流域、闽南方言、潮人社团、大潮汕这六个观察角度，涉及地理、历史、方言、文化、习俗、行政区划、政治经济等，看是否真的能够"远近高低各不同"。

二、关于粤东政经

陌生人见面，总喜欢问是哪里人，我回答：广东人。人家马上说，这就对了，你讲粤语的，在香港教书最合适了。跟人家解释，我是潮汕人，讲闽南话。人家一脸茫然——讲闽南话，为何是广东人？是呀，潮汕历史上曾在眼下的广东与福建之间进进出出，直到唐开元十年（722），从隶属江南道改为由岭南道管辖，这才站稳了脚跟。谈论潮汕历史文化，一般都会提及明代《永乐大典·风俗形胜》中这段话："潮州府隶于广，实闽越地，其语言嗜欲，与福建之下四府颇类。"之所以行政上隶属广东，语言及风俗接近福建，就因为历史上有过如此拉拉扯扯。

行政区划的重要性，实在不容低估。定下来了，说你是你就是，今天不是，明天后天肯定是。长期的行政归属，有效地形塑一个地区的政治经济乃至风土人情。我们必须承认，潮汕人就是广东人，只不过讲闽南话，有自己的风俗习惯而已。行政区划的重要性，先落实为政治与经济，最后必定影响到文化趣味以及日常生活。即便你感觉被冷落，心里有气，可不服还是不行。

前几年若干原籍江西婺源的文化人签名上书，希望回归徽州。可你那个古徽州已经没有了，变成了黄山市，有家归不得呀。学者们呼吁保护老地名，效果很不乐观。这都是二十世纪八九十年代发展经济为第一要务的后遗症。云南的思茅变成了普洱市，迪庆藏族自治州首府中甸则改名香格里拉，经济效益都很好。思茅与中甸作为行政区划，只有几十年历史，改名换姓问题不大。徽州就大不一样了。从宋徽宗宣和三年（1121）改歙州为徽州，统一府六县（歙县、黟县、休宁、婺源、绩溪、祁门），历经宋元明清四代，行政版图基本稳定，辖境大略等于今天的黄山市加上宣城市绩溪县，以及江西省的婺源县。谁都明白"徽商"及"徽文化"的重要性，可古徽州今天已分裂成三块，拼得回来吗？即便安徽省政府协调，宣城同意割舍，江西能放手吗？

若只是改名，让"黄山"重回"徽州"，那比较简单。但如果行政区划变动，问题可大了。以桐城为例，真让人啼笑皆非。不说唐宋元明的故事，单是清乾隆年间"天下文章其在桐城乎"的惊叹，就让所有读中国文学史的人都记得这个名字。可桐城文章今何在？原本的桐城，1950年代分裂成桐城、枞阳两县，因都隶属安徽省安庆市，问题不大。2015年10月13日，国务院批复同意将枞阳县划归铜陵市管辖。如此一来，枞阳人方以智、方苞、刘大櫆、姚鼐、吴汝纶等都成铜陵人了。于是，铜陵市的自我介绍，除了强调采冶铜的历史绵延3000年，再就是"桐城文化的发源地"。今年报载铜陵市文联开会，要求文艺工作者就如何弘扬"铜、桐"文化出谋献策。我开玩笑说，这只能叫金木文化。

说到底，一千多年的行政归属，潮汕人的文化认同是广东，而不是福建。即便多有抱怨，但这个事实一时半会改不了。前些年网上热炒的重定行政区划，设立以潮汕三市以及厦泉漳为主体的"厦汕省"，乃民间的自娱自乐。传得最厉害的时候，政府曾出面辟谣。仔细想想，重新划界，你潮汕就会成为中心并迅速获益吗？不会的，那时怨气可能更大。与其不断抱怨领导偏爱珠三角而忽略粤东，不如反省"人杰地灵"的潮汕，为何落到如此地步。最近这些年，看统计数字，真的是触目惊心。好在回家乡看父老乡亲的实际生活，并不像数字显示得那么悲苦，这才略为宽心。但不管怎么说，最初四个经济特区里，汕头叨陪末座，这是不争的事实。想当年，改革开放大潮初起，潮汕欣欣向荣，可惜没有抓住机会，小聪明误了大事业。不能怨天，也不能怨地，只能怨自己不争气。

在广东的视野内，无论地理位置还是政治权力，潮汕都是边缘。但有一点，潮汕的文化教育，不比珠三角差。你到广州各高校以及科研单位看看，潮汕人的比例很高，且不乏特别优秀的。至于商业才华，那就更不用说了。换句话说，或许正因身处边缘，在政治上没有多大发展空间，于是形成了重文教、擅经商的传统。所谓"朝中无人"，其得失利弊需仔细分梳。古人说"祸福相依",不是没道理的。过于依赖官场人脉,得意时,固然很容易"跑部钱进";失意呢?那可是塌方式的陷落。政坛上,潮汕人从来没有大起,因而也不会大落,心态比较平和,这也有好处,起码可以集中精力做自己想做且能做的事。

三、关于岭东文化

谈及广东,不能不涉及"岭南"这个词。不做历史考辨,今人所说的岭南,一般指广东、广西、海南、香港、澳门五省区;至于江西、湖南那些位于五岭以南的县市不在其内。你问我潮汕文化是不是岭南文化,我的回答是:说岭南没错,说岭东更准确。

谈"岭东",不全然是地理概念,更关切的是历史及人文,约略等于今天的潮汕以及梅州市。所谓"潮客一家亲",一是历史上行政区划来回变动,二是经济往来密切,你中有我,我中有你。虽然方言不同,但风俗相近,属于同气连枝。因此,潮汕学者谈岭东,一定要关注梅州以及客家文化。眼下的梅州市,包括2区1市5县,人口543万,加上旅居海外的华人华侨700多万,实在不可小觑。这里同样文教

图1-3 黄遵宪故居

昌盛，我参观过黄遵宪（1848—1905）、丘逢甲（1864—1912）、叶剑英（1897—1986）、林风眠（1900—1991）等名人故居，允文允武，有学有艺，真的人才辈出。

饶宗颐先生曾提及："研究雍正以前的潮州历史，梅州、大埔都应该包括在内，这说明客家学根本是潮州学内涵的一部分，不容加以分割的。"[1] 考虑到历史上分分合合，现实中各有利益，最好互相尊重。既然"客家学"已经独立，"潮学"可与之结盟，不必谋求取而代之。只是在"岭东文化"的视野中，二者可以互相支援。

为了说明这个问题，不妨追忆兴宁的两海会馆以及汕头的岭东同文学堂。前者创建于清嘉庆十一年（1806），因此地乃明清两代水路交通枢纽，聚集不少潮州商家，故集资兴建了这一联络乡谊的处所，人称"潮州会馆"。至于原籍嘉应的丘逢甲1899年在潮州开办"东文学堂"，后迁至汕头并改名为"岭东同文学堂"，其开展新式教育，在潮汕历史上更是大名鼎鼎。十多年前，我撰写《乡土情怀与民间意识——丘逢甲在晚清思想文化史上的意义》，曾论及"丘逢甲之所以能够由'归籍海阳'而迅速融入潮汕文化，除了祖上屡次迁徙养成的热爱乡土的'不二法门'，更有潮、嘉两州地理相邻、习俗相近、经济互补，比较容易互相渗透的缘故"；"而日后创办岭东同文学堂，其《开办章程》所透露的目光，依然将潮、嘉及闽南视

---

[1] 饶宗颐：《潮州学在中国文化史上的重要性——何以要建立"潮州学"》，黄挺编：《饶宗颐潮汕地方史论集》第572页，汕头：汕头大学出版社，1996年。

图1-4　汕头同文学堂（2016年重修）

为一体"[1]。此文关于丘逢甲如何"由于台湾经验，希望沟通潮、嘉、惠与漳、汀、泉各州，创造真正意义上的'岭东文化'"的论述，很得与会者的赞赏，纷纷希望我多加阐述。可惜我研究不足，没有能力深入展开。

我注意到去年（2015）韩师校友在韩山师院内捐资创建了公益性的韩山书院，用来追怀那所始建于宋淳祐三年(1243)、惠及岭东各地民众的千年书院；而其组织的第一次大型学术活动，正是以"国学与岭东人文研究"为题[2]。既然历史上"潮客一家亲"，在韩山

---

[1] 陈平原:《乡土情怀与民间意识——丘逢甲在晚清思想文化史上的意义》,《潮学研究》第8辑，广州：花城出版社，2000年；收入《当年游侠人——现代中国的文人与学者》,北京：生活·读书·新知三联书店，2006年。

[2] 参见《国学与岭东人文研究系列学术活动韩师举行》,《羊城晚报》2015年6月25日。

师院与嘉应学院讲学时，我积极游说，希望在"岭东文化"重新崛起的背景下，推动"潮学"与"客家学"携手共进。

四、关于韩江流域

很多人记得宋代词人李之仪的《卜算子·我住长江头》："我住长江头，君住长江尾。日日思君不见君，共饮长江水。此水几时休，此恨何时已。只愿君心似我心，定不负相思意。"毫无疑义，这是情诗，可我却读出另一种味道——为何共饮一江水值得如此起兴？那是因为，在前现代社会，这就意味着密切的经济交往与文化传播。

有两个大家耳熟能详的新词，足以说明饮那一条江的水有多么重要。一是"泛珠三角"计划，也就是沿珠江流域的广东、福建、江西、广西、海南、湖南、四川、云南、贵州九省区，加上香港和澳门两个特别行政区；一是1985年成立的"长江沿岸中心城市经济协调会"，如今已发展到包括沿江七省二市的27个成员城市。二者都主张加强合作，共谋发展，但如此庞大规模，如何有效操作，实在看不懂；我只想说说水系的重要性——首先是经济联系，而后是人口流动、文化交流，自然而然就会形成某种利益共同体。

在"泛珠三角"计划中，广东是唱主角的；可我们潮汕人不饮珠江水，也没在此宏大计划中明显获益。大多数潮汕人饮的是韩江水，而韩江流域的范围涉及广东、福建、江西三省22市县。但在粤、闽、赣三省中，这些市县恰好都属于边缘。这马上让我联想起父母年轻时参加的闽粤赣边区纵队。这支共产党领导的武装力量，1947年5月成立，到1949年年底已发展到两万多人。二十世纪五六十年代，潮汕地区很多老干部，都是从这里走出来的。而所谓闽粤赣边区，其实就是韩江流域。当年打仗如此，今天发展经济，是否也可借鉴此思路？

不说发源于广东紫金的梅江，如何在三河坝与发源于福建宁化的汀江、发源于福建平和的梅潭河汇合，形成了干流总长470公里的韩江，就说生活在这流域面积三万多平方公里的人们，历史上曾经有过的密切联系。学者黄挺曾描述韩江作为交通干道以及明中叶以后商品经济发展，如何使得韩江流域的潮汕以及赣梅汀漳等，形成一个独立的经济区域。只是到了清末民初，由于航道淤积以及公路交通日渐发达，这一经济区域的联系松懈，并呈现缓慢的解体趋势。[1] 我关心的是，改革开放以后，为何韩江流域没有像珠江流域、长江流域那样，形成某种经济及文化共同体。在我看来，最主要的原因是，作为经济特区以及海港城市的汕头没有真正崛起，无法发挥带头羊作用。那是个千载难逢的好时机，汕头若能在发展自身的同时，拉动整个韩江流域的经济与文化，则今天粤东、闽西、赣南就不是这个样子了。机会稍纵即逝，到了1991年，作为地级市的潮州、揭阳分别成立，此后潮汕三市各自为政，汕头再也没有可能像上海或广州那样作为中心城市的区域凝聚力与影响力了。

报载去年潮州与梅州曾有潮客联手，合建"韩江绿色文化经济

---

1 参见黄挺《明清时期的韩江流域经济区》，《中国社会经济史研究》1999年第2期。

带"的设想。[1] 这是大好事，两边媒体都有报道，然后呢？似乎未见进一步行动。我担心的是，没有汕头加盟，只是半截子韩江，能做好吗？或许，从旅游业入手，重建韩江流域的经济及文化联系，更具可行性。沿江的古城（比如潮州）与小镇（比如三河坝）很具观赏性，何况还有山有海，可车可船，生态游、美食节、民俗表演、寻根之旅等，若能统一规划，历史上的潮、梅、汀、漳四州，说不定可以重新携手，各自获益。

五、关于闽南方言

先从一个美好的误会说起——到底谁是"海滨邹鲁"？大凡潮汕人，都会记得宋代诗人陈尧佐（963—1044）。陈在潮为官三年，修孔庙，建韩祠，发展教育，还撰有《戮鳄鱼文》等，当然，最著名的还是那句"海滨邹鲁是潮阳"（《送王生及第归潮阳》）。潮汕古称潮州，亦称潮阳，故潮人对陈尧佐的表彰很受用。

到漳州讲学，听他们自称"海滨邹鲁"，让我大吃一惊。再一检索，沿海地区大凡文化昌盛重教兴学之地，都喜欢这么自诩。所谓"海滨邹鲁"，不是潮汕的专有名词，还包括漳州、泉州、莆田、福州等。而且，整个顺序应该倒过来。因为，目前看到的最早称颂福州为"海滨邹鲁"的，是唐开元年间的《大唐故福州刺史管府君之碑》。而潮汕获此赞誉，是在北宋时期，明显差了一大截。其实很容

---

[1] 参见《潮客携手共建"韩江绿色文化经济带"》，《潮州日报》2015年9月11日。

易理解，大部分潮汕人的祖先是从泉州那边迁移过来的。

这就说到了方言问题。上引《永乐大典·风俗形胜》，已提及潮汕三市的"语言嗜欲，与福建之下四府颇类"。查全国方言地图，很容易了解闽南方言的区域分布。同属一个方言区，文化上会有很多交流（如戏剧等）；但潮汕人与海南人几乎不能对话。二十多年前，我第一次到台湾参加学术会议，与讲闽南话的台湾朋友也只是寒暄，无法深谈。看侯孝贤的电影《悲情城市》《戏梦人生》等，其中的闽南话对白，我半懂不懂。开始以为是因两岸长期隔绝，后来发现台湾人讲闽南话，接近泉州及厦门口音，与潮汕话颇有距离。

之所以关注方言问题，那是因为它代表一种文化；而这种透过方言传递的生活方式与文化趣味，正因经济全球化的大趋势而迅速衰退。在去年年底的"三亚·财经国际论坛"上，我谈及：

> 作为地域文化重要载体的方言，正日益退化。中国文化走向一体化的同时，丧失了很多本来非常可爱的东西。今天，除了粤语，几乎其他所有方言都没有很像样的用方言表达的学术会议。长期生活在本方言区的学者，或许还可以；像我这样离开家乡多年的，日常口语没有问题，用潮州话谈论学术问题，已经词不达意了。因为很多新词我都不会，得默想一下，经一番转化才能勉强说出。粤语因为有香港、澳门的特殊存在，加上广州地区学者有意识的坚持，还能用作学术语言。其他地方包括上海在内，都做不到了。这是长期推广普通话而歧视方言的语言政策造成的，需要略加调整。关注小城的物质及文化生

活，乃文化多样性的重要依托。[1]

关注方言的保护与使用，不能不提及相关的文学创作。因为，若长期得不到文学作品的滋润，方言会越来越干瘪，越来越粗俗，最后真的"不登大雅之堂"了。

去年（2015）上海作家金宇澄的《繁花》（上海文艺出版社，2013年）获第九届茅盾文学奖，引起很大轰动，除了市井、日常、网络等，更重要的是方言的改造与使用。与其遥相对话的，不是张爱玲或王安忆，而是晚清韩邦庆的《海上花列传》。此前一年（2014），香港作家黄碧云的《烈佬传》（天地出版社，2012年）获浸会大学主办的"红楼梦奖"——世界华文长篇小说奖。《烈佬传》讲述1950年代香港一名自11岁就沉沦于毒品与赌博，反复出入监狱，用半个世纪的努力才成功戒毒的"烈佬"的故事，人物对话多使用方言，完全可以理解。

不管是台湾还是香港，其对于方言的强调，带有浓烈的意识形态色彩，有文化自信，有商业因素，也有政治操弄。大陆相对简单些，方言写作的主要困难在于传播与接受。1960年代，广东名作家陈残云描写珠江三角洲的《香飘四季》（广东人民出版社，1963年），探索如何在长篇小说中有效地使用方言俚语；潮汕农民作家王杏元则撰有《绿竹村风云》（广东人民出版社，1965年），技巧上稍逊一筹，但对潮汕民俗及方言的使用，同样值得关注。

---

[1]《陈平原：经济全球化推动力强大 实现文化多样性困难大》，财经网2015年12月17日。

不同于说唱艺术，长篇小说流通全国，如何恰如其分地使用方言，需要某种自我节制。看过《繁花》初稿的《收获》主编程永新建议，对方言的使用一定要让北方的读者也能看得懂，据说金宇澄很认可：

> 在语言上，我不愿意它是一个真正的方言小说，要让非上海话的读者能看懂。整个过程，我用上海话读一句，用普通话读一句，做了很多调整。西方一种理论说，作家建立个性特征，在语言上要"再创造"，西方一些作家甚至故意用错字，或结结巴巴，或标点上有意变化，制造特征与障碍。就像画家，不能画得跟别人一样，要想办法改变。[1]

同样道理，潮汕方言要想入文，必须考虑外地读者。是方言，但尽可能让外地人连蒙带猜也能看懂，这需要选择与改良。前年我在揭阳演讲，同行的妻子被海报吸引住了，问什么叫"胶己人"。后来我想，若写成"家己人"，她就可大致猜出来了。还有，写"妹食"容易误解，"物食"就不会。我写《扛标旗的少女》时，曾再三斟酌"雅死"与"雅绝"，最后选择了后者，也是因为后者可以意会。

六、关于潮人社团

多年前听人谈起，潮汕人喜欢打群架，单凭口音，就能在异国他

---

[1] 姜妍：《弄堂里开出的文学"繁花"》，《新京报》2013年4月13日。

乡拔刀相助。现在当然没这回事了,但潮汕人爱抱团是出了名的。为什么抱团?因为是弱者,在恶劣的环境中,只有这样才能生存。二十多年前撰写《千古文人侠客梦》及《晚清志士的游侠心态》,曾专门探讨此话题。[1] 所谓特别重乡情,背后隐含这种辛酸。比如在广州,主流群体是广府人,经常抱怨潮汕人拉帮结派;而在东南亚,当地人也多感叹潮汕人太团结了。个体力量不够强大,没能单打独斗,移民之初,更需要抱团取暖。久而久之,海外潮人社团的力量不可低估。

在香港教书这七八年,我深刻体会到潮汕人的力量。据说香港人六分之一原籍潮汕,很多是第二代、第三代,已经不会讲潮汕话了,但向心力依旧。举个例子,作为学者的饶宗颐之所以影响这么大,与香港潮州商会的鼎力支持不无关系。2013年在韩山师院召开的饶学国际学术研讨会上,我提交了论文《"养"出来的学问与"活"出来的精神——现代中国教育史及学术史上的陈垣、钱穆、饶宗颐》(未定稿),其中谈及:"因历史传统与地理位置,潮州从来不是政治中心,这注定潮州出不了大政治家,但能出大商人,也能出大学者。我读传记资料,看早年潮州商人如何支持饶宗颐做学问,很是感慨。饶先生成名之后,为他办画展、编年刊、开研讨会、建纪念馆等,背后经常有潮州商会的影子。这是潮汕的特点,商人与学者,各走各的路,但因乡音与乡情而互相欣赏,互相支持,这在全国都是很特殊的,值得认真关注。"这里说的是民间风气,而不是

---

[1] 参见陈平原《千古文人侠客梦——武侠小说类型研究》,北京:人民文学出版社,1992年;《晚清志士的游侠心态》,《学人》第三辑,南京:江苏文艺出版社,1992年。

政府行为。

记得以前有"三个潮汕"的说法,即广义的潮汕人,本地一千万,海外一千万,国内各地还有一千万。当然,这里说的是原籍,包含移民及其后裔。这就说到了潮汕与东南亚的关系。因为早年出国谋生的潮汕人,80%是到东南亚。套用梁启超的说法,潮汕在中国史上不重要,在东南亚史上很重要。

从移民文化谈潮汕与东南亚的关系,潮汕学人做了很多工作。继侨批档案成功入选《世界记忆名录》之后,国内首个侨批文物馆移址扩容,重新开张,另外,相关成果不断涌现。作为学术课题的潮汕移民,我只能惊叹与歆羡,完全插不上嘴。唯一想提醒的是,改革开放以后,原籍潮汕的港澳及海外华人回家乡捐赠学校医院、投资办实业等,这同样值得认真研究。这是一段非常独特的历史,除了政府表彰,学界应该铭记与阐释。去年回潮州,曾应邀在陈伟南专题片中说几句话;今年见到潮州市领导,我建议保护修缮李嘉诚故居,并开展文物征集。捐赠固然值得表彰,经商也是一种非常重要的文化。[1] 多年以后,你到潮州走走,这边是学者饶宗颐,那边是摄影家陈复礼,还有公益大师陈伟南、商界奇才李嘉诚等,这小城你还不刮目相看?

1991年,饶宗颐在潮汕历史文献与文化学术研讨会上演讲,谈及地方文献与学术方向,举了两个例子:"潮汕人很会经商和向外开

---

1 年初在东京参观三菱史料馆,观赏岩崎弥太郎手书的范成大诗句"学力根深方蒂固,功名水到自渠成",印象极深,参见陈平原《"四国"行》,《书城》2016年第5期。

拓,这种特性,究竟是怎么形成的?这些问题都值得研究";"关于潮州瓷器的研究,我认为那是古代潮州历史文化的一个很重要的部分"。谈及前者时,饶先生以德国汉学家傅吾康为例,后者则是他自己撰写的《潮州宋瓷小记》[1]。我很高兴,最近二十多年,潮汕学人在这两方面都用心用力,做出了很大成绩。这里仅举两位学界以外的朋友,一是潮州市颐陶轩潮州窑博物馆馆长李炳炎出版了《宋代笔架山潮州窑》(汕头大学出版社,2004年)和《枫溪潮州窑》(岭南美术出版社,2013年),这两本专著是连专家也都赞叹不已的;一是正大集团副总裁、砚峰书院山长李闻海正凝聚学界与商界的力量,开展"潮商学"研究——后者我只见到相关报道[2],据说近日将推出第一批成果。

说到潮汕与东南亚的联系,一般人关注的是在外拼搏者如何衣锦还乡,以及帮家乡修桥建厂办教育。也就是说,本地民众期待在外拼搏的游子寄赠金钱,这仿佛是对方"天然的使命"。第一、二代可以理解,第三、四代呢?人家早就融入了所在国家或地区的经济与文化,除了原籍,没有多少实际联系。这个时候,所谓一千多万的海外潮汕人,不懂乡音,没有亲戚,未曾踏足故土,你让他们哪来那么多乡情?

我听不少在外拼搏的潮汕人谈起,有能力帮助家乡,是大好事,

---

[1] 参见饶宗颐《在"中国历史文献研究会第十一届年会暨潮汕历史文献与文化学术研讨会"上的演讲摘要》,黄挺编《饶宗颐潮汕地方史论集》第579—582页。
[2] 参见邢映纯《为天下潮商立学说——对话正大集团副总裁、砚峰书院山长李闻海》,《潮州日报》2015年9月21日。

但最好捐赠，不要投资。因为，捐赠有时限，投资无底洞。回家乡投资办实业，今天被表彰，明天被嘲笑，后天就从恩主变成了"人民公敌"。因为，在家乡人看来，拿你的吃你的，那是应该的，谁让你是我们家乡人。

上世纪好些年份，家乡蒙难，亲人嗷嗷待哺，从世界各地纷纷飞来的侨批，寄托了游子的无限深情。眼下情况大不一样了，中国越来越强大，成了世界第二大经济体，还不断出手支援其他国家，在外的潮汕人感觉很有面子，也就自然卸下了本就有点勉强的回馈家乡的责任。我相信，"侨批文化"一去不复返了。这个时候，建博物馆收藏此类资料，既见证历史，也表达感恩之心。

记得李光耀说过，中国只要解决制度性障碍，发展肯定很快。因为，当年走南洋的大都是穷苦人，文化水平不高；富裕的、能干的、文化水平高的，大都因害怕风浪，留在了国内。据说邓小平听了很感动。我则有点怀疑，如此表扬国内"人才济济"，隐含着某种讥讽。

什么时候，我们反过来思考，如何帮助那些漂泊在外的原籍潮汕的亲人——能力大小是一回事，有没有这个想法，考验我们的"侨务策略"。不仅仅是劝说捐赠，而是真心关注那些漂泊在外的游子，出名的以及落魄的，成功的以及困顿的，能捐赠的以及需要帮助的。

前些年在香港教书，我旁观香港潮州商会的活动，了解他们如何为潮人子弟设立专门的奖学金及研究基金，还为选择潮汕作为研究课题的博士生硕士生提供奖助等，觉得很有意思，曾专门就此请教会长陈幼南以及秘书长林枫林。因为,这让我想起1990年饶宗颐在第五届国际潮团联谊年会上的专题讲座,先是称海外潮人"团结精神表现最为特色,惟传播智识,发扬学术,其热诚则远比他处为落后,可谓勇于生财,而短于散财,能聚而不善于散";结尾则是:"我认为潮团在联谊之外,应该做出一些有建设性的行动,例如设置某种有计划有意义的学术性基金和奖金,来鼓励人们去寻求新的知识,继承唐代常(衮)、韩(愈)两位地方刺史'兴学'的精神,在海外培植一些人才,发展某些学术研究,这样才能使潮人传统文学有更加灿烂的成果,我想各位必会同意我的建议而努力去促其实现的。"[1] 我没有专门从事潮汕历史文化研究,见闻不周,但视野所及,包括商界、学界与政界,似乎都对"潮人"以及"潮学"的未来充满信心。

七、关于大潮汕

说过了粤东政经、岭东文化、韩江流域、闽南方言以及与东南亚的联系,左看右看、东看西看、上看下看,最后还是落到了大潮汕。

潮汕地区本来就不大,三市分立后,说话非常困难。你看我这次演讲,标题的图片包含潮州、汕头与揭阳。讲一下始建于宋代的

---

[1] 饶宗颐:《潮人文化的传统与发扬》,黄挺编:《饶宗颐潮汕地方史论集》第575—578页。

潮州广济桥,因其桥梁与浮舟结合的独特形式,被誉为全国五大古桥之一;回头叙述始建于南宋绍兴十年(1140)的揭阳学宫,乃岭南地区规模最大、保存最完整的同类历史建筑组群;话锋一转,又是汕头市小公园历史街区的环形放射状路网结构、中西合璧的骑楼建筑群十分可贵,值得好好保护等。你从我小心翼翼地兼及三市,可以看出目前潮汕文化研究的困境——每件事都必须兼顾三市,其实很不合理。经济上的过度竞争,包括港口设置问题(潮州港跟厦门有直接关系,揭阳惠来港跟中石油挂钩,汕头广澳港乃深水码头,据说地理位置优越),一时半会解决不了,谈文化问题,也都如此步步荆棘,那就很难有大发展了。

图1-5 揭阳学宫(陈高原画)

作为研究课题，太大把握不住，太小分量不足。放眼全国，要说大小适中且底蕴丰厚，我首推"徽学"与"潮学"。相对而言，"徽学"吸引更多海内外学者，"潮学"则基本上是潮汕学人在做。这与潮汕三市分立，大家都"宁当鸡头不当凤尾"，每件事都要说出个你先我后，让外人无所适从，有很大关系。我曾应邀参加安徽省文化战略规划，被问及为何安徽好茶那么多，在全国知名度却不高。我的回答很干脆：因为你们十大名茶，宣传时哪个都不愿意拉下。我喝过黄山毛峰、六安瓜片、太平猴魁、霍山黄芽、桐城小花等，确实都不错，可你要我记得这十大名茶各自的特点，而且口味要有"忠诚度"，那是做不到的。潮汕的单丛茶现在走出去了，在国内外都有知名度，那是因为我们共同维护这个品牌。先把牌子打响，做好了，下面再分产地与口味等，利益共享。

盘子本来就不大，若分得太清，说得太细，外界辨识率必定很低。互联网时代，无效信息铺天盖地，这个时候，符号建构很重要。必须删繁就简，面目清晰人家才记得住。放在整个国家乃至国际视野中，潮汕三市合力，尚且不一定能站稳脚跟；若各走各的路，必定越发显得微弱。我相信未来二三十年，随着经济结构转型以及生活方式改变，悠闲、清淡、精致、优雅的潮菜及潮人，会有很大的发展空间。当务之急是寻找潮汕人的共同记忆，建立合理的历史论述与未来想象。

年初《潮州日报》发表关于我的长篇专访，记者问我出任潮州市文化顾问时说的《潮州读本》进展如何，我的回答很窝囊："这只是发愿，还没弄好。我想请韩师的林伦伦、黄挺等朋友一起来做，他们比我更有经验。"[1]并非推卸责任,是我们面临共同困境。除了个人才华以及投入时间、精力等,还有就是如何突破小潮州的格局,从大潮汕的角度思考与表达。

曾设想劝某领导出面协调,后来打消此念头。因为官员主持,问题可能更复杂。2005年,《南方日报》组织的"广东历史文化行"系列采访活动很成功,为赶紧结集出书,催我写序。可这本《广东历史文化行》2011年方才由南方日报出版社推出。书迟迟不出,而我那篇序言先后在广东的报刊上发了三遍:第一遍是我送出去的(刊《同舟共进》2006年第4期),后两次是出版社作为预热或宣传。每回刊出都有稿费,可我心里很不安,人家会误认为我一稿多投。如此好书,为何一再延宕?我的猜想是:当初采访时为求便利,特别倚重各地官员;而领导起起伏伏,出版社也就只能修修补补。正可谓"聪明反被聪明误",吸取此教训,不敢再劝高官主持文化项目。

回到《潮汕读本》,我原先的设想是大潮汕的视野,以历史、语言、风俗、民情、文学、艺术为主体,兼及教育课本与文化读物,分小学、中学及成人三种,既要接地气,又得有高度。谁做都行,只希望有这样的书籍,能延续潮汕文脉,承传潮汕文化。说这些,是有感于重建大潮汕,作为政府行为目前有困难,那就先从文化做起吧。

(此乃作者2016年5月8日在汕头市举办的"2016潮学年会"上的主旨演说,节本刊《同舟共进》2016年第7期,全文刊《潮州日报》2016年7月12日)

---

1 邢映纯等《从小城走出来的大学者——访北大中文系教授、博士生导师陈平原》,《潮州日报》2016年1月19日。

乡土教材的编写与教学

——关于《潮汕文化读本》

今天谈"弘扬传统文化",必须兼顾高文典册与百姓日用——写在书本上,汇集成各种"皇皇大典"的,是"文化积累";活在乡野间,主要靠口传与实践的风土人情,同样是值得关怀的"文化承传"。而在整个教育体系中,后者的声音非常微弱——即便有"非物质文化遗产保护"这杆大旗可以略为借用。

任何时代的教育,从内容到形式,都不可能十全十美。敏锐地发现问题,指出缺憾,这不算太难;难处在于如何进一步完善,而不是按下葫芦浮起瓢。教育的事,关系千家万户,不到万不得已,别轻言推倒重来,最好采取补天而不是拆台的策略。目前由教育部统一规划的全国性义务教育,从宗旨、学制、课程到教学方式,乃现代中国无数教育家努力的结果,有很大的合理性,不是读经班或在家教育所能挑战的。当然,它也有不少遗憾,那就努力修补吧——引入乡土教育,就是其中一个重要环节。

所谓"传统文化的传承",并非只是背诵古诗文,单纯回到四书五经或唐诗宋词,那是没有出路的。教育必须与时俱进,寻求更加合理的教育理念与教学方式,此乃有责任感的读书人的共同愿望。知识从何而来,知书能否达礼,怎样学习更有效,哪些道理非深入体悟不可,还有,大传统与小传统的对话,往圣与今贤的交流,书本知识与日常经验的结合等,所有这些,都值得认真探究。借助晚清以及当下乡土教材的编写与教学,笔者希望能推进上述话题。以《潮汕文化读本》的编写为例,思考当下中国的读书人,如何超越小资情调的"乡愁",在教育实践中,情系家国,学通远近,文含雅俗。

一、相隔百年的对话

谈及乡土教育,晚清最后十年朝野的协力推进,值得我们认真借鉴。1904年1月13日,清廷颁布《奏定初等小学堂章程》,规定小学一、二年级应注重乡土教育,具体做法是——

> **历史**:尤当先讲乡土历史,采本境内乡贤、名宦、流寓诸名人之事迹,令人敬仰叹慕、增长志气者为之解说,以动其希贤慕善之心。
>
> **地理**:尤当先讲乡土有关系之地理,以养成其爱乡土之心。先自学校附近指示其方向子午、步数多少、道里远近,次及于附近之先贤祠墓、近处山水,间亦带领小学生寻访古迹为之解说,俾其因故事而记地理,兼及居民之职业、贫富之原因、舟车之交通、物产之生殖,并使认识地图,渐次由近及远,令其凑合本版分合地图尤善。

格致：先就教室中器具、学校用品，及庭园中动物、植物、矿物（金、石、煤炭等物为矿物），渐次及于附近山林、川泽之动物、植物、矿物，为之解说其生活变化作用，以动其博识多闻之慕念。[1]

一年多后，学务大臣责令编书局制作《乡土志例目》，发交各府厅州县，按目查考，依例编写，而后"呈请学务大臣审定，通行各省小学堂授课"[2]。若全都照章办事，则晚清的乡土教育不知猴年马月才能展开。好在与《奏定初等小学堂章程》同时发布的，还有《奏定学务纲要》，那里有"教科书应颁发目录，令京外官局、私家合力编辑"；而私家所纂教科书，"呈由学务大臣鉴定，确合教科程度者，学堂暂时亦可采用，准著书人自行刊印售卖，予以版权"[3]。发行量大且意识形态色彩浓烈的"伦理"或"国文"教科书，官方审查比较严格[4]；至于乡土教材则相对宽松多了，各省府县行政长官批准即可。

晚清的乡土志与教科书有密切联系，编写者不乏一身二任者，如翁辉东、黄人雄既编《海阳县乡土志》，也编《潮州乡土历史教科书》与《潮州乡土地理教科书》。但总的来说，乡土志有源远流长

---

1 《奏定初等小学堂章程》，璩鑫圭、唐良炎编：《中国近代教育史资料汇编·学制演变》第295—296页，上海：上海教育出版社，1991年。标点略有调整。
2 《学务大臣奏据编书局监督编成乡土志例目拟通饬编辑片》，《东方杂志》1905年第9期。
3 璩鑫圭、唐良炎编：《中国近代教育史资料汇编·学制演变》第501—502页。
4 参见王建军《中国近代教科书发展研究》第二章第五节"清末的教科书审定制度"第158—190页，广州：广东教育出版社，1996年。

的方志可资借鉴，更能显示学问与见识；教科书则完全是新起炉灶，重在教化与普及。前者若编得好，可纳入学术史考察；后者因追求浅白与实用，只能在教育史上论述。具体到编写者，前者可以是知县挂名（如广东修《新会乡土志》的蔡尧爔和修《新兴县乡土志》的邹增佑）；后者则大都是学堂教师执笔。这么说，似乎尊卑有序；可放在历史长河中，那些分门别类的教科书其实更值得关注，因其开启了一种新的教育形式。

晚清乡土文化教育以及相关教科书的编写，背后涌动着救亡图存的时代大潮。蔡惠泽（字润卿）为翁辉东等编《潮州乡土地理教科书》所撰"弁言"称："夫地理学之关系于爱国心至巨，爱国必基于爱乡，故乡土地理之编尤亟亟不容缓，潮州乡土地理又有甚焉者。"[1]这其实是那时候知识界的共识。引领这个编写乡土教科书潮流的上海国学保存会，1907年在其直隶、江苏、安徽、江西、湖北、广东等省"乡土历史地理教科书"的广告中，除了介绍"编辑宗旨""图书特色"，更强调其"功效作用"：

> 泰西各国教育，咸注重乡土史志一门。就其闻见中最亲切有味者以为教授，则记忆力与感觉力皆易粘触。所以感发其爱乡土心，由是而知爱国，其为效至巨。[2]

---

[1] 蔡惠泽：《〈潮州乡土地理教科书〉弁言》，《首版潮州乡土地理教科书》，海阳：创光编书社，1909年。

[2] 《国学保存会出版》，载黄晦闻《广东乡土历史教科书》封底，上海：国学保存会，1907年。

—— 辑一 回望故乡 ——

再往上追，你会在留日学生关于爱国须爱乡、爱乡必爱国的诸多论述中找到此说的滥觞。不过这位"序于汕头中华新报社"的蔡惠泽还是有所发挥——为何潮州人尤其应该学习乡土地理呢？因"我父老子弟之工商于南洋群岛者，波波相续，不可以数计"；而在外的潮州人之所以拒绝诱惑，不被同化，"盖于爱国心是赖"。在这个意义上，普设学校，"日以我潮州乡土地理教科书教育其子弟，其宜也"[1]。

短短几年间，从朝廷到民间竟一致认定，强化乡土教育，乃提振国人爱国精神的最佳途径。于是，举国上下，编写乡土教材蔚然成风。[2] 只可惜随着辛亥革命成功，朝代更迭，学制转变，此风潮也就迅速衰落。此后不同时期，虽偶有努力，再无如此规模与气势了。

传统中国社会缺乏国家观念，因此，必须通过乡土教育来培养国人的爱国心，那是晚清救亡图存大背景下知识界的思考。今天不一定了，我们谈论乡土，更多地基于文化多样性的考虑——经济全球化与文化多样性之间并不完全合拍，前者势如破竹，后者则举步维艰。这个时候，相对于欧美主导的"国际潮流"，我们讲"本土

---

[1] 蔡惠泽：《〈潮州乡土地理教科书〉弁言》，《首版潮州乡土地理教科书》。
[2] 关于晚清乡土教材编写的思想资源及实际运作，参见郭双林《西潮激荡下的晚清地理学》（北京大学出版社，2000年）第三章"晚清地理学研究与民族救亡"、程美宝《由爱乡而爱国：清末广东乡土教材的国家话语》（《历史研究》2003年第4期）、王兴亮《清末民初乡土教育研究》（四川大学出版社，2013年）第四章"'爱国之道，始自一乡'：乡土志书的思想资源及其表达"、李新《清末乡土教材的产生及其文化价值探微》（《湖南师范大学教育科学学报》2013年第5期）以及石鸥《百年中国教科书忆》（知识产权出版社，2015年）第207—231页。

情怀";相对于步调一致的"国家意志",我们讲"乡土意识"。简单点说,对外讲"本土",对内讲"乡土",都是立足当下,自居边缘,与中心展开积极对话,或拨乱纠偏,或拾遗补缺。谈论乡土,最好兼及理智与感情,超越"谁不说俺家乡好",拒绝片面的褒扬与贬抑,在自信与自省之间,保持必要的张力。

对于乡土的记忆与认知,并非自然而然形成,这与早年教育及日常经验有直接关联。十年前,我应邀为《南方日报》组织的《广东历史文化行》作序,谈及"如何深情地凝视你生于斯长于斯的'这一方水土'"[1];去年我撰写《六看家乡潮汕——一个人文学者的观察与思考》,结尾处提及《潮汕读本》的编写计划:"以历史、语言、风俗、民情、文学、艺术为主体,兼及教育课本与文化读物,分小学、中学及成人三种,既要接地气,又得有高度。"如今,这包含小学三册、初中一册的《潮汕文化读本》已经刊行(高中及成人分册尚在修订中),在书前的序中,有一段话可谓感慨系之:

> 一个时代有一个时代的偏见与难题,某种意义上,教育的任务就是帮助我们"纠偏"与"克难"。40年前的中国,刚从"文革"噩梦中醒来,年轻人满腔热情地拥抱那个完全陌生的外部世界。40年后的今天,随着互联网的迅速崛起,远在天边的人与事,不再遥不可及;反而是眼皮底下的日常生活,以

---

1 参见陈平原《深情凝视"这一方水土"》,《同舟共进》2006年第4期;作为序言,收入杨兴锋主编《广东历史文化行》,广州:南方日报出版社,2011年。

及那些蕴含着历史、文化与精神的习俗，因习焉不察，容易被忽视。因此，所谓的"世界眼光"，必须辅以"本土情怀"，我们的知识及趣味才不会出现严重的偏差。

今天谈乡土文化，没有百年前亡国灭种的紧迫感，但不等于问题不严重。即便你常居潮汕，家乡的历史地理、风土人情，同样不是自然获得。那些既近在眼前又远在天边的"乡土"，必须不断提醒与学习，才可能被记忆。

热爱家乡的历史、文化、风土、人情，这一般不会有异议；问题在于，这种乡土情怀，到底该怎样承传、如何发展，这就要说到《潮汕文化读本》的编写。

二、为什么是"潮汕"

江湖上行走，若被问及是哪里人，有多种回答方案：南方人、广东人、潮汕人、潮安人，甚至可以细到哪个镇哪个村。那么，讲授乡土文化，到底是哪个级别的呢？换句话说，你的"家乡"到底有多大，是省、是市、是县、还是村？

编写乡土教科书，首先必须界定"何为乡土"，这个问题从一开始就存在。《奏定初等小学堂章程》只是规定一二年级开设乡土历史、地理、格致三门课，每周各一节课，至于这乡土教材的编写范围，到底是省是府还是县，不做统一规定。这样一来，编写及使用哪一级的教材，其实是大有讲究的。假如你当年在潮汕某学堂教书，选用黄节编《广东乡土历史教科书》，那没有问题；如果你觉得不合适，愿意编潮州府或澄海县的乡土教科书，同样可以接受。

那当年的情况到底怎样？著名学者及诗人刘师培、陈去病、黄节等为江苏、安徽、直隶、江西、广东等省编写的乡土教科书就有15种[1]，因出自名人之手，虽系普及读物，仍然备受关注。即便如此，今日查阅这些教材，也都无法凑齐。至于其他人所编，散佚情况那就更严重了。

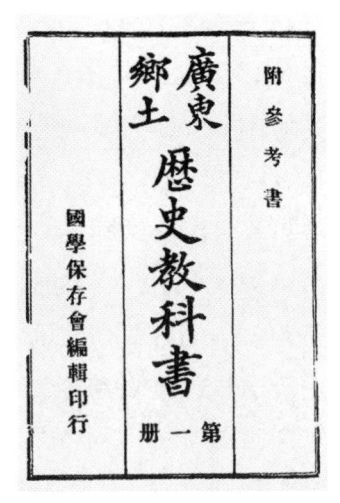

图1-6 《广东乡土历史教科书》

王有朋主编《中国近代中小学教科书总目》收录大陆及台湾17家大图书馆所藏教科书目录，其中"小学教材"部分专设"乡土教育"（中学及师范无此课程），仅收录了晚清乡土教科书25种。[2] 其中省一级最多，共19种。府一级的有汤寅臣编《扬州历史教科书》

---

[1] 上海国学保存会刊行了刘师培编《江宁乡土历史教科书》(1906)、《江宁乡土地理教科书》(1906)、《江苏乡土历史教科书》(1906)、《江苏乡土地理教科书》(1906)、《安徽乡土历史教科书》(1906)、《安徽乡土地理教科书》(1906)；陈庆林编《江西乡土历史教科书》(1907)、《江西乡土地理教科书》(1907)、《直隶乡土历史教科书》(1907)、《直隶乡土地理教科书》(1907)、《湖北乡土历史教科书》(1907)、《湖北乡土地理教科书》(1907)；黄晦闻编《广东乡土历史教科书》(1907)、《广东乡土地理教科书》(1907)、《广东乡土格致教科书》(1909)。

[2] 参见王有朋主编《中国近代中小学教科书总目》第261—263页，上海：上海辞书出版社，2010年。

（出版者不详，1908年）、林骏编《广州乡土格致教科书》（萃文书报会社，1909年）、翁辉东与黄人雄编《潮州乡土地理教科书》（剑光编书社，1909年）。县一级的则是马钟琇纂修《东安乡土地理教科书》（天津大公报馆，1907年）、马锡纯编《泰州乡土历史教科书》（泰州教育会劝学所，1908年）以及旧庐编《常昭乡土历史教科书》（城南商立学堂，1908年）。如此记载，当然有很多遗漏。比如潮州的乡土教科书，目前能找到的，就还有另外六种。

先说这三种县编乡土教材，都是大有来头的——这里的"东安"，不是湖南永州市东安县，而是清代直隶省东安县，1914年改安次县，现为河北省廊坊市安次区，居京津之间，位置很重要，单看该书由天津大公报馆印制，就可以明白其中道理。清代的"泰州"属扬州府，1996年"扬泰分设"，泰州由县级市升为地级市，现辖三市三区，2007年增补为中国历史文化名城。"常昭"指的是苏州府下面的常熟、昭文二县，清代有分有合；今天的常熟市乃副地级市，由苏州市代管，与潮州一样，是第二批中国历史文化名城（1987），不过经济比潮州好多了。[1] 单看这三种县编教材你就明白，敢于撇开省、府两级而另起炉灶的，必定是经济繁荣、文化发达的地区。

回到广东的情况。《中国近代中小学教科书总目》收录25种晚清乡土教科书，其中广东占了8种——除黄节编历史、地理、格致三种教科书外，再就是黄佛颐编《广东乡土史教科书》（时中学校，1906年）、岑锡祥、黄培堃编《广东乡土地理教科书》（粤东编译

---

1 常熟市2015年人均GDP达到21,748美元，为潮州的四倍，但愿后者是藏富于民。

公司，1909年)、蔡铸编《广东乡土地理教科书》(粤东编译公司，1909年)，以及林骏编《广州乡土格致教科书》、翁辉东与黄人雄编《潮州乡土地理教科书》。这里有偶然性，受这17大图书馆收藏的限制，如刘师培的《江宁乡土历史教科书》与《江宁乡土地理教科书》就没有列入；潮州只列一种，也远远不够。暂时以此"总目"为例，假设晚清编写乡土教科书，广东一省最为积极。

若以府为单位，则潮州不仅在广东，而且在全国，都很可能独占鳌头。因得到诸多学者的热忱帮助[1]，我看到的晚清潮州乡土教科书有以下七种：

（1）蔡鹏云编：《(最新)澄海乡土历史教科书》，澄海：景韩学校，1919年10月第十版（宣统元年［1909］？初版）

（2）蔡鹏云编：《(最新)澄海乡土格致教科书》，澄海：景韩学堂，宣统元年（1909）初版

（3）蔡鹏云编：《(最新)澄海乡土地理教科书》，澄海：景韩学堂（上海萃英书局印刷），宣统二年（1910）二月第四版（初版宣统元年［1909］？）

（4）郑邕亮编：《(最新)潮州乡土地理教科书》，揭阳：邢万顺书局，宣统元年（1909）？初版

---

[1] 在查阅及复制这些教科书时，我得到了韩山师范学院黄挺教授、林伦伦教授、陈俊华教授以及澄海文史专家陈孝彻老师，华东师范大学魏泉副教授，北京师范大学林分份副教授，华南师范大学杜新艳副教授，北京大学图书馆副研究馆员栾伟平等人的热忱帮助，特此致谢。

（5）翁辉东、黄人雄编：《潮州乡土地理教科书》，海阳：创光编书社，宣统元年（1909）初版

（6）翁辉东、黄人雄编：《潮州乡土历史教科书》，海阳：创光编书社，宣统元年（1909）初版，次年二月第三版

（7）林宴琼编：《潮州乡土格致教科书》，汕头：中华新报馆，宣统二年（1910）初版

晚清广东辖有九府四直隶州，府州这一级所编乡土教科书（不含乡土志），目前知道的，除了林骏编《广东乡土格致教科书》、萧启冈与杨家鼒编《学部审定嘉应新体乡土地理教科书》（启新书局，1910年），再就是潮州这七种了。随着考求深入，广府及嘉应的乡土教科书或许会增加，但大的格局不会改变。

那么，晚清潮州人为何热心编写乡土教科书呢？在我看来，理由很简单：第一，非主流；第二，有文化。这其实牵涉广东省内广府、潮州与客家这三大民系（或曰三个方言区）各自的自我定位。广府占主流地位，不管谁来编广东的"乡土历史"或"乡土地理"教科书，都必定以广府文化为中心。而比起嘉应州来，历史悠久且辖有九县的潮州府，当然更有资格编写自认为合适的乡土教科书了。除了教学需要、商业计较，这里还包含某种文化上的独立、自尊与自信。

这就说到今天编乡土教材，为何选择"潮汕文化"，而不是"岭南文化"或"潮州文化"作为基本框架。今天的潮汕四市，略小于晚清的潮州府（原本九县中的丰顺、大埔，现归梅州市管辖），但

基本风貌仍在。而今天作为行政区划的"潮州市",虽拥有"府城"的历史与光荣,但代表不了整个大潮汕。若以此为名,就像晚清的澄海县编教科书一样,会有难以克服的局限。蔡鹏云所编三书中,"格致"大致妥帖,因潮汕各地物产,本就大同小异;"地理"仅限澄海,已经有点画地为牢了;问题最大的是"历史",因"本书由《广东通志》潮府志澄海志搜摘纂录,间及正史,并采取近事"[1],虽也提及韩愈治潮(第一册第五课"文化肇于唐代"),但基本上局限于明嘉靖四十二年(1563)澄海建制后的人物与故事,必定偏于琐碎。

编乡土教材,范围太小,施展不开;范围太大呢,则很容易纠缠不清,且矛盾重重。不妨以"岭南文化"为例。考虑到地域文化与行政区划错综复杂的关系,今天讲"岭南文化",其实很憋屈——既甩开了广西与海南,又不好妄谈香港和澳门,只能在广东省所辖范围做文章。而且,广东省内三大民系,你还得努力做到"一碗水端平"。于是,评选"岭南文化十大名片",粤菜、粤剧、广东音乐、广东骑楼、黄埔军校旧址、端砚、开平碉楼、广交会、孙中山、六祖惠能,基本上都是珠三角的人物与故事[2],为了表示公平,再添上"潮州功夫茶"和"客家围龙屋"。明眼人一看,后两者显然属于"政策性照顾"。不是抱怨如此评选不公,而是感叹谈"文化"而局限于现有的行政区划,无论你怎么努力,都只能是全力以赴堵漏洞,很难有精彩的表现。

---

1 蔡鹏云:《(最新)澄海乡土历史教科书·编辑例言》,《(最新)澄海乡土历史教科书》,澄海:景韩学校,1919年10月第十版。
2 六祖惠能有点复杂,幼随父流放岭南新州,即今粤西云浮市新兴县,父亡随母移居南海。

去年8月,我应邀在广州289艺术PARK开园暨"新时代视野中的岭南文化"活动演讲,题为《岭南文化如何自我更新》,最后归结为以下三句话——第一,必须意识到,不管是教育还是文化,国际化与本土性,二者应并行不悖;即便做不到相互扶持,也别互相拆台。第二,理工科注重国际化,人文及社科对本土性有更明确的追求。政府倾向于发展科技,故国际化优先;而具远见卓识的民间人士,有义务经营好不断更新的"乡土文化"。第三,"上天入地求创新,雅俗并进图发展"。所谓"上天",就是国际化——至少也是全国视野,不满足于华南称霸;所谓"入地",就是努力接地气,关注自己脚下"这一方水土"所蕴含的地理历史、政治经济、风土民情,尤其是方言文化。[1]

在我看来,广东三大民系各有特色,全都不可低估,也都无法互相取代。若你想编写乡土文化教科书,最佳状态是行政区与方言区重合。这也是我为何认定"岭南文化读本"很难编好,而《潮汕文化读本》以及《客家文化读本》《广府文化读本》则大有可为的缘故。

三、乡土、儿童与文章

借鉴晚清乡土教科书编写的经验教训,我们今天完全有可能更

---

[1] 参见《289艺术PARK 陈平原对话熊育群:岭南文化要"雅俗并进"》(李培),《南方日报》2016年8月21日。

好地重建潮汕人的"乡土记忆",进而达成因"爱乡"而"爱国",以及保护"文化多样性"的目标。只是今人编写《潮汕文化读本》,不可能再像晚清那样,将乡土教育集中在小学一二年级,而必须拉长战线。之所以设计小学三册、初中一册、高中及成人一册,目的是由浅入深,依次递进,符合学习规律。此外,晚清学堂章程规定,乡土教科书分历史、地理与格致(物产)三种,本意是兼及时间与空间、人事与自然、物产与习俗;可分科太细,必定重床叠屋,既浪费课时,也很难编好。三科合一,以文本为中心,不求体系完整,但求片断精彩,这样,更适合于教学。

另外,今天的乡土教材,并非国家规定的必修课,要想在课堂上真正站稳脚跟,就必须有"统编教材"所不可及处。回过头来,总结与林伦伦、黄挺合作主编《潮汕文化读本》的特点,比较得意的有以下三点:第一,乡土气息;第二,儿童趣味,第三,文章魅力。

先说"乡土气息"。中国史视野中的往圣先贤,与潮州乡土志上的英雄豪杰,不是一个概念。之所以编乡土教科书,就是希望"采本境内乡贤、名宦、流寓诸名人之事迹",让学生们见贤思齐。中国通史不必谈论明嘉靖壬辰科状元林大钦(1511—1545),而潮州乡土教材则不能漏了他。翁辉东、黄人雄编《潮州乡土历史教科书》第三册第六课《林大钦讲学》:"林大钦,少聪颖异侪。嘉靖登殿撰,官词垣三年,乞养归。结庐宝云岩,与乡弟子讲贯六经,究性命之学。时人称东莆先生。"而我们编《潮汕文化读本》小学三四年级的第三课《林大钦对对子》,相对要有趣得多。

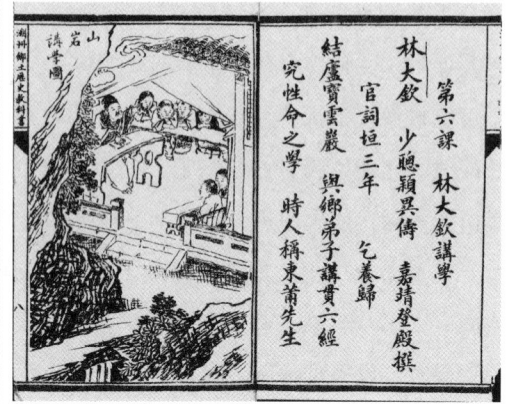

图1-7 《潮州乡土历史教科书》

更理想的例子是各地物产介绍。林宴琼编《潮州乡土格致教科书》编目有点杂乱,可课文有趣,以第三十三课《鳙、鱅》为例:

鳙(《本草》)一作鲋鱼,俗呼鳞鱼,大头细鳞,背青腹白,形扁。又,鱅(郭璞云)形似鳙,而色黑,其头最大,俗呼大头松。鳞之美味在腹,而松之美味在头。[1]

蔡鹏云编《(最新)澄海乡土格致教科书》,内页署"澄海乡土物产教科书"。第一册前三课教鸡、鹅、鸭,最后三课则是孔雀、犬、猫,这不算稀奇。有趣的是第二册,一半以上篇幅讲河鲜与海

---

[1] 林宴琼编:《潮州乡土格致教科书》第22页上,潮阳:端本学堂,1909年。该书《编辑大意》称:"是册多采郡邑志书乡土之动物植物矿物";"是册考据多以古籍为宗,课中皆旁注而标所自出"。

产,如河豚、石首、鲨鱼、墨鱼、虾蟹、龟鳖鲎、蚶、薄壳、日月蚝、九孔螺、田螺等。要说对于海产品的了解,潮州府中,海阳（潮安）不及澄海,大埔、丰顺更不要说了。至于同属广东的嘉应州,或省外的云南、贵州等,更有可能不知"龟鳖鲎"为何物。全国各地的谚语、俗语、歇后语,有的可意会,如闽台流行的"金厝边,银乡里""秀才人情纸半张""好马不食回头草",北方人也能看得懂；但有的则需要生活经验,如潮汕人喜欢说的"龟笑鳖无毛,蟹笑蜞无膏",不是生活在沿海,很难准确领会。

不满足于静止地介绍当地物产,《潮汕文化读本》一二年级第十三课《南风去了东风来》以及第十七课《雨落落》,借助童谣的吟唱,带出诸多海鲜与河鲜的介绍,除了兼及图像与声音（拜科技进步所赐）,还有文化百科、活动天地等,对于儿童来说,既新鲜,又有趣,相信教学效果会很好。

编写乡土教材,必须借鉴先贤所撰各种地方文献,但教科书的特点,决定了其不以专深见长,而更注重儿童的认知水平与接受能力。《奏定学务纲要》再三叮嘱:"盖视此学堂之程度,以为教科书之浅深；又视此学堂之年限,以为教科书之多少,其书自然恰适于用。"[1] 也就是说,学问大小不是关键,关键在于是否体现儿童趣味。晚清编写乡土教科书,体例上都遵循《学堂章程》的规定,如小学一二年级共四册,每册十八课,每课150字以内,文字尽量浅显,且配以插图等；最后,还可能提供教学参考书。可何为"浅显",不

---

[1]《奏定学务纲要》,璩鑫圭、唐良炎编:《中国近代教育史资料汇编·学制演变》第502页。

—辑一 回望故乡—

同人体会不一样；没有教过书的，往往忽略了儿童的接受特点。请看刘师培编《江苏乡土历史教科书》第一册第一课"上古时代江苏之情况"：

> 上古之时，江苏省地，属于苗族。有共工氏者，苗族之酋长，立国江淮间。其国南境，盖达江南。自伏羲、女娲以来，时与中国战争，以颛顼、帝喾二朝为尤盛。中国之所以不能通江南者，以共工氏阻其间也。历尧、舜、禹三朝，共工之余裔，悉为中国所平。是为江南省入中国之始，然其地仍为夷民所居。《禹贡》有岛夷，商有髽发文身之国，而商末之时，犹有荆蛮。盖自昔日江苏土著之民，与汉族不同者也。[1]

这还不算，为了落实《编辑大意》"凡课中事实，皆可考见，讲师由此可以得教授之法"的承诺，作者还在《江苏乡土历史教科参考书》这一课上，加了五个注，单是提及"共工"一句，就引了《国语》《左传》《淮南子》《楚辞》《史记》《逸周书》《书经》等。[2] 那是因为，此前一年他刚出版了《中国历史教科书》和《中国地理教科书》，博学多闻、驾轻就熟的刘师培，编写小学教科书时，依旧驰骋才华。而这样的教科书，虽很好看，但无法教。

---

[1] 刘师培编：《江苏乡土历史教科书》第一册第一课，万仕国辑校：《刘申叔遗书补遗》上册第508页，扬州：广陵书社，2008年12月。

[2] 参见刘师培编《江苏乡土历史教科参考书》第一册第一课，万仕国辑校：《刘申叔遗书补遗》上册第514—515页。

— 乡土教材的编写与教学 —

教科书的最大特点，在于不脱离学生的学习、思考及接受能力。在这方面，潮州的七种乡土教材全部出自教师之手：蔡鹏云是澄海景韩学堂的教习，后任该校校长；翁辉东、黄人雄是汕头同文学堂师范毕业生（见书后海阳县令签署的版权保护令），编书那两年在海阳县东凤育才小学堂、龙溪肇敏小学堂任教；林宴琼是潮阳端本学堂校长，郑鄂亮则是汕头正英学堂毕业生，编书时任该校教习，[1]这就难怪诸人编写的教材比较贴合学生的水平及趣味。比如，同样讲沿革，翁辉东等《潮州乡土历史教科书》第一册第一课只有两句话：

> 潮地唐虞时属南交，周始名海阳。秦汉置县，名曰揭阳，属南海郡。[2]

紧接着，第二课讲晋至隋，第三课说唐至明，第四课则从明成化言及当下，也都以几句话概括。如此教学内容，比刘师培编《江苏乡土历史教科书》简单多了。可即便如此，这种"从头说起"的历史课（不管是中国史还是地方史），其实与儿童趣味格格不入。单

---

[1] 参见林英仪《笃学力行 发扬潜幽——记潮州文史专家翁辉东》，《潮州文史资料》第27辑，政协潮州市委员会文史编辑组编，2007年；陈孝彻：《蔡鹏云其人其事》，《汕头特区晚报》2008年4月13日；潮阳县知县崔炳炎为林宴琼《潮州乡土格致教科书》作序，开篇即称"潮阳端本学堂校长林宴琼"；至于郑鄂亮的身世，见《翻刻地图澄海商埠审判厅案》，汪庆棋编、李启成点校：《各省审判厅判牍》第231页，北京大学出版社，2007年。

[2] 翁辉东、黄人雄编：《潮州乡土历史教科书》第一册第4页下，海阳：剑光编书社/庵埠肇敏两等小学堂，1909年。

图1-8 《潮汕文化读本》第一册

是那么多稀奇古怪的古人名字，就会把孩子们吓跑的。

有感于此，这回《潮汕文化读本》的编写，采取了专家学者与一线教师相结合的办法，兼及理论与实践，选择阶梯性的知识传授方式，第一册童谣、第二册故事、第三册古诗、第四册（初中）散文、第五册（高中）论文，让有关潮汕的历史、地理、文学、艺术、教育、科技等知识都隐藏在众多有趣的诗文中，经过多年讲习，力求"随风潜入夜，润物细无声"。

最后说说文章魅力。这其实是借鉴语文教材的编写经验——首先是好文章，而后才是知识与立场。一般认为，乡土教科书只是介绍相关知识，文章好坏不必太计较。如翁辉东等《潮州乡土历史教科书》第一册第十三课《韩愈善政一》：

> 韩愈因谏迎佛骨，被贬守潮。始设乡校，延赵德为师，文风渐盛。并创筑南北堤，为一方保障。[1]

第十四课《韩愈善政二》：

---

[1] 翁辉东、黄人雄编：《潮州乡土历史教科书》第一册第13页下。

> 潮城东北意溪中,有鳄鱼,为潮民害。韩愈投以猪羊,为文驱之,鱼忽去,民害始除。[1]

文字浅白,意思也没错,可就是文章不美——这可有点对不起韩愈这位大文豪。以潮汕的历史传统及文化水准,无论讨论什么话题,完全可以找到雅俗共赏的好文章。

过去只求把事情讲清楚,现在需要考虑逻辑推进以及文章美感。以韩愈对于潮州的重要性,三五句话是说不清的。《潮汕文化读本》起码有五篇课文牵涉这位大人物——小学三四年级第一、二课《韩愈祭鳄鱼》《留衣亭:韩愈与大颠和尚的故事》属于讲故事,小学五六年级第四课《谒韩祠》(清人吴兴祚)、第六课《韩山》(宋人刘允)则是古诗,再加上初中册第二十二课《古祠不老 文德永辉——潮州韩文公祠》(今人曾楚楠),如此步步推进,针对不同年级的学生,兼及韩愈业绩(知识)与后人追怀(文辞)。

引入文体的观念,注重文章的趣味,兼及声音与图像,这其实是吸纳语文课教学的特点。"乡土"不仅是话题、是材料、是知识、是情怀,同时也应该是好文章。二十多年前,为《漫说文化》撰序时,我提及选择一批有文化意味而又妙趣横生的散文分专题汇编成册,目的是让读者体会到:"'文化'不仅凝聚在高文典册上,而且渗透在日常生活中,落实在为你所熟悉的一种情感,一种心态,一

---

[1] 翁辉东、黄人雄编:《潮州乡土历史教科书》第一册第14页下。

种习俗,一种生活方式。"[1]在乡土教材的编写及教学中,这种打通古今、兼及雅俗、既日常又好玩的"文化",更有可能、也更应该得到充分的落实。

四、记得潘光旦的追问

我之关注乡土文化教育,有学理的思考,有历史的探究,也有现实的刺激。那天读现代中国著名社会学家、民族学家、教育学家潘光旦的《说乡土教育》,真的出了一身冷汗:

> 近代教育下的青年,对于纵横多少万里的地理,和对于上下多少万年的历史,不难取得一知半解,而对于大学青年,对于这全部历史环境里的某些部分,可能还了解得相当详细,前途如果成一个专家的话,他可能知道得比谁都彻底。但我们如果问他,人是怎么一回事,他自己又是怎样一个人,他的家世来历如何,他的高祖父母以至于母党的前辈,是些甚么人,他从小生长的家乡最初是怎样开拓的,后来有些甚么重要的变迁,出过甚么重要的人才,对一省一国有过甚么文化上的贡献,本乡的地形地质如何,山川的脉络如何,有何名胜古迹,有何特别的自然和人工的产物——他可以瞠目不知所对。我曾

---

[1] 陈平原:《漫说"漫说文化"》,《北京日报》1992年11月18日;收入《漫说文化》(与钱理群、黄子平合作),长沙:湖南教育出版社,1997年。

经向不少的青年提出过这一类的问题,真正答复得有些要领的可以说十无一二,这不是很奇特么?[1]

半个多世纪前的这段话,今天读来,依旧如芒在背。离乡多年,你我还记得湘子桥头的"二只𨱍牛一只溜"、笔架山下的宋窑遗址,或者凤凰塔塔尖那3米高的铁葫芦吗?

夜深人静,打开百年前翁辉东等编《潮州乡土地理教科书》,第三课:"吾潮土壤肥饶,人民富庶,海岸延长,岛屿环列,诚可爱之土地也。"[2] 不禁会心一笑,是的,谁不说俺家乡好!读到描述潮州位置的第四、五课:"潮城在北纬二十三度三十一分,东经一百一十六度五十七分";"居广东省城东北,相距一千六十里;北京之南,相距七千二百里。"[3] 猛然涌上心头的,竟然是"八千里路云和月"!

《潮汕文化读本·致同学们》开篇这段话,虽略嫌煽情,却是道出了乡土文化教育的真谛:

> 也许有一天,你会跑到很远很远的地方去求学、工作乃至定居,夜深人静,回想曾经生活过的潮汕——那些日渐远逝的乡音、人物与食品,说不定你会泪流满面。当然,你也可能长居潮汕,但千万别以为这么一来,家乡的历史地理、风土人

---

[1] 潘光旦:《说乡土教育》,《政学罪言》第63—64页,上海:观察社,1948年。
[2] 翁辉东、黄人雄编:《潮州乡土地理教科书》第一册第2页上,海阳:剑光编书社/庵埠肇敏两等小学堂,1909年。
[3] 同上书,第2页下、第3页上。

情,你就了如指掌。有关乡土的缤纷知识,并非自然习得,同样需要学习与提醒、关怀与记忆。

有感于高考压力山大,教材日趋一统,城市迅速扩张,科技泯灭距离,年轻一代的"空间感"被极度扭曲,而"寂寞的家乡"也正日渐消亡,你我不妨剑及屦及,就从发掘、传播、表彰我们理应熟悉的"乡土文化"做起。

2017年3月12日于京西圆明园花园

(初刊《潮州日报》2017年4月13日、20日)

古城潮州及潮州人的文化品格

诸位来自五湖四海，潮州只是你们无数游览中的一站；我虽是土生土长的潮州人，但长期生活在外，谈潮学也只是半桶水。今天诸位听到的关于古城潮州及潮州人的故事，乃外行人讲给外行人听，只求简单、亲切、自然。

今天诸位的游览，从1993年旧馆奠基、2006年新馆落成的饶宗颐学术馆开始，加上正在整修的下东平路305号饶宗颐故居莼园，这么安排显得很"人文"，但不是刻意为之。古城潮州确有深厚的人文底蕴，不过，比起经商与美食的名声来，还是稍逊一等。诸位的潮州行，没从商业入手，有其偶然性。几年前，我曾建议潮州市政府出面修缮李嘉诚故居并征集文物，因在我看来，"商业"也是一种非常重要的"文化"——在东京参观三菱史料馆，观赏岩崎弥太郎手书的范成大诗句"学力根深方蒂固，功名水到自渠成"，印象极深——可惜没有成功。潮人擅长经商，这点名声在外，甚至被称为"东方的犹太人"。此说虽不无道理，但我更想强调潮人的商业与文化并重，这点尤以"府城"潮州最有代表性。因为，要说企业家精神，现属汕头市的潮阳更为勇猛精进。

图1-9 饶宗颐学术馆（陈高原画）

关于潮州的历史沿革，诸位没必要了解那么多，知道清代以来的情况就可以了。乾隆三年（1738）以后的潮州府，下辖海阳、潮阳、揭阳、饶平、普宁、惠来、澄海、丰顺八县，合称潮州八邑，是离我们最近的"老潮州"。咸丰十年（1860），汕头港开埠，乃近代中国最早对外开放的港口城市之一。1921年，汕头市政厅成立，与澄海县分治。1955年9月，粤东行署治所从潮州迁往汕头，第二年改为汕头地区专员公署，辖潮安等18县和汕头市。我出生在潮州市，从小生活在已经降级的潮安县，晓得自己的家乡属于汕头专区。1981年10月，汕头经济特区成立，面积只有22.6平方公里。十年后，汕头经济特区扩大到整个汕头市，原汕头地区分为今天的汕头、潮州、揭阳三市。

若是外地人，谈论潮州，需要有参照系。谈清代一府八县的老潮州，建议对标一府六县（歙县、黟县、休宁、祁门、绩溪、婺源）的古徽州，二者都商业发达且文化繁荣。谈今天的粤东三市，则不妨与闽南三市做比较，因其都属闽南语系。很遗憾，与厦门、泉州、漳州相比，汕头、潮州、揭阳经济上明显落后——前者人口比后者大概多50%，可GDP总量约为后者的三倍。这么说吧，闽南三市属于福建的"领头羊"，而潮汕三市在广东则是"省尾国角"。十年前，第一次听潮州市委书记说我们下定决心，奋斗若干年，力争人均国民生产产值达到全国平均水平，我大吃一惊。可看乡亲们的日常生活，似乎还可以，起码并不贫穷。

这就说到古城潮州的特点，统计数字历来不好看，但其实"人杰地灵"。三年前，我在"2016潮学年会"上做主旨演说，提及：在广东的视野内，无论地理位置还是政治权力，潮汕都处边缘。但有一点，潮汕的文化教育，不比珠三角差。至于商业才华，那就更不用说了。换句话说，或许正因身处边缘，在政治上没有多大发展空间，于是形成了重文教、擅经商的传统。

谈潮汕不能就事论事，须放眼世界。据《2009全球潮商经济白皮书》称，侨居海外的5000万华人，五分之一是潮籍；前100名华人富豪中，将近30位来自潮汕；东南亚11国约70%资产掌握在华人手里，潮人居半。最近又见报道，说6000万海外华人中，潮人1500万，占四分之一。这些统计数字来自各地潮商会，或许有夸大的嫌疑，但潮人在海外力量很大，这点大家都承认。

—辑一 回望故乡—

说到潮汕,都说种田如绣花,当初是表扬,如今则成了讥讽——如此精耕细作,值得吗?要说地大物博,看看我们东北黑土地,或者人家美国,那才叫得天独厚呢。潮汕人口太多,土地资源有限,人均只有三分地,只好精雕细刻。潮汕手工艺特别发达,比如陶瓷、抽纱、木雕等,无不以"精细"见长,其实均根源于此。另外,乘红头船走南洋,以及今天常被提及的侨批文化等,当初也是因贫穷,被迫无奈出外谋生,历尽千辛万苦。可以这么说,潮州人的聪明与精细,很大程度是环境逼出来的。本地生存空间太小,"人才济济"的潮汕人,只好外出闯荡,爱拼才会赢,日后发展很不错。直到今天,如何留住本地精英以及延揽外地人才,仍是当地政府亟待解决的难题。

外出闯荡的潮汕人,除了聪明与刻苦,还有一点值得注意,那就是比较低调。都说在香港或深圳,潮商的力量特别大,平日里不显山露水,关键时刻大出风头。潮人之所以低调,一来深知政治之高深莫测,二来对经商有特殊兴趣。不是潮人特别清高,想学陶渊明"采菊东篱下,悠然见南山",而是本来就没有多少机会。历史上,这个地方不出政治家,当大官的极少。偶尔有,也是走出潮汕后的第二代。某种意义上,这是"省尾国角"的地理位置决定的——当官须有"老乡"提携,这在中国是公开的秘密。

聪明的潮汕人,躲过了当官的诱惑,着力经营商业与文化。记得某山东籍企业家一路造假,花钱买官做,落马时一查,竟然从未受贿。潮州人会说,何苦来哉!那是因为在山东,企业家远不如官员受尊重。潮汕不是这样,表面上大家也都奉承官员,力争为我所用，可实际上看不太起——自己赚钱才是第一位的。不光要会赚钱，还得悄悄地赚，特别忌讳大声嚷嚷。

国美电器的黄光裕落难后，好些潮阳人嘲笑他不该露富，要那么大的名声干什么？这就是潮汕人的特点，面子不重要，里子更要紧。前两年，潮州市竞争第二十届国际潮团联谊年会举办权，输给了新西兰的奥克兰，为什么？一下子来几千海外嘉宾，潮州的接待能力严重不足。你们很难想象，到今天为止，赫赫有名的"中国历史文化名城"潮州还没开业一家五星级酒店，这与其"江湖地位"实在太不相称。近些年，得益于政府的大力提倡及奖助，几个五星级酒店正加紧建设，但将来运营效果如何很难说。问过几位经商的朋友，都说不想投资，因他们计算过了，此地民风及人流，建五星级酒店必赔。这就是潮汕人，很精明，可以捐赠，但绝不做赔本买卖。

潮州人除了对政治不太感兴趣，倾向于闷声发大财，再就是对读书人有几分敬畏。真假不说，起码表面上，商人与文人互相敬重，这在全国都是很特殊的，值得认真关注。这里说的是民间风气，不是政府行为。

不妨以大学者饶宗颐与潮州商人方继仁的故事为例。1949年初，饶宗颐为继续编写《潮州志》事，专程赴港与此书的赞助人方继仁商议。在方氏的再三挽留下，饶寓港不归，此举决定了其后半生命运。饶在港治学，方斥巨资为其购入英藏敦煌文献缩微胶卷；方去世后，饶撰《方继仁先生墓表》予以表彰。今天，作为商人的方继仁早被遗忘，而作为学者的饶宗颐则如日中天。晚年接受采访时，饶宗颐称:"现在看来,我觉得我的整个生命中,他是很关键的一个人。"(参见胡晓明《饶宗颐学记》)这不是孤立的个案,饶宗颐在学界及社会上的巨大名声,背后有潮州商人的功劳。不少经商的朋友说,家乡出了大文人,真的"与有荣焉",很乐意共襄盛举。这与其他地方经商的嘲笑读书人"穷酸",读书的批评商人"铜臭",形成了鲜明的对比。

潮汕人恋家,即便长大后奔走四方,甚至扎根异国,也都对家乡的风土、人情、食物、礼俗、语言、音乐等,怀有深深的眷恋。谈论古城潮州,更是成为"怀乡"的标志。一首"潮州湘桥好风流,十八梭船廿四洲"的童谣,流传极为久远。我曾在《保护才是硬道理》《看得见的风景与看不见的城市》等文中,提醒大家:在改革开

图 1-10 潮州湘子桥(陈高原画)

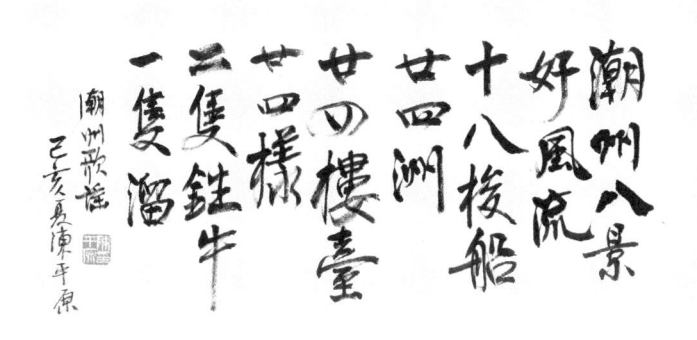

图 1-11　潮汕歌谣

放以后形成的经济发展大潮中，潮州古城能保存基本格局，没有伤筋动骨，这点很不容易，须感谢历任地方主官。今日中国，"旧城改造"之所以能顺利推进，个中原因有政府官员的政绩考核，有资本的逐利需求，还有百姓迅速提升生活水准的强烈愿望。当领导的，建设新城容易，守护古城很难。

"守护"并非拒绝"发展"，只是认定当下中国热火朝天的"城市改造"，须谋定而后动。尤其是古城的自我更新，更得谨慎从事，生怕一失足成千古恨。今年5月9日，万达集团与潮州市政府签订全面战略合作协议，准备在文旅、体育、影视、会展、演艺等领域展开全方位合作。200亿的投资，对于经济不太宽裕的潮州来说，是很大的诱惑，也是绝好的机遇。越是这个时候，越须冷静思考。我没有介入此事，不敢随意褒贬，只是提醒主政者，每个城市都有自己独特的生命，必须努力理解其历史文化命脉，并尽可能适应它，再略作调整与发挥。

辑一 回望故乡

在我心目中,潮州的最大特点,在于它是一座仍然充溢着生命力的活着的小城,无论丽江、平遥,还是凤凰、周庄,都不该是它的明天。潮州是有好风光,但更重要的是这小城(及生活在小城里的人)很有文化品位,此前受制于经济发展水平,其精神底蕴尚未充分展现出来。我注意到,2016年,潮州市政府提出宏伟目标,计划用四年时间,基本建成涵盖各类博物馆、陈列馆、展览馆、美术馆、民俗馆、非遗馆、名人故居等门类齐全的"博物馆之城"体系。到去年为止,潮州"博物馆之城"系列馆已达31家。我走过其中的若干家,感觉很好。若能在古城的关键处,筹建权威的学术文化馆,表彰潮州历史上众多仁人志士以及文人学者,起画龙点睛作用,那就更好了。

2001年加入世贸组织以来,中国经济迅猛发展,民众生活也有明显改善。全球化大大提高了生产力,但主要获益者是跨国资本以及新兴国家。随着中美贸易战的全面开打,在我看来,"后全球化时代"已经到来。这就要求我们重新定位自己的经济及文化战略。从此前的强调数量、效率、生产、经济,逐渐转为注重质量、公平、消费、审美。

若从审美或生活质量出发,那种过分追求效率的全球化是有明显缺陷的。美国富人市区立法拒绝连锁店,以及欧洲老城对于麦当劳的抵抗,都是基于此种考虑。随着中国人生活水平的日益提高,也会从单纯追求物质丰富与生活方便,逐渐转为期盼舒适与优雅。这方面,收入不高但自得其乐的潮州人,其悠闲的生活方式,反而显示出某种特殊魅力。

古城潮州能存留到今天，很不容易。不必随大流，而是努力凸显古城潮州"不可复制的特殊性"，这需要政府、民间以及学界的通力合作。我没有锦囊妙计，只是期盼主政者及父老乡亲看远点、走稳些。

（此乃作者2019年6月19日在潮州仰山楼为《北京青年报》组织的青睐团所作演讲，2019年7月31日修订于云南大理旅次；初刊《南方都市报》2019年8月18日）

纸上的声音

——从书展到月历

临近岁末,又到了制作并寄送月历的时节,不禁想起去年围绕潮汕歌谣展开的故事——借助书展与月历的制作,我认真体验了一回什么叫"纸上的声音",以及方言歌谣传播的边界及效果。

承蒙朋友雅意,去年十月,我在深圳举办了"说文·写字——陈平原书展"。开展仪式上,听到好多鼓励的话,尤其是书展的"小引",更是博得一阵掌声:

> 儿时的乐趣之一,是趴在书桌边看父亲写字。上学后,在父亲的督促下,也曾专心练习毛笔字,但谈不上扎实的童子功。二十年前,撰文使用电

图 1-12 "说文·写字"书展

脑；十年前，手机取代了书信。很快地，记忆中稳健优雅的汉字，面目变得日渐模糊。有感于此，读书间隙，我又捡起了搁置已久的笔墨纸砚。

还是读书写作为主，习字则见缝插针。有空多写点，无暇就搁笔。另外，心情不好或身体欠佳时，也会展纸研墨。功底不行，只因多读了些书（包括字画），略有修养，眼光及趣味不算太差，如此而已。

"说文"是我的职业，至于"写字"，基本上顺其自然，只追求心手合一。我的体会是，若悬得太高，用力过度，刻意顿挫，效果反而不好。之所以坚持用毛笔书写，很大程度是因"舞文"不妨"弄墨"，此乃古来中国读书人的常态。

在电脑及网络时代，保持笔墨纸砚，蕴含着技术与审美，但更是一种生活方式与文化情怀。对于读书人来说，"阅读""写作"与"书法"，三者不该完全分离。基于此理念，故有"说文·写字"专题展。

朋友称，你平日处事低调，可这"小引"透出一股傲气。因为，今日中国，要想兼及"阅读""写作"与"书法"，可不是一件容易的事。我没有辩驳，只是称"弄墨"成效如何，受自身才华限制；而愿不愿意挑战成见，则是另一回事。

展出三十多种自家题签封面的书籍，算是亮明"说文"的职业；至于"阅读"习惯，撇开众人熟悉的唐诗宋词，抄录若干我心仪的古文，也算别开生面。一直感叹今日的书法展中，大都笔墨酬畅而内容空洞，观众也习惯于品评作品的谋篇布局或筋骨笔力，极少考虑那些笔墨背后的情怀。其实，书写者选择什么诗文，其背后的感慨与关怀，同样值得注目。大概正因我不是书法家，凡书写必有所寄托。就好像那次深圳书展，最想推出的，其实是那组"潮汕歌谣"。

歌谣用词重复，且不避粗俗，就书法作品而言，不太好结构。不过，将20幅精心选择的潮汕歌谣放在一起，还是有一股逼人的气势。我注意到，好些参观者并非走马观花，而是一首一首往下读。换句话说，那些相对生疏但生气淋漓的歌谣，给现场观众制造了某种阅读障碍，反而让其观赏重心从"字"转为"文"。有位北方朋友很兴奋，说看了我的书展，才明白潮汕人是如此尊重女性，你看开口闭口都是"娘仔"：

莉仔花，白披披，秀才行过拗一枝。
人人问伊拗乜事，拗给娘仔插鬓边。

东畔落雨白披披，娘仔挈伞去等伊。
二人相共一枝伞，四目相观笑嘻嘻。

菱角开花四点金，桃李开花动人心。
后园种花好打扮，娘仔开嘴值千金。

天顶一条虹，地下浮革命。

> 革命铰掉辫，娘仔放脚缠。
> 脚缠放来真架势，插枝花仔冻冻戏。

当然，这是美好的误会。潮汕人常被批评"大男子主义"，也正因此，我才故意挑选有关"娘仔"的歌谣，没想到还真骗了善良的朋友。

在深圳办书展，目标读者远不止潮汕人。可怎么让方言区外的观众也能读懂？这就说到我编排的用心了。比起常被书写的唐诗宋词，潮汕歌谣本就陌生，若再添上僻难的方言词汇，外地人不掉头而去才怪呢。可完全没有方言韵味，则让歌谣丧失了存在价值。我的选择标准是：在懂与不懂之间，有点陌生，但可大致意会。先按我的趣味挑出30首，让不懂潮州话而又多次到过潮州的妻子及弟妇分头阅读。她们都读不懂的，舍弃；两人都懂的，过关；一个懂一个不懂的，我再仔细掂酌。这样选出来的潮汕歌谣，依旧原汁原味，只不过经过筛选，基本上没有阅读障碍。

深圳书展效果很好，尤其是"潮汕歌谣"部分，很得潮汕人的欢心。于是家乡的朋友紧急动员，制作了精美的2020庚子大吉月历《潮汕歌谣——陈平原书法作品选》，总共12幅，以"潮州八景好风流"开篇，以"农事歌"殿后，前面再加一页"引言"，表露我制作月历的"学术背景"及"文化关怀"：

> 文化走向民间，犹记歌谣整理。
> 雅俗互相纠缠，拆解人为藩篱。

— 辑一　回望故乡 —

洞察文学流变，穿越方言厚壁。
插上月历翅膀，文/字不离不弃。

所谓"文""字"不离不弃，就是强调书写的功能性与日常性，而不是今天占主导地位的表演性。书法日渐成为一种技艺，一门自我炫耀的技术，远离当代中国人的日常生活，我不觉得这是好事。坚守传统读书人优雅的笔墨，而又用来书写粗俗的歌谣，这牵涉另一个有趣的话题，那就是雅俗之间如何对话。我研究中国现代文学，加上当过多年的中国俗文学学会会长，对五四新文化人的"眼光向下"，以及与此密切相关的歌谣运动，自然情有独钟。

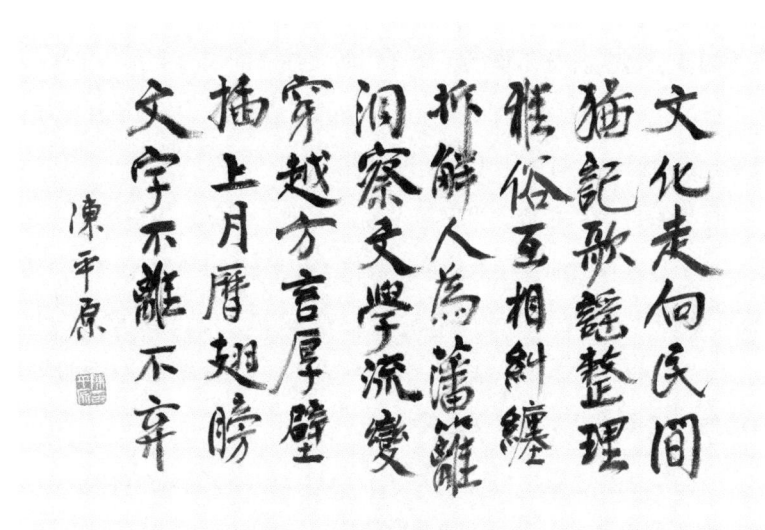

图 1-13　《潮汕歌谣》月历前言

十多年前，我发表《俗文学研究的精神性、文学性与当代性》[1]，谈及"五四"那代人——包括蔡元培、李大钊、周作人、鲁迅、胡适、刘半农、沈尹默、顾颉刚、常惠、魏建功、董作宾等——之所以关注俗文学，是有精神性追求的。眼光向下，既是思想立场，也含文学趣味。提倡俗文学（比如征集歌谣），在五四新文化人看来，既可以达成对于"贵族文学"的反叛，又为新文学的崛起获取了必要的养分。80年过去了，"平民文学"的口号早已进入历史。从歌谣中寻找新诗发展的方向，这一努力基本落空；朱自清关于歌谣可以欣赏、研究甚至模仿，但"与创作新诗是无关的"这一论述，大致得到证实。

从周作人撰写《儿歌之研究》（1914）、刘半农拟定《北京大学征集全国近世歌谣简章》（1918），到北京大学歌谣研究会成立（1920）以及《歌谣》周刊的创办（1922），俗文学的整理与研究成了新文化运动的一个重要方向。钟敬文1928年在北新书局刊行《歌谣论集》，辑录《歌谣周刊》上周作人等人三十文，固然是重要的文学运动史料；朱自清1929年开始在清华大学讲授"中国歌谣"课程，更是有筚路蓝缕之功。这册总共六章的讲义，有油印本及铅印本传世，日后作家出版社（1957）及香港中华书局（1976）推出整理本，上有浦江清的《跋记》："这是部有系统的著作，材料通乎古今，也吸取外国学者的理论，别人没有这样做过，可惜没有写成，单就这六章，已足见他知识的广博，用心的细密了。"（第213页）

"五四"时期如火如荼的歌谣运动，日后成为很多学者关注

---

[1] 刊于《中华读书报》2004年11月10日。

的对象。如洪长泰《到民间去——1918—1937年的中国知识分子与民间文学运动》第三章"歌谣"(董晓萍译,上海文艺出版社,1993年),吴同瑞等编《中国俗文学七十年》中段宝林和路工二文(北京大学出版社,1994年),陈泳超《中国民间文学研究的现代轨辙》谈刘半农、朱自清歌谣研究那两章(北京大学出版社,2005年),以及陈平原主编《现代学术史上的俗文学》中王娟《歌谣研究概述》(湖北教育出版社,2004年),都值得有兴趣的朋友参考。

潮汕歌谣的搜集与整理,正是因应此思潮。十年前,我在《俗文学研究视野里的"潮州"》中谈及:"1920—1930年代潮汕地区的俗文学研究,做得有声有色,且与北京及广州学界保持相当密切的联系。了解这些,你对丘玉麟、林培庐、杨睿聪等潮汕学人的工作,不能不表示由衷的敬佩。他们的编著,并非古已有之的乡邦文献整理,而是深深介入了现代学术潮流。如果再加上出生于广东海丰(广义的潮汕人)、毕生致力民间文学及民俗学研究的钟敬文,那么,1930年代潮汕学人的俗文学及民俗学研究,实在让人刮目相看。"去年,我为"潮州民间文学丛书"撰写总序,题目就叫《走向地方的新文化》,文中对1923年转学燕京大学中文系、深受周作人影响的潮州人丘玉麟(1900—1960),如何大学毕业后回潮州的省立二师(韩山师范学校)、省立四中(潮州金山中学)任教,致力于民间歌谣的收集和整理,刊行《潮州歌谣》(1929年1月初版,自刊本,印数2000册;同年4月再版,印数3000册),以及此书日后的流播——1958年广东人民出版社刊行《潮汕歌谣集》、2003年香江出版有限公司推出《潮州歌谣集》，均做了简明扼要的介绍。

半个世纪后，具体说是1981年，"中国民间文学三套集成"启动，包括了《中国民间故事集成》《中国歌谣集成》《中国谚语集成》，成果是省卷本90卷、县卷本4000多卷。我特别关注潮州市民间文学三套集成编辑委员会1988年3月印制的《潮州歌谣集成（资料本）》，此乃打字油印

图1-14 《潮州歌谣集成（资料本）》

本，16开，上册包含《编辑凡例》及两篇序言，正文第1—194页；下册第195—462页，后附录《丘玉麟先生简介》《畲族民歌手——文香》和《后记》。比起日后包括爱情之歌、时政之歌、生活之歌、过番之歌、仪式之歌、滑稽之歌、儿童之歌、风物之歌等八部分的《全本潮汕方言歌谣评注》（林朝虹、林伦伦编著，花城出版社，2012年），《潮州歌谣集成资料本》分时政歌、仪式歌、情歌、生活歌、历史传说歌、儿歌、其他（包括不少畲歌），分类不是很合理。不过，这套资料集做得很认真，每首歌谣都注明整理者（含姓名、性别、年龄、文化程度等），也有口述者/整理者并列的。不时插入同题民歌，注明选自"丘本"第几页（指丘玉麟《潮州歌谣》），以供有心人对照，凸显半个世纪潮州歌谣的变迁。有的方言做了注释，

包括词义或民俗。注音则采用国际音标，且考虑到潮州方言八个音调，用阿拉伯数字1—8标示。尤其值得注意的是《编辑凡例》："潮州歌谣包括了潮州方言区、客家方言区和畲族区等多种方言歌谣。搜集时，我们在坚持忠实记录和保持地方特色的前提下，力求做到语言规范化。"具体做法包括把不少潮州人才能看得懂的方言字词改成规范语，如"禾埠""胶己"改为"丈夫""自己"；而"对那些改用规范字后则失义、失'味'、失韵的方言字词，则用同音规范字代替（借音字），并加注释加以说明"。

如何书写方言歌谣，既不能失义与失味，又不能太僻与太难，中间的分寸不太好把握。多年后，专门研究潮州方言的林伦伦教授，在《粤东闽语方言俗字研究》[1]中，对粤东闽语潮汕方言俗字的存在历史及其研究成果做了追溯和综述，并根据明清以来的民间文学、民间文艺作品的文献资料和现实生活中的方言俗字使用资料，研究分析了方言俗字使用的方法，提出了规范用字的若干原则，比如从"正"、从"俗"、从"便"。

翻阅《潮州歌谣集成（资料本）》的《后记》，觉得编者还是太乐观了："潮州民谣，是潮州地方民间文学中的一朵鲜花，它有着广泛的群众基础，无论妇孺老幼皆能随口唱出，多少年，多少代，母亲教给儿子，祖母传给孙子，就像韩江的流水一样，长流不息。从山区到平原，从城市到农村，无处不有，汇合成歌谣的大海，浩瀚无边，因此，我们搜集整理出来的这个集子中区区数百首歌谣，就

---

[1]《潮学研究》2020年第一辑第181—192页，北京：社会科学文献出版社，2020年。

仅是其中的一部分。"如此理想化的叙述,不符合我的观察。所谓潮州歌谣"无论妇孺老幼皆能随口唱出",1930年代没有,1980年代做不到,在今天更是遥远的记忆了。

也正是有感于此,才需要我在书展及月历中为"潮汕歌谣"摇旗呐喊。当初制作月历,希望其能走出潮汕地区,故定了以下原则:一、不限童谣;二、不能猥亵;三、拒绝太僻;四、回避悲苦;五、最好吉祥;六、文字在懂与不懂之间——最后一点,纯粹是针对方言的魅力与局限。月历很受家乡人的欢迎,我又突发奇想:能不能为其配乐呢?因为,歌谣本来主要以口头形式流传,写成书法或制成月历,总是隔一层。

不久前在韩山师院做专题演讲,题为"远去的乡土与纸上的声音——潮汕歌谣的学习与传播"。演讲中,我特意要求播放陈玛原谱曲、唐洁洁或黄堃演唱的潮州方言歌曲《月光月疏朵》,还有五条人乐队2009年发行的专辑《县城记》中的《十年水流东,十年水流西》(海丰话也属于潮汕方言)。这么做,不仅是调节气氛,更想借此讨论歌谣如何穿越方言壁障。在"非遗"保护之外,我希望潮汕歌谣能更上一层楼,比如结合书法、绘画、摄影、音乐、动漫、短视频等,让它真正动起来、活起来、传下去、走出去。

如此考量,很大原因是读到陈泳超《白茆山歌的现代传承史——以"革命"为标杆》(中国社会科学出版社,2020年),其中对江苏省常熟市白茆乡的山歌演唱在当下面临困境的描述,让我心有戚戚焉。民歌大都起源于耕作,属于乡民的自娱自乐,白茆山歌是很理想的样本:"平时,或在劳动或在休闲时候,邻近村子的人经常会对山歌,这里泾塘河汊纵横交错,只要隔开一条水,就可以自然分成两队人马,互相盘歌对唱,不需要任何组织和准备,纯属天机凑缘,这可以视为中型的对山歌活动。还有大型的对山歌活动,那就比较震撼人心了。"(第27页)因好几次进京表演,白茆山歌在全国名气很大,故"从2002年开始,每隔五年要召开一次大型的山歌艺术节,以代替和张扬传统山歌会的功能"。可是,当地民众在日常生活中,其实已极少自发唱山歌的了,"舞台表演成为白茆山歌的主要存在形式"。理由很简单,生活方式变了,没有农田耕作,没有夏秋纳凉,对歌因而只能存在于长辈的记忆中。(第139—146页)

名扬全国的白茆山歌尚且如此,潮州歌谣本就传唱范围不广,该如何长期坚守,且对整个精神文化建设发挥作用?因专业缘故,我特别关心歌谣对于文学创作的意义。钱仲联编注《人境庐诗草笺注》(上海古籍出版社,1981年)收录了黄遵宪《山歌》九首。篇首云:"土俗好为歌,男女赠答,颇有《子夜》《读曲》遗意。采其能笔于书者,得数首。"(上册第54页)换句话说,黄遵宪听到的山歌,也有许多因不能"笔于书"而落选。另外,凡记录下来的,大都作了某些修订或润色。罗香林藏黄遵宪手写《山歌》共15首,写本后有题记五则,编者钱仲联因"题记中又有'仆今创为此体'一语,故知《山歌》之作,乃在光绪十七年,特编于卷一少作之中耳"(第54—55页)。也就是说,这些入集的山歌,是黄遵宪按客家山歌的风格创作的。比如"催人出门鸡乱啼,送人离别水东西。挽水西流想无法,从今不养五更鸡"(上册第57页),确实"颇有《子夜》《读曲》遗意"。很可惜,能从家乡的歌谣中获得灵感与养分,而后阔步走上现代诗坛的，毕竟少而又少。

近日读颜同林《方言与中国现代新诗》（中国社会科学出版社，2008年），其中第四章"作为背景的歌谣与方言文学"，提及新诗发展史上有过三次取法或借鉴歌谣的运动。只是"歌谣与新诗都各有各的宿命，两个运行的圈子始终只有部分重叠"；"歌谣是新诗最可靠而不求索取的同盟军，它的意义在于无私地敞开，而不是有力地替代"。（第224页）这么说来，新诗对于歌谣的"始乱终弃"，在情理之中。需要探究的是，经由这一番索取与借鉴，新诗能否上一个台阶，或者说在与新诗的对话中，歌谣是否同样有所斩获——至少借助新诗的全国性视野，歌谣也该捕获走出去的机遇。

因各自所处学科（人类学、俗文学、民俗学、文艺学、方言学）不同，学者们谈论歌谣，研究方法及工作目标千差万别，只是在强调"地方性"这一点上，多少会有共同语言。而我当初之书写"潮汕歌谣"，既是乡情的自然流露，也具学术直觉——在全球化严重受阻的当下，适当调整接收频道，仔细倾听那些日渐湮没的乡野声音，未尝不是一种心灵的抚慰。当然，国际视野与本土情怀，本就应该兼而有之，而非取而代之。

2020年12月29日于海南陵水客舍

（初刊《南方都市报》2021年1月10日）

作为一种生活方式的古城

"古城"概念很不确定,可大可小,伸缩性很强。比如国务院1982年、1986年和1994年先后公布了三批共99座国家历史文化名城,日后陆续增补,截至2020年12月,记录在案的已有135座。潮州属第二批历史文化名城,同批次的有天津、上海、重庆以及阆中、丽江、平遥等。我心目中的"古城",不应该包括今天人口千万的特大城市,仅限历史文化遗存众多的原地级市或县级市。

曾经不怎么被看好、甚至因略显破旧而遭蔑视的"古都""古城""古镇"与"古村落",如今世风流转,成了各级政府及民众眼中的香馍馍。为什么?除了旅游业的倒逼,还因国人日渐提升的文化自信——欣赏历史与现实对话,故希望传统活在今天。

朋友看到不少文章引述我谈古城潮州,问是不是真的。"北大中文系教授陈平原感叹:'在这个地方生活的人,你出门一抬头就是一座唐代古寺,一上街碰到的是一口宋代古井,一转身便能看到一座古代建筑,你会感到你和历史融为一体。'"这话确实是我说的,但出处不详,大概是多年前某次对话或答记者问。[1]

记得第一次在大庭广众中谈论潮州古城,是2008年3月10日在潮州市党政机关会堂演讲,题为"读书的'风景'"。我说旅游业发展,初期看热闹,中期看仿造,后期看门道。"热闹"大都靠天然,比如张家界或九寨沟,那是老天爷赏饭吃。"仿造"靠投资,比如深圳东部华侨城的瑞士小镇茵特拉根,惟妙惟肖,可以尝鲜,但吸引力难持久。至于"门道"主要指历史文化,那是需要本钱的,不是想有就有。潮州市当时拥有八个全国重点文物保护单位(广济桥、许驸马府、开元镇国禅寺、己略黄公祠、笔架山宋窑遗址、韩文公祠、从熙公祠、道韵楼),以及众多省市级文物(海阳县儒学宫、凤凰塔、广济门城楼、葫芦山摩崖石刻、潮州府城墙遗址、忠节坊等),这是其发展旅游业的最大本钱。

接下来我抄录历年中国

图1-15 韩文公祠

---

[1] 网上能查到的最早文献是2005年11月14日《南方日报》所刊《依托丰富的历史资源,构建古城文化旅游圈 潮州重现"十八梭船廿四洲"》。

旅游业总收入以及占当年国内生产总值的比例，还有国家旅游局制定的"十五"规划、世界旅游理事会的预测等，后来意识到多此一举，因地方主管官员比我更熟悉那些数字。但我提及如何协调政府和专家、专家和民间、"游客需求"与"市民趣味"之间的矛盾，还是颇有意义的。第一，不是为了招商引资而整治环境，更不是什么"文化搭台经济唱戏"，提升当地民众的生活品质，方才是最终目的；第二，城市的主要功能，不是给人看的，而是给人住的，不能喧宾夺主，切忌让游客趣味左右城市风貌；第三，旅游城市有靠自然生态，也有靠历史文化，轻重缓急之间，需准确自我定位；第四，切忌拆掉破旧的真古董，建设华丽的假古董——那样的话，一时好看，贻害千秋。

当然，城市不能只谈保护，还有如何发展的问题。潮州人多地少，工业基础薄弱，自然资源匮乏，旅游业应成为其重要支柱。查看录音整理稿，其中引用当年潮州旅游收入："以我对潮州旅游资源的理解，我们还有很大的发展空间，还有好多文章可做。包括许驸马府、己略黄公祠等等，现在整治得差不多了，逐渐可以开放了。还有一些留下来没来得及做得像笔架山宋窑遗址，总有一天会成为一个很好的博物馆和遗址保护地，这样古今对照会很有意思。实际上，比如说儒学宫、韩文公祠等等任何一个潮州景点在其他地方都让人惊羡不已。我相信潮州市只要协调好文物保护、旧城改造和旅游开发这三者的关系，二十年后、五十年后的潮州令人向往！"[1]

为了验证当初的预言，我上广东省文化和旅游厅网站，可惜查

---

[1] 陈平原：《读书的"风景"》，《潮州社科》2008年第2期。

不到最新数据,只好采用"2019年广东各市旅游总收入表"。广州、深圳、佛山位居前三名,分别为4454.58亿元、1715.17亿元、891.86亿元,遥遥领先;第四至第十名是江门、湛江、惠州、东莞、汕头、梅州、珠海。潮州排名第十三,旅游总收入398.23亿元,比排名第十五的揭阳(362.7亿元)略好。[1]潮州地域小、人口不多,这数字还说得过去,但离我心目中以旅游立市的目标还很远——或许,谈及家乡,人总是容易盲目乐观。我没做深入研究,单凭印象,总觉得要说旅游资源及潜力,潮州在广东应该排第三第四才对。目前做不到,日后呢?就当是很值得期待的潜力股吧。

潮州演讲三年后,也就是2011年,我应邀撰文讨论如何建设历史文化名城,其中有这么两段:"在一个经济迅速崛起、社会急剧转型的时代,你想守,凭什么守,守得住吗?那些关于保护古城与发展经济没有任何矛盾的高调,都是站着说话不腰痛。我的家乡广东省潮州市,属于第二批历史文化名城,有八处全国重点文物保护单位。1980年代经济大潮兴起时,潮州主要在城外另谋发展,包括建各种行政大楼、商业机构等。因此,古城内部格局没动,保留下来了。这些年,随着维修工程的逐步推进,这小城变得越来越可爱。""三年前,号称中国四大古桥之一的广济桥(湘子桥)修复完工,我在'十八梭船廿四洲'前,偶遇某退休领导,出于礼貌、也出于真心,我说了一句:潮州古城能保护成这个样子,不容易。没

---

1 参见《2019年广东各市旅游总收入出炉:广州第一!》,广州日报大洋网2020年10月13日。

想到那老领导竟热泪盈眶,开始诉说起当初如何如何受委屈来。他的话我信。今日中国,'旧城改造'之所以能顺利推进,有政府官员的政绩考量,有资本的逐利需求,还有百姓迅速提升生活水准的强烈愿望。当领导的,建设新城容易,守护古城很难。"《人民日报》刊出此文时,把后面这一段删去,说不该在党报上轻率地表扬或批评某个地方官员。这说法我同意,当初以为是随笔,可以文责自负,没考虑发表园地问题;但报社编辑大加删改,把批评的话全弄成了积极倡议,让我不能接受。于是保留原文,加上按语,刊广东的《同舟共进》[1]。此举过于轻率,被有心人曲解,效果很不好,对此我深切反省。

图 1-16 广济桥修复完工庆祝活动

---

[1] 参见陈平原《古城保护是基础工程——关于世界文化名城建设的思考》,《人民日报》2011年2月10日;《"保护"才是"硬道理"——关于建设"历史文化名城"的思路》,《同舟共进》2011年第3期。

── 作为一种生活方式的古城 ──

最近几年，我常回家乡，为韩山师院等做专题演讲，其中有两讲涉及古城潮州，值得在这里引述。一是《六看家乡潮汕》(2016)，其中提及"小城故事多"(借用邓丽君的歌以及自家欧洲旅游经验)，随着经济转型以及世人生活方式的改变，潮菜的清淡、精致以及潮人的"慢生活"值得欣赏。协调好经济发展、文教昌明、旧城改造与旅游开发，寄希望于二三十年后的大潮汕。二是《远去的乡土与纸上的声音》(2020)，谈论搜集、整理、学习、传播歌谣的宗旨及方法，以及能否还原纸上的声音。从陈玛原谱曲、唐洁洁或黄堃演唱的《月光月疏朵》，说到来自广东汕尾市海丰的五条人乐队如何风靡全国，以及收入专辑《县城记》中的《十年水流东，十年水流西》，怎样用潮语演唱。

回过头来，再说关于古城的定义，有人注重历史溯源，有人强调建筑形式，有人赞赏人文精神，而我则希望作为一种生活方式。1997年，联合国教科文组织将云南丽江、四川阆中、安徽歙县、山西平遥列为世界文化遗产。单就古城保护以及建筑完整而言，潮州确实不及这"四大古城"。可我一直称潮州为"活着的古城"，其中一个重要指标是：没有蜕变成纯粹的旅游景观，古城仍以本地居民的日常生活为主体。随着国人经济实力以及文化素养的提升，其外出观赏的重点，会逐渐从旅游景点转移到建筑遗存，再到百姓日常以及自家体验。

想想改革开放四十多年来我们的游览兴趣：从深圳缩微景观、中央电视台《正大综艺》起步，经由新马泰七日游、欧洲十日游，如今扩展到非洲、南美等旅游线路，更重要的是，出现了目标明确、兼及学习与体验的希腊文化研习营、法国葡萄酒之旅等。反观国内，专题游览也越来越时兴，除了政府提倡的红色之旅，还有民间自发组织的唐诗之旅、美食之旅、沙漠探险等。单就景观奇妙而言，潮州不及张家界，也不如丽江；但作为一种生活方式，潮州更值得欣赏。

我注意到一个有趣的现象，三四十岁的年轻人（尤其是文青）特别推崇乌镇与阿那亚。嘉兴市的乌镇本就是著名的江南水乡，乃首批中国历史文化名镇、国家 5A 级旅游景区，古今多少文化名人，再加上乌镇戏剧节、世界互联网大会等，不火那才怪呢。让人看不懂的是秦皇岛市的阿那亚，那原本是个失败的房地产项目，经由一系列转型升级，如今因剧场、影院、书店、酒吧、网红景观以及社区管理等，竟成了无数小资及文青口口相传的神奇的"诗与远方"。

这就必须说到 Z 世代（95 后）的生活趣味。相对于婴儿潮一代（1945—1965 年出生）、X 世代（1965—1980 年出生）以及千禧一代（或称 Y 世代，1980—1995 年出生），在技术革命的推动下，Z 世代的生活方式发生了质的变化，他们的性格更独立，消费倾向更新潮，更关注人生体验，同时也更懂得去挖掘最好的价值和服务。而据国家统计局数据，我国 Z 世代规模已近 2 亿。

2019 年 6 月 19 日，我为北京的"青睐团"导览潮州，除了在仰山楼做专题讲座，还默默观察团员的反应，用以跟自己的生活感受相对照。"青睐团"成员年龄偏大，多属于 X 或 Y 世代；但因喜欢文艺且财务自由，可作为阅读 Z 世代游览趣味的参考。更因那次十日游，兼及潮州与泉州，让我得以对比这两座古城的文化性格与旅游前景。

这 30 位自费来潮考察的资深文青、旅游及美食达人，口味相当挑剔。事后询问，还好，对潮州评价不错。可私下聊天，得到这样的回答：潮州四天嫌长，泉州五天苦短。泉州经济体量本来就比潮州大很多（2020年常住人口878万，GDP过万亿元），加上近年为冲刺世界遗产，政府与民间同心协力，文化及旅游水平大有提升。记得2021年7月25日"泉州：宋元的世界海洋商贸中心"顺利通过联合国教科文组织第44届世界遗产委员会会议审议，成功列入《世界遗产名录》，我第一时间给潮州市某领导推送《中国第56项世界遗产，为什么是泉州？》，并附上一短信："前一阵子，我给朋友写了两幅字，涉及家乡潮州：'古称海滨邹鲁，泉州漳州潮州。'另一幅是：'人道古城西湖，杭州扬州潮州。'都是有感而发。几年前在潮汕演讲，提及潮人喜欢标榜'海滨邹鲁'，其实这个说法，先泉州、漳州，而后才是潮州。改革开放后，无论经济还是文化，闽南的厦泉漳，都比潮汕三市好，而且好得不只是一点点，眼看距离越拉越大，看得人心焦。"

读青睐团的文章，发现他们欣赏潮州美食的角度很特别，比如专门表扬我带他们去吃牛肉粿条的"百年老店"，不仅因价廉物美，更赞叹其人间烟火味："这样一家店，没有行家带领估计很容易走过路过，因为它看上去实在过于简朴，30个人坐不下，大家排队轮流吃。我想起陈老师讲座中说的，在大城市生活，到潮州会一下子不太适应，街道窄，铺子小，但这是一座活着的小城，是宋代遗存，城里有十万原住民。这和旅游景点不一样，它没有变成博物馆城，居民是原来的居民，大妈是原来的大妈，他们还在这里生活，他们有他们的需求。"看来他们接受我的观点：古城发展需顾及当地民众的利益,不应成为纯粹的观光景点。对于因我指点而看到了一般游客不注意的地方,团员们很是得意:"潮州最值得赏玩的是潮人的日常生活。青睐团走在街巷中,深刻地感受到陈平原用来形容潮人的四个词:清淡、平实、精致、文雅。街上四处有长椅,花衣花裤的大妈三三两两坐着摇蒲扇唠嗑,街头巷尾随处有人品着工夫茶,那份悠闲让久居京城的团员们羡慕不已。"[1]

我认真比较了青睐团成员撰写的潮州与泉州两个城市的游记,兼及自己平日的观察与思考,替作为旅游城市的潮州打分:美食A+,城市景观A,交通住宿A-,文娱生活B+。也就是说,差距最大在夜生活——潮州给青睐团成员印象较深的只有"凤城之光"灯光秀,而泉州则是头天晚上古厝茶坊茶叙,讲泉州历史;第二天晚上观提线木偶剧;第三天晚上听南音、欣赏梨园戏;第四天听高甲戏、打城戏。

这就说到如何补上潮州旅游的短板。美食依旧是潮州的最大长项,至于城市景观,除了湘子桥、牌坊街等,今年五月潮州镇海楼(旧府衙)复建工程启动;交通住宿方面,好酒店不足原本是个大问题,好在民宿的数量及质量正迅速提升,五星级酒店也即将开业;问题最大的还是文娱生活:对于游客来说,住上三五天,若没有好的夜生活,会很失望的。因为,对于他们来说,陶瓷、刺绣、木雕等只是购物或观赏,缺乏参与感。我的建议是,以潮州音乐为贯穿线索,兼及潮剧、大锣鼓与工艺美术,加上各种阅读、潮玩、服饰、

---

[1] 王勉:《潮州:不需浮饰惊艳,只需平常打造》,《北京青年报》2019年8月13日。

灯谜、小吃、微电影、博物馆、灯光秀等,设计若干到潮州非看不可的"潮"文化集萃。

著名音乐学家、非遗保护专家田青多次跟我说:"你们潮州音乐非常了不起,可惜没宣传好。"我在北京、台北、深圳等地办书法展,最受关注的是那幅《乐声》:"弦诗雅韵又重温,落雁寒鸦久不闻,犹记巷头集长幼,乐声如水漫山村。——近日重听潮州音乐《平沙落雁》《寒鸦戏水》等,忆及当年山村插队,每晚均有村民自娱自乐的演奏。"询问家乡父老,这种生活方式今天依然存在。

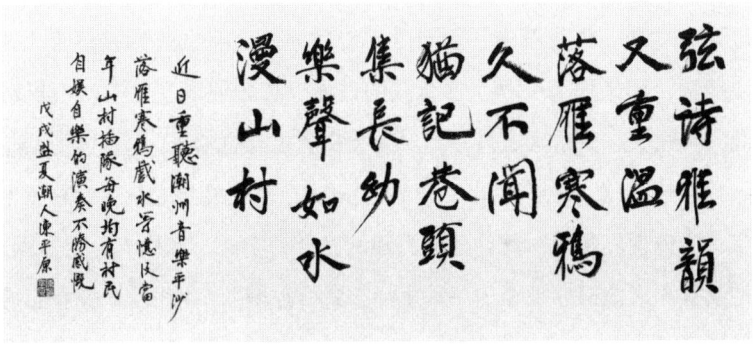

图 1-17 《乐声》诗及书法

我曾说过,一座城市的真正魅力,在于"小巷深处,平常人家"。这一点,潮州表现尤其突出。打个比喻,古城潮州犹如山水长卷,你必须静下心来,慢慢打开,仔细品赏,才能体会那些可居、可卧、可游、可赏的妙处。潮州不以风景旖旎或建筑雄奇著称,不是一眼看过去就让你震撼或陶醉。小城的魅力,在于其平静、清幽、精致的生活方式。若你有空在潮州住上几天,见识过工夫茶,投宿过小客栈，品味过牛肉丸，鉴赏过古牌匾，领略过普通人的日常生活，你就能明白这座小城的特殊韵味。(《古城潮州及潮州人的文化品格》)

无论国内国外、南方北方，大凡古城居民，生活上都较为悠闲，收入不会太高，但活得有滋有味。这与经济开发区的拼命与国际大都市的忙碌，形成了鲜明对照。以GDP为衡量标准，这属于缺点；但若讲求生活质量，则可能是另一番评价。熬过了盲目开发的商业化潮流，古城潮州能存留到今天，很不容易。保住了家底，也留住了精气神，如今再发力旅游业及文化创意产业，可以做得更理智，也更有后劲。在我看来，潮州着重传播的，不应是具体的非遗产品或美食，而是作为一种生活方式的古城。若此说成立，潮州不仅对潮人有意义，对游客有魅力，对人类文化也有贡献。

有感于此，建议设立"古城文化论坛"，或独立主办，或轮流坐庄，广邀世界各地对此话题感兴趣的官员、学者、文化人、企业家，持续且深入地探究"作为一种生活方式的古城"。我相信，随着交通便捷、网络普及、文化积累，加上自身服务水平提升，古城潮州有可能迎来一个高光时刻。

2021年10月2日于京西圆明园花园

（此乃作者2021年10月22日在"潮州文化论坛"开幕式上的主旨发言，节本刊《羊城晚报》2021年10月23日，全文刊《潮学研究》2022年第1辑）

美食三柱

不仅吃饱,还要吃好;不仅挑食材,还讲究味道;不仅诉诸味蕾,还大谈饮食文化——当下中国人所念兹在兹的"美食",其实已经成为一种重要的经济/文化现象。

你问"饮食"如何"文化",从环境到器物,从食物造型到进餐礼仪,从"文学宴"的设计到"美食中国"的推广,所有这些,妙在似与不似之间。就像齐白石论画,似者媚俗,不似者欺世。套用过来论美食,只会做菜或品尝的,那是厨师或饕餮,离"文化"还有一段距离;学问太大,出口成章,旁征博引,乃至压倒了味蕾,那也不算本事。必须是能做、能吃、能说、能写,才叫"美食文化"。

今天就借潮州菜文化研究会的成立,谈谈我心目中美食的三根支柱——经济、文学、教育。

第一,美食需要经济的支撑

每个菜系都会吹嘘自己如何源远流长,这么说也没错,反正古人也得吃饭。但若没有菜谱流传,硬要论证此地先民的口味以及烹调技艺，其实是很难的。潮州菜溯源，推到汉唐当然也可以，可我更看重明清以降潮州地方经济的发展，还有潮籍海外华侨的往来，认定这才初步奠定了潮州菜博采众长与精益求精的特点。前几年在广州听某著名人士大谈潮州菜之所以精致，是因为晋人、宋人以及明人南渡，很多皇亲国戚撤退到了潮汕地区，其食不厌精的习惯，成就了今天潮菜的辉煌。这让我大吃一惊，怎么能这么谈"饮食文化"？此说既于史无据，对美食的理解也大有问题。北京乃八百年古都，今天更是中华人民共和国的首都，达官贵人自然很多，可要说北京菜，实在不敢恭维。

谈论潮菜的历史，不主张往政治／权力方面靠。在我看来，美食的出现与推进，当地物产、经济实力以及商业氛围是最要紧的；其次，文人学者的渲染与传播，也起很大作用。至于政治家，主要兴趣在权力与威名，美食不是重点。而且，真正的美食家得有文化修养，不是官大或钱多就能解决问题的。另外，时代氛围也是重要因素。

我曾在别处谈过如下趣事：1989年1月，我随代表团赴港参加学术会议，主办方在某潮菜馆宴客，得知我是潮州人，饶宗颐先生上一个菜问一次，连问三次，我全交了白卷。弄得饶先生很困惑，追问我："你真的是潮州人吗？"我给他解释，我1978年春天外出读书，此前在潮州生活二十多年，饥饿的记忆甚多，而美食的印象很少。所谓"潮州菜"声名远扬，是我离开家乡多年后的事情。

潮州菜其实一直都在发展，所谓"原汁原味"，只是相对而言。与其强调古老，不如关注其如何与时俱进。我不是饮食文化史专家，对潮州菜的起落与转折没做过专门研究，但直觉告诉我，二十世纪五六十年代香港经济起飞，在港潮人凭借经济实力，大幅度提升潮菜制作水准；这种改良后的潮州菜，乘改革开放的东风，1980年代重返潮汕地区，与本地的"古早味道"对话与合流，最终形成今天潮州菜的基本品格。正是在这"新潮"与"古早"相互激荡的过程中，百舸争流，精品迭出，香港、深圳、汕头、潮州的潮菜，各自走出自己的路子。

1980年代初，著名学者兼散文家邓云乡撰写了《鲁迅与北京风土》一书，利用1912—1926年间的鲁迅日记，勾稽其居京十五年所上馆子，包含各式茶座、酒肆、菜馆、饭庄的特色，南北佳肴、风雅题名、走堂绝技、酒肆沧桑等，借此呈现民国时期北京的城市生活。政坛风云变幻，但鲁迅馆子照上，品尝而不评议。因为，在民众普遍穷困且北京城美食有限的时代，无论你赞赏还是抱怨，都显得不太得体——起码"政治不正确"。1924年周作人撰《北京的茶食》，抱怨："北京建都已有五百余年之久，论理于衣食住方面应有多少精微的造就，但实际似乎并不如此，即以茶食而论，就不曾知道什么特殊的有滋味的东西。"为什么这么正儿八经谈茶食，因为在周作人看来，食品的精致与粗鄙，关系着一代人的精神生活："可怜现在的中国生活，却是极端地干燥粗鄙，别的不说，我在北京彷徨了十年，终未曾吃到好点心。"在"城头变幻大王旗"的时代，如此谈论美食，实在脱离群众，难怪被左翼文人讥讽。可放长视野，将"饮食"与"文化"相勾连，其实不无道理。

1930年代的中国文坛，有若干谈美食的文章，但数量不多；

抗战全面爆发以后，此类文章几乎绝迹。文学作品中偶尔谈及美食，也是嘲讽"前方吃紧，后方紧吃"。1950年代至1970年代，中国大陆的经济状态很不好，加上政治氛围紧张，显然也不适合于此类文章的生存。2002年我到台湾大学讲学，接触不少当地的文人雅士，注意到台湾作家比我们幸运，以美文写美食这条线半个多世纪以来一直没断。不管是早年的侧重怀人怀乡，还是后来的突出文化差异与审美感受，都有上乘的表现。比如梁实秋的《雅舍谈吃》、唐鲁孙的《中国吃》《天下味》《故园情》、逯耀东的《肚大能容——中国饮食文化散记》，以及林文月的《饮膳札记》等，都让人赏心悦目。这跟1960年代以后台湾经济起飞、民众生活日渐优裕不无关系。

30年前，我和钱理群、黄子平合编十卷本的"漫说文化丛书"，《闲情乐事》（人民文学出版社，1990年）一册由我负责，其中谈饮食的文字不多。前年我主编"漫说文化续编丛书"（即刊），收录1980—2020年的文化散文，涉及饮食的好文章可就真的美不胜收了，于是专列一册《世间滋味》。那是因为，进入1980年代，中国大陆调整政治方向，改革开放促使经济迅猛发展，食物充沛，氛围宽松，加上商业推动，"饮食文化"成了雅俗共赏的热门话题。这个转折，最初起于1980年代的文人谈吃，如北京的汪曾祺、王世襄，上海的邓云乡、唐振常，还有苏州的陆文夫，他的小说《美食家》甚至被拍成同名电影（上海电影制片厂，1985年）。

那么多人谈论美食，且好文章源源不断，说明一个时代的饮食及饮食文化发达，而背后必定是经济相对繁荣。当然，特定时期意识形态的控制，也会影响美食文章之兴衰，但经济是第一要素。

第二，美食需要文学的熏陶

记得汪曾祺曾广邀作家谈饮食，其"征稿小启"有曰："浙中清馋，无过张岱，白下老饕，端让随园。中国是一个很讲究吃的国家，文人很多都爱吃，会吃，吃得很精；不但会吃，而且善于谈吃。"[1]

自古以来，美文与美食，喜欢结伴而行，且相得益彰。二十多年前，我编《中国散文选》（百花文艺出版社，2000年），曾打破常规，选录唐人陆羽的《茶经》、宋人吴自牧的《梦粱录》，以及宋人林洪的《山家清供》；本来还想录袁枚的《随园食单》，实在不像文章，最后改选其《厨者王小余传》。《山家清供》不仅是"食谱"，其强调乡居中的"粗茶淡饭"，蕴涵着某种文化精神。在介绍具体饮馔时，作者不限于烹调方法，而是插入诗句、清言、典故，甚至自家生活见闻，如此夹叙夹议，大有情趣。其实，此乃中国饮食文章/书籍的共同特色——谈美食而不限于食物，往往旁枝逸出，兼及社会与人生。

美食不仅是食物与金钱，还有时间与心态，其中，文学可以发挥很大作用。日本著名中国学家竹内实来北大访问，我在勺园设宴款待。席间，竹内先生对一道普普通通的"宋嫂鱼羹"大加赞叹，

---

[1] 这则有趣的《〈知味集〉征稿小启》，初刊《中国烹饪》1990年第8期，收入中外文化出版公司1990年版《知味集》。

说是年轻时在京都大学念中国文学,就记得了这个菜名(不是吴自牧的《梦粱录》,就是周密的《武林旧事》),没想到几十年后,竟能在北大品尝到,真是奇妙。看老先生如此陶醉,一脸幸福的感觉,我们这些"身在福中不知福"的,也只好跟着频频点头。几个月后,《竹内实文集》中文版在京发行,竹内先生见到我,又提起那无法忘怀的宋嫂鱼羹!我当然知道,不是北大勺园厨艺高超,而是因这道菜,勾起了他对于少年生活的美好记忆。对于很多文化人来说,菜好不好,能不能给他留下极深的印象,一是口感,二是氛围,三是联想。不能说美味跟金钱毫无关系,但美味确实羼杂了很多人文因素——历史记忆、文学想象、人生况味、审美眼光等,都严重制约着你的味觉,更不要说关于美味的陈述与表彰。[1]

我写过唯一的一篇谈饮食文化的专业论文《长向文人供炒栗——作为文学、文化及政治的"饮食"》[2],谈及盛产于大江南北的栗子,作为一种营养丰富的食物,如何深深嵌入中国人的历史记忆。我讨论的不是"原料",而是"美食"——从植物形态的栗子,到吾曹口中的美食,不只"主厨"在发挥作用,文人学者也都不甘示弱,纷纷以其擅长的语言文字来"添油加醋",以至于我们今天谈论诸如"糖炒栗子"这样的美食,必须兼及"古典"与"今典"(借用陈寅恪的概念),神游冥想,古今同席,于美味之外,

---

[1] 参见陈平原《纸上得来味更长——〈文学的餐桌〉序》,《中华读书报》2004年5月26日。

[2] 初刊《学术研究》2008年第1期,后收入《记忆北京》,北京:生活·读书·新知三联书店,2020年。

更多地体会历史与人心。所谓"知味",兼及味蕾的感受、知识的积累、历史的氛围以及文人的想象。此文追踪宋代的苏辙和陆游、清代的赵翼和郝懿行,以及现代的周作人和顾随等,共同品鉴让他们一往情深的栗子——尤其是那早已"香飘四海"的糖炒栗子。

之所以突发奇想,撰写那篇谈糖炒栗子的长文,是因台湾诗人兼美食家焦桐邀我参加他主办的"饮食文学与文化研究"研讨会(2007)。原本是诗人、教授的焦桐,围绕"饮食文学与文化",写散文、编杂志、搞评鉴、开课程,还组织国际学术会议,一路风生水起,让朋友们看得目瞪口呆。今天的焦桐,"美食家"成了他的第一标识。2004年,我替他主编的《文学的餐桌》作序,特别强调"中国谈论饮食的文章及书籍的共同特色:不满足于技术介绍,而是希望兼及社会、人生、文学、审美等";2011年,我又为他的简体字版《台湾味道》撰写前言:"谈论饮食而能勾魂摄魄,需要的不是技术,而是故事、细节、心情,以及个人感悟。书中提及的很多餐馆,你大概永远不会去;提及的好些菜色,你也永远不会品尝,可你还是欣赏这些文章,除了诗人文字的魅力,更因背后蕴含的生活态度。"

四年前,我请焦桐来潮州参加"韩江讲堂"第四季,他演讲的题目是"台湾味道——台湾特色饮食的形成和文化性格"。事后,焦桐赞不绝口,说:"你们潮汕实在太有文化了",好些厨师放下手头的工作,赶来听讲座,还买书请他签名,让他受宠若惊。正是有感于此,我们相约携手,合办美食文化国际研讨会,可惜因各种主客观原因,至今尚未兑现。

第三，美食需要教育的传递

谈饮食文化的人，喜欢借用《礼记·中庸》的说法："人莫不饮食也，鲜能知味也。"还有另外一句名言出自曹丕《典论》："一世长者知居处，三世长者知服食。"这后半句的意思是，必须三代富贵，才能真正懂得服饰与饮食。这里强调的是日常熏陶——除了味蕾的培养，还需要吃出品位，吃出文化，吃出教养。落实到"潮州菜文化研究会"，切磋厨艺，开发出不同类型的潮菜——有面向老饕、有面向文青、有面向富豪，也有面向普通大众的；此外，整理历代菜谱，搜集美食故事，勾稽历代诗文中的潮菜，并从文学史与文化史角度开展研究，也是题中应有之义。而在此过程中，"美食教育"将发挥很大作用。

所谓"美食教育"，兼及厨师与食客。全国各地的潮州菜馆孰高孰低，我没有调查，不敢信口开河。不过以我在北京生活的有限经验，新鲜食材的供给最为要紧。没有合适的食材，再好的厨师也白搭。曾有大厨向我推荐某酒楼的潮州菜，品尝后大失所望；当值的厨师这么解释：因挑剔且相对富裕的上等食客不多，不敢进娇贵的好食材。

食客的培养，好酒楼与预制菜，两条路线均可发力。既要独特性，也讲标准化，可以做到吗？我以为，二者路径不同，但齐头并进，久而久之，必定水涨船高。最忌讳的是，还没起步，就互相拆台。潮州菜的声誉，眼下是有了，但因食材缘故，价格偏高，普通百姓无法经常消费。这个时候，如何将性价比合适的预制潮州菜分送到千家万户，以提升全国人民的饮食水平，是个更为急迫的话题。我注意到近期潮州市正着力打造"潮州农产品食品化、食品工业化、中央厨房潮州菜潮流化"，是否真是"下一个亿万级风口出现"我不懂，但希望在北京家中能随便吃到三四分模样的潮州菜。对于地方政府来说，之所以积极推广"预制菜"，那是因为只有标准化，才能把产业做大做强。这方面的经验，国外的可举1890年创立的英国立顿红茶，国内的则有年营业额超500亿元、带动30万人就业的沙县小吃——两者都谈不上精彩，但以量大取胜。

　　关于食材的生产与配送，自有企业家及政府官员操心，我关心的是如何培养国人品鉴潮州菜的能力。说句玩笑话，食客的培养，同样必须从小孩子抓起。想想麦当劳进入中国，除了口感与就餐环境，还有就是赠送各种玩具，以吸引众多儿童。因此，在我看来，所谓"乡土教育"，应包括培养孩子对于家乡食物的好感与记忆。

图1-18 《潮州乡土格致教科书》　　图1-19 《(最新)澄海乡土格致教科书》

— 辑一 回望故乡 —

我在《乡土教材的编写与教学——关于〈潮汕文化读本〉》中谈及，清末林宴琼编《潮州乡土格致教科书》（端本学堂，1909年），目录有点杂乱，可课文有趣，以第三十三课《鲢、鳙》为例："鲢（《本草》）一作鲌鱼，俗呼鳞鱼，大头细鳞，背青腹白，形扁。又，鳙（郭璞云）形似鲢，而色黑，其头最大，俗呼大头松。鳞之美味在腹，而松之美味在头。"蔡鹏云编《（最新）澄海乡土格致教科书》（景韩学堂，1909年），第二册一半以上篇幅讲河鲜与海产，如河豚、石首、鲨鱼、墨鱼、虾蟹、龟鳖鲎、蚶、薄壳、日月蚝、九孔螺、田螺等。这些家乡的食物，连同知识与滋味，借助当年的格致教科书，渗透到小学生的深层记忆中，这是值得借鉴的教学方式。

几年前我与林伦伦、黄挺合作主编《潮汕文化读本》，第一册第十三课《南风去了东风来》，课文是："南风去了东风来，东风来了笑面开，捞鱼都是东风力，鱼虾满载伊送来。"课后的"文化百科"引述《海鱼谣》（"正月带鱼来看灯，二月春止假金龙……十一月墨斗放烟幕，十二月龙虾持战刀"），另外，还介绍潮汕人如何将海鱼加工成各色小吃，如鱼饭、鱼卷、鱼饺、鱼册、

图1-20 《潮汕文化读本》第一册海鱼谣

蚝烙、虾饼等。第十七课《雨落落》的"活动天地"部分，则要求学生逛一逛水产市场，认一认图中的河鲜，在括号里写上它的名字（共六种），还建议跟爸爸妈妈学做一道美味的鱼肴。当初设计时，我担心生活环境及经济能力不同，不是每个家庭都做得到，但一线老师说没问题；最后证明他/她们的判断是对的，此课程的教学效果很好。

谈论食客如何培养，更多的是饮食业的立场；至于美食文化的提倡与美食趣味的养成，则是为了提升国人的生活品质。在这个意义上，"美食教育"可雅也可俗——若做得好，还真的是雅俗共赏。

（此乃作者2021年10月20日在潮州市潮州菜文化研究会成立大会上的讲话，初刊《南方都市报》2021年10月23日）

阅读趣味与地域文化

——我读许地山、林语堂、丘逢甲、张竞生

最近十几年,我常回家乡潮州的韩山师范学院演讲,那天在讲台上突然闪过一个念头:一个学者在成长过程中,不时回望故乡,好像有千丝万缕的联系,那到底是真还是假,抑或真假参半、虚实相生?这种文化上的滋养与精神上的桥梁,是否有可能落实在若干看得见摸得着的人物或文本?还有,那个若隐若现的"故乡",到底是通过什么途径"随风潜入夜,润物细无声"的?所有这些,似乎都值得深究。本文描述我阅读许地山(1893—1941),阐释林语堂(1895—1976)、丘逢甲(1864—1912)、张竞生(1888—1970)这四位近现代中国作家的经过,借以思考一个读者的审美趣味及价值判断,在社会史、文学史、学术史之外,是否还可以添上地域文化的视角。下面的追忆与阐释,夹叙夹议,且依结缘先后而非作家生卒年排列。

一

1990年代初,我到日本访学,长崎大学年轻女学者松冈纯子自我介绍,说她专门研究许地山,希望我带她去探访许地山在揭阳的故居。我愣了一下,给她解释,为什么揭阳没有许地山故居。许家虽祖籍广东揭阳,明嘉靖年间便因避重赋移居台湾赤嵌(即台南),到父亲许南英这一代,已在台居住四百年了。1895年清政府割让台湾,许南英统领兵丁扼守台南,抗日失败后内渡,定居漳州。在1941年刊发的许地山未完稿《我的童年》中说到过:"我家原是从揭阳移居台湾底。因为年代远久,族谱里底世系对不上,一时不能归宗。"1933年北平和济书局版《窥园留草》,前有许地山所撰《窥园先生诗传》,提及因"旧家谱不存"而无法归宗,父亲退而求其次,寄籍龙溪(今漳州),原因是"漳州与潮州比邻,语言风俗多半相同"。

因此,潮汕地区没有任何许地山的生活痕迹,反而是雷州半岛南端的徐闻那里有一些。作为台湾著名诗人、光绪十六年(1890)进士,许南英回大陆后一直不得志,1902年任广东徐闻县知县,其《窥园留草》中收录《徐闻杂咏》《留别徐闻诸父老乡亲》等。许地山在《窥园先生诗传》中称:"徐闻在雷州半岛南端,民风淳朴。……县衙早已破毁,前任县官假借考棚为公馆,先生又租东邻三官祠为儿辈书房。公余有暇,常到书房和徐展云先生谈话,有时也为儿辈讲国史。先生在徐闻约一年,全县绅民都爱戴他。"许地山在广东徐闻等地生活时间不长,这就难怪其作品大多以闽南为背景。

听了我的解释，松冈女士很失望，说本以为我是因为乡情才那么早就关注许地山的。

其实，1980年代的中国学者，更多追求放眼世界而不是回归乡土。因而，那时的我，并没有那么强烈的乡土意识，也不在意研究对象原籍哪里。关于许地山，我总共发表过两篇半论文，还编了一本书。半篇指的是《论苏曼殊、许地山小说的宗教色彩》，两篇则是《许地山与印度文化》和《许地山：饮过恒河圣水的奇人》。[1] 后两者其实是同一篇，只不过详略有别。另外就是辑佚编辑《许地山散文全编》（浙江文艺出版社，1992年），并撰写长篇"前言"，但那属于介绍性质，没多少新见。

许地山最初吸引我的，是其作品多以中国闽南、台湾以及东南亚、印度为背景，比如散文及小说集《缀网劳蛛》《空山灵雨》《春桃》《危巢坠简》等。这一阅读趣味，或许与潮州人四海为家、闯荡天下的传统积淀下来的潜意识有关。另外，许氏的论著《印度文学》《道教史》《国粹与国学》，以及译著《二十夜问》《太阳底下降》《孟加拉民间故

图 1-21 《在东西方文化碰撞中》

---

[1] 分别初刊《中国现代文学研究丛刊》1984年第3期、初刊《中山大学研究生学刊》创刊5周年特刊/中大校庆60周年（1984年11月），以及收入《走向世界文学》（湖南人民出版社，1985年）。

事》等,也凸显其与同时代作家学者不同的眼界与学养。我的第一本书《在东西方文化碰撞中》(浙江文艺出版社,1987年),题目本身很有时代特征,也很能显示我们那代人的兴奋点。选择许地山,是敏感到"五四"那代人对外国文化的介绍与吸纳路径多样,风格迥异。比如,许地山的求学经历及学识趣味便很特殊:1917年考入燕京大学文学院,三年后毕业留校任教;1921年和沈雁冰、叶圣陶、郑振铎等12人发起成立文学研究会,第二年在《小说月报》上发表短篇小说《缀网劳蛛》;同年8月与梁实秋、谢婉莹(冰心)等到美国哥伦比亚大学研究院哲学系学习,1924年获文学硕士学位后,以"研究生"资格进入英国牛津大学曼斯菲尔学院研究宗教史、印度哲学、梵文、人类学及民俗学,两年后又获牛津大学研究院文学学士学位;1927年回国,在燕京大学文学院和宗教学院任副教授、教授。我在《许地山与印度文化》中有这么一段话:"对印度文化的研究,给他的艺术创作打上深刻的烙印。许地山的小说散文带有浓厚的异域情调。除仰光、新加坡、马来半岛的青灯佛影外,直接牵涉印度的风土人情、文化习俗的就有《醍醐天女》《萤火虫》《商人妇》《海角底孤星》《头发》等。背景、人物、习俗的借用,这仅是创作的表层因素,许地山对印度文化的借鉴远远不止这些。不过他对印度文化的热爱,于此可见一斑。"此文只是现象描述,没能深入阐释,因我对印度文化本就所知甚少。真正关注"另一种西学"或"东方文化的多样性",有待日后的专门学者。

那是我的学术起步阶段,读书不多,但思维活跃,胆子特大。除了谈论我不懂的印度文化,还在许地山的宗教意识上大做文章。

比如《论苏曼殊、许地山小说的宗教色彩》中的这段话，当初颇为得意，也得到不少师友的赞许："再没有比'不争'的'斗士'和'柔弱'的'强者'更矛盾的了，可许地山居然把这矛盾统一起来。许地山笔下人物没有一个是威武雄壮、咄咄逼人的英雄，全是柔弱卑微的小人物。可这些貌不惊人才不出众的小人物，不可欺侮，不会屈服，默默地走着自己的路，平静地迎击每一个平地突起的风波。月圆月缺，潮涨潮退，多少锋芒毕露的弄潮儿退下去了，'他'，却仍旧默默地、一步一个脚印地走下去。也许，这正是人们所说的东方式的'如雷般的沉默'。不是落入永恒冷漠的虚无深渊的沉默，而是化动为静的虎虎有生气的'沉默'。"在我硕士阶段所撰各文中，此篇具有特殊意义，那是我进入北大的敲门砖——若在唐代，这叫"温卷"。1983年初秋，为找工作我北上探路，将此论文送给北大青年教师钱理群；老钱觉得不错，推荐给了王瑶先生，这才有了招我进北大读博士的机缘。

两年后，我开始筹划撰写博士论文，最初设想以现代文学和宗教的关系为题，幸亏被导师王瑶先生否定了。王先生的理由很充足："虽然你对这方面有兴趣，但你没有受过宗教学方面的专门训练，除非你补课，在宗教学方面下很大功夫，否则你就是骗文学界的人。你可以在文学界谈禅论道，但这毕竟不是你的专长。"[1]的确，我没有许地山那样的学术训练，非要勉力谈论"宗教与文学"，效果肯定不好。

此后，我再也没有撰写关于许地山的论著了。只是有个插曲，

---

[1] 参见《博士论文只是一张入场券》，《中华读书报》2003年3月5日。

1935年，许地山因胡适推荐应聘为香港大学文学院主任教授，遂举家迁往香港；70年后，港大中文系招聘讲座教授，承蒙得力的师长推荐，我闯过多轮筛选，被确定为两个候选人之一。到了应邀访校演讲时，我有点犹豫，想打退堂鼓，还是妻子鼓励，说你不是研究许地山吗，那就试着走走他的路吧。最终风云突变，港大两人都不要了。不过，隔年我还是接受了更合适的香港中文大学中国语言及文学讲座教授的聘约，在港工作了七年（与北京大学合聘）。

二

2002年秋冬，我在台湾大学讲学，朋友带去参观坐落在阳明山麓的林语堂故居。这是林语堂最后十年的居所，是他亲自设计的，建于1966年。我参观的时候，此故居归佛光大学管理，修整为兼及作家藏书、艺文活动与餐饮休憩的纪念馆。由此机缘，我在台大图书馆搜寻各种有关林语堂的图书及音像资料，发现一个有趣的现象：林语堂的英文发音很标准，国语则带有很浓的闽南口音，跟我们潮州人很像。猛然想起，1980年代中期，我之所以突破禁区，率先关注那时备受贬抑的作家林语堂，冥冥之中是否有乡音在导引？

福建龙溪（今漳州）人林语堂，1912年入读上海圣约翰大学，毕业后在清华大学任教；1919年秋留学哈佛，一年后转法国、德国，1923年获博士学位后回国，任北京大学教授。1926年林语堂转任厦门大学文学院长，除了继续研究语言学，开始撰写杂文。1932年创办《论语》半月刊，主张"两脚踏东西文化，一心评宇宙文章"，提

— 辑一　回望故乡 —

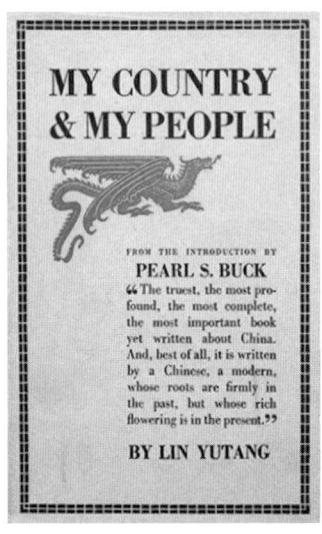

图1-22　《吾国吾民》

倡幽默文学。两三年后又创办了《人间世》《宇宙风》，提倡"以自我为中心，以闲适为格调"的小品文，与左翼作家（包括鲁迅）展开论战。林语堂1936年应美国作家赛珍珠邀请赴美写作，其《吾国吾民》(*My Country and My People*)与《生活的艺术》(*The Importance of Living*)成为英文畅销书，另有《京华烟云》等长篇小说传世。

关于林语堂，我就写过三篇文章：一是《林语堂与东西方文化》，二是《林语堂的审美观与东西文化》，三就是《两脚踏东西文化——林语堂其人其文》[1]。前两篇当初影响很大，收入1987年版《在东西方文化碰撞中》。随着阅历及学识的增长，还有整个时代氛围的变化，我对当初独尊左翼文学、过度贬抑林语堂多有反省。比如在《林语堂与东西方文化》中批评："林语堂避开三十年代激烈的社会风雨，换下西装革履，跟着被画歪了脸的袁中郎漫游中国文学长河，过多地吸取其中封建士大夫的闲情逸趣；自然也是其根深蒂固的个人主义人生观和享乐意识作怪。对比《剪拂集》时期主张全面欧化的初生牛犊，可真恍如隔世。至

---

[1] 分别初刊《中国现代文学研究丛刊》1985年第3期、《文艺研究》1986年第3期和《读书》1989年第1期。

此，林语堂完成了他向传统的复归，寻到他所需要的'根'，可惜付出的代价未免太大了。"这段话当初以为十分精到，实则大为偏颇；若林语堂没有赴美后的众多著述，只靠《剪拂集》《我的话》等小品文集，构不成重要作家。

1997年，河北人民出版社集合我的六部著作，成三卷本《陈平原小说史论集》。我专门为河北版《在东西方文化碰撞中》写过一段话："尤其是《林语堂与东西方文化》一文语调的尖酸刻薄，对论述对象缺乏了解之同情，可见其时心境及风尚。此文乃八十年代中国大陆学界为林氏'平反'的先声，在学术史上或许有意义，可文风实不可取。记得当年此文发表，友朋中颇有赞赏'痛快淋漓'者，本人也因此而自得。直到数年后文章结集出版，承一诤友'痛下针砭'，重读旧作，方才深感'意气用事'在学术研究中的流弊。其他文章也有毛病，但多属于见识有限、思考不周，不若此文逞才使气中充分暴露自己学养上的缺陷。"

此后，我再也没有写过专论林语堂的文章，只是在相关著作中偶尔涉及。但日常生活中，我与林语堂还有两次重要的交汇。1954年，著名南洋企业家、慈善家陈六使等在新加坡筹建南洋大学，聘林语堂任校长。林到任后，与校董会发生激烈冲突，半年后不欢而散。我对此事的来龙去脉及各方得失颇为关注。因为，20年前到马来西亚参加学术活动，接触了不少热心华文教育的新马华人，不断听他们讲述南洋大学的故事，不禁心有戚戚焉。事后翻阅他们赠送的《南洋大学走过的历史道路——南大从创办到被关闭重要文献选编》（李业霖主编，马来西亚南洋大学校友会，2002年），对这所创校25年，培养了12,000多名学生，现已消逝在历史深处的大学，充满敬意与好奇心。2005年，我应邀为胡兴荣编著的《记忆南洋大学》（广西师范大学出版社，2006年）撰写前言，其中提及："林一到新加坡，就扬言要把南大办成哈佛、牛津那样的世界一流大学；而这就需要一流的校舍、一流的教职员以及一流的薪水。如此高的期待，与民间捐资办学的实际能力，形成巨大的缝隙。"我认真开列并辨析了各方意见，得出如下结论："办大学不是写文章，需要理想，需要才学，更需要实干与牺牲精神；而这些，非林氏所长。"2007年我应南洋理工大学"陈六使中华语言文化教授基金"的邀请，赴新加坡讲学一个月，重新复核相关资料，仍然坚持此结论。

当初在《论林语堂东西综合的审美理想》中，我说过："如果孤立地谈中国现代文学，林语堂在国外用英文撰写的著作当然不在研究之列；但如果站在整体文学的角度，考察世界文学中的中国文学，那么中国作家在国外用外文发表的描述中国人民生活的作品，应该作为中国文学走向世界的一部分，给予充分的注意。只有把林语堂在国内提倡幽默和性灵，与他在国外弘扬道家哲学和中国文化联系起来，才能真正把握林语堂的审美理想，也才能准确评价其功过是非。"多年后，一个偶然的机缘，让我更为深刻地体会这一点。国家外文局旗下的海豚出版社从国新办那边了解到我曾经的"业绩"，约请撰写一本《中国人》，准备刊行多种译本，挑战林语堂的英文畅销书《吾国吾民》。折腾了好久，最后我举手投降，就因重读中英文本《吾国吾民》，明白一个简单的道理——林语堂的长处在双语写作，像我们这么操作，无论如何努力，也出不来那种浑然天成的效果。

三

2016年5月，我应邀到广东梅州的嘉应学院演讲，选择"吟到中华以外天——现代中国文人的域外书写"为题，自然是为了向黄遵宪致意。我此行还有另外一个任务，那就是探访丘逢甲在蕉岭的故居。此故居离梅州市区60多公里，驱车也就一小时。那天天公不作美，一直下雨，路上略为耽搁，但也有好处，那就是游人很少，登堂入室后，得以从容参观。此故居为1896年秋丘逢甲从台湾回蕉岭时所建，建筑面积1800多平方米，屋前为半月形池塘，后面则是半环状的围龙屋，广场上立有第六批全国重点文物保护单位的石碑，正门署"培远堂"，两侧为丘逢甲自拟的对联："培栽后进，远继先芬。"南厢房"念台精舍"常在丘逢甲诗集中出现，游客至此，很难不想起

图1-23　丘逢甲故居

那首著名的《春愁》:"春愁难遣强看山,往事惊心泪欲潸。四百万人同一哭,去年今日割台湾。"故居内陈列众多文物、照片、手稿、文献等,意在展示抗日志士、著名诗人、教育家丘逢甲多彩的一生。

别署海东遗民、仓海君的丘逢甲,是晚清思想文化史上的重要人物。祖籍广东嘉应州镇平县(今蕉岭),生于台湾省苗栗县,光绪十四年(1888)中举,第二年同进士出身,授任工部主事。但丘无意为官,返回台湾,在台中衡文书院担任主讲,后又于台南、嘉义等地办学。1895年5月23日任义勇军统领;同年秋内渡广东,"归籍海阳"(即潮州),而后在嘉应和潮州、汕头等地兴办教育,倡导新学,支持康梁维新变法。后利用担任广东教育总会会长、广东咨议局副议长的职务之便,投身孙中山的民主革命。民国元年元旦,肺病复发,2月25日病逝于镇平县淡定村,终年48岁。这是一位在海峡两岸都得到尊敬与推崇的政治/文化人物,大陆多次召开关于他的学术研讨会,台湾则建有逢甲大学以示纪念。

我在中山大学念硕士时的指导教师吴宏聪先生(1918—2011),老家蕉岭,深感有义务扛起丘逢甲研究的大旗,于是出任广东丘逢甲研究会会长,主编两辑《丘逢甲研究》(广东人民出版社,1986/1997年),策划古籍整理项目《丘逢甲集》(岳麓书社,2001年)等。2000年1月,"丘逢甲与近代中国"研讨会在汕头大学召开,吴先生命我参加,于是有了《乡土情怀与民间意识——丘逢甲在晚清思想文化史上的意义》一文[1]。那是我第一次认真探究与潮汕

---

[1] 初刊《潮学研究》第8辑,后收入《当年游侠人——现代中国的文人与学者》中。

相关的历史人物与文化传统,自此开启了与家乡长期不断的对话。

关于晚清著名诗人丘逢甲,学界其实多有论述,我的特点是从潮州人的视角出发,谈论其独特的"乡土情怀":"与同期内渡的其他人不一样,丘逢甲没有过多的顾影自怜,也不曾努力去谋取一官半职,而是迅速地在'归籍海阳'与'讲学潮州'中获得相对稳定的心态。从第四年(1898)起,丘氏诗作数量大增,而且对居住地的历史文化表现出极大的兴趣。不算一般意义上的纪游诗,专门歌咏潮州风物的,就有《广济桥》4首、《王姑庵》绝句16首、《千秋曲》《凤皇台放歌》《莲花山吟》,以及由20首五古组成的《说潮》(《岭云海日楼诗钞》收17首,其余3首见《选外集》)。"

丘逢甲之所以能够由"归籍海阳"而迅速融入潮汕文化,除了祖上屡次迁徙养成的热爱乡土的"不二法门",更有潮、嘉两州地理相邻、习俗相近、经济互补,比较容易互相渗透的缘故。更何况历史上台湾多潮州移民,丘逢甲的《台湾竹枝词》早有歌咏:"唐山流寓话巢痕,潮惠漳泉齿最繁。二百年来蕃衍后,寄生小草已生根。"时至今日,潮汕、闽南和台湾的语言及文化习俗,依然十分接近。不难想象,对台湾乡土极有感情的丘逢甲,"归籍海阳"并无太大的心理障碍。而日后创办岭东同文学堂,其《开办章程》所透露的目光,依然将潮、嘉及闽南视为一体。

那篇文章顺带讨论了历来不被重视的岭东之"文"与"学"。学界常将行政区域与文化传统混而为一,以"岭南文化"来涵盖整个广东的历史文化。而实际上,地处"岭东"的潮嘉地区,无论方言、习俗、历史、文化乃至学术资源,均有相当程度的独立性。与会者对我关于岭东文化的论述颇感新鲜,希望多听听,可实际上当年我只有直觉,没能力深入展开。

十多年后,我为"2016潮学年会"做主旨演说,题为"六看家乡潮汕",谈及:"身处'省尾国角'的潮汕,在多重视野中来回观察,交互作业,或许会有新境界出现。"具体论述时,我从六个方面入手,其中专论岭东文化,明显是从丘逢甲诗文中得到启示。演讲时,我特意秀出两张图片,一是汕头的岭东同文学堂,一是兴宁的两海会馆(又称潮州会馆)。前者与丘逢甲密切相关,历来关注的人很多。后者位于兴宁市兴城神光路,初建于清代嘉庆十一年(1806),乃当时来兴宁经商的潮州商人捐资兴建,属省级文物保护单位。所谓潮客一家亲,说的便是历史上的潮州与梅州,虽方言不同,但风俗相近,且因经济往来密切,确系同气连枝。

四

谈丘逢甲缘于导师的督促,读张竞生则是因十几年前,广东公务员张培忠业余为饶平老乡张竞生立传,我大加鼓励,且在北大图书馆帮他找点资料。等到他的《文妖与先知——张竞生传》(生活·读书·新知三联书店,2008年)完成,于是有义务为其撰写序言——这就是那篇《孤独的寻梦人》的起源。那时我在香港教书,稍有闲暇,搜集了很多资料,拉开写长文的架子,开篇就是:"这是一个倔强而又孤独的叛逆者,一个出师未捷便轰然倒下的寻梦人,一道欢快奔腾越过九曲十八涧的溪流,一颗划过天际瞬间照亮漫漫夜空的彗星。曾在1920年代'名满天下'的北大哲学教授张竞生，竟然凭借薄薄一册《性史》，赢得生前无数骂名，也收获了半个多世纪后的无限风光。"没想到刚开笔，工作发生变化，文章只好高开低走，草草收场。作为潮州人，我对张竞生这位先贤早有耳闻，只是囿于成见，不曾给予必要的关注。直到应邀写序，阅读大量张竞生著译，对这位前北大教授的印象方才大为改观。文中有这样的话："你会惊叹，此人怎么经常与政治史、思想史、学术史的'大人物'或'关键时刻'擦身而过？这不是一个声名显赫的'成功人士'，某种意义上，甚至可以说是个'失败者'，可他提供了一个独特的观察角度，帮助我们串起了一部'不一样'的中国现代史。"

此后，张培忠贾其余勇，准备陆续推出张竞生著译。我提醒他单靠市场不行，"应该走'文化积累'或'学术建设'的路子"，并建议"最好在广东找学院中人合作，申请科研经费，做正规的资料收集、整理、校勘，编一套好的《张竞生文集》"。碰了几回壁后，他终于认可我的意见，选择与韩山师范学院合作，走作家文集整理的道路，更多着眼于学术价值而不是市场销售。在《张竞生集》编委会上，我作为顾问，除了提若干建设性意见，再就是答应撰写总序。[1]

出版作家全集，学术性是第一位的。因此，我之谈论张竞生，

---

[1] 参见张培忠、孔令彬《〈张竞生集〉编后记》，《张竞生集》第十卷，北京：生活·读书·新知三联书店，2021年。

主要目的不是表彰乡贤。《新文化运动的另一面——从卢梭信徒张竞生的败走麦城说起》，讨论同为北大哲学教授、美国博士胡适引进杜威，名满天下，引领风骚数十年；法国博士张竞生信奉卢梭，为何举步维艰，成为一颗划过天际、瞬间照亮漫漫夜空的彗星？这涉及新文化人努力的方向，以及新文化运动的天花板。北大研究所国学门成立"风俗调查会"，诸多业绩在现代中国学术史上闪闪发光；唯独认领性史调查的张竞生，因操作欠妥而备受责难。我在文章中称："真正给予张竞生致命打击的，不是'传统的保守势力'，而是同样关注妇女问题及性道德的新文化人。因他们特别担心，这位完全不顾中国国情的张竞生，将这个好题目给彻底糟蹋了，自己成烈士不说，还连累此话题也成了禁区。这就好像一头莽撞的大象，出于好奇，闯进了瓷器店，悠然转身离去时，留下了无法收拾的一地碎片。"

对我来说，谈论这位风光五载、落拓半生的北大前辈、家乡贤达，褒贬之间，更需要的是清醒的史家立场，而不是"理解的同情"。除了上述二文，我还写了《历史的侧面与折痕》以及《新文化运动中"偏师"的作用及价值——以林琴南、刘师培、张竞生为例》。[1] 后文中提到："张竞生的败走麦城，不仅仅是个人的悲哀，更让我们明白新文化运动的边界与雷池。一个时代的思想潮流及情感结构，有其大致走向，非个别先知所能左右。某种意义上，'超前'的思考与表达，也是一种生不逢时。"前者更是上升到如何阅读／阐

---

[1] 分别发表于《南方都市报》2018年12月11日、《北京大学学报》2019年第3期。

释历史的哲学高度："历史并非'自古华山一条路',从来都是多头并进,故时常歧路亡羊。空中俯瞰,似乎一马平川;地面细察,原来沟壑纵横。诸多失败的或不太成功的选择,就好像历史的折痕,或深或浅地镌刻着许多惊心动魄的故事。折痕处,其实百转千回,你必须有耐心慢慢展开,仔细辨析,才能看得见、摸得着、体会得到那些没能实现的理想、激情与想象力。"

图 1-24 《张竞生集》

张竞生晚年长期生活在潮州市饶平县浮滨镇的大榕铺村,故居 1965 年被毁,现已按原貌重建。2018 年 12 月 16 日,来自全国各地的 100 余名专家学者参观了新落成的张竞生文化园,其中"张竞生生平陈列室"没什么实物,但几十张展板制作认真,对于了解张竞生生平及业绩还是大有帮助。我虽为其题写园名,那天刚好在别处演讲,只好请朋友代为拍照,发现宣纸上的墨迹,立在墙上效果并不理想。不过,那是心意,能为乡里先贤做点小事,还是很高兴的。

今年年初,终于拿到印制精美的十卷本《张竞生集》,本计划在北大开个专题座谈会,或在潮州组织国际学术讨论会,因疫情变化莫测,只好暂时作罢。张竞生因"孤军奋战,八面受敌,长期处于不得志的位置,才华因而没有得到充分的发挥",但其刻意追摹卢梭,挑战世俗偏见,敢想敢说敢做的性格与才情,还是很值得今人怀念的。我相信，随着文集的出版，学界会越来越关注这位现代中国史上的奇人。

五

每个人的学术经历与阅读趣味，受制于诸多因素，其中有很大的偶然性，比如我学的是中国现代文学，而且是1980年代起步，因此许地山、林语堂很容易进入我的视野。进入新世纪，我的研究范围大为拓展，近代诗人丘逢甲以及现代思想史上的奇人张竞生，也就顺理成章地站立在我面前。可除此之外，我之阅读这四位作家，似乎还有某种特殊因缘，比如地域文化——或方言相同，或习俗相通，生活经验与文化趣味的内在联系，使得我很容易亲近他们。

这里所说的地域文化，与今天的行政区划不完全重叠。谈论"故乡"，这个圈到底应该画多大，取决于你的视野及情怀。就好像文化层，完全可以多重叠加。站在潮州古城放眼望去，当下的潮州市太小，1950年代的汕头专区也不够，考虑到历史渊源以及方言文化，不妨将闽南与岭东纳入论述框架。

这一阅读趣味颇为特殊，没有顾及广东全省，但又扩展到临近的福建乃至台湾。如此文化立场，很大程度是历史造成的。身为潮人，从自身生活经验出发，很容易读懂与体会上述四位作家。这里还没有涉及时间上更早的嘉应黄遵宪（1848—1905），以及更晚的潮州饶宗颐（1917—2018），直觉上，这些人的立场与气质，跟作为岭南文化主体的"广府英才"还是不太一样。

到底是因阅读而乡情，还是因乡情而阅读，说不清楚；更大的可能性是二者互相激荡。有地域文化垫底的阅读，因存在着某种前理解，很容易顺水推舟；但也正因此，最好警惕过度的自我褒扬（"谁不说俺家乡好"）。在大一统以及全球化的时代谈论"地域文化"，须兼及同情、理解与超越，以便在普世价值与乡土情怀之间，保持一种必要的张力。

2021年11月24日于京西圆明园花园

（初刊《文艺争鸣》2022年第2期）

《潮汕文化三人谈》小引

比起动辄百数十万字的高头讲章来,你面前的这册小书实在"分量不够"。可如果换一个角度,不从字数而从心情着眼,此书同样(甚至更加)是"沉甸甸的"。三个各有专长的潮籍学者,精选若干拿得出手且普通民众也能读懂的谈论潮汕文化的文章,献给父老乡亲(以及对潮汕文化有兴趣的读者),当然是别有幽怀了。

长话短说,这"幽怀"就体现在以下三句话:第一,在全球经济一体化势不可挡的当下,学者有义务为保护文化多样性出谋献策;第二,关注、发掘、阐释你所熟悉的乡土世界及其知识体系,可以是一种兼及情怀的大学问;第三,潮学不仅仅属于潮人,可以有而且必须有更为开阔的学术视野。

比起长期扎根潮汕的林伦伦与黄挺二兄,我在潮学领域的投入与积累明显不足,属于胡适所说的"提倡有心,创作无力"。不过,借助这回合作主编《潮汕文化读本》,以及合刊《潮汕文化三人谈》,自信我对于家乡的历史与现状、文化与风物、学问与精神,会有更为深入的理解与体悟。假以时日,说不定哪一天我也能像林、黄二兄一样,成为博识宏通的"潮学专家"。

2016 年 8 月 29 日于京西圆明园花园

(初刊陈平原、林伦伦、黄挺《潮汕文化三人谈》,广州:广东教育出版社,2016 年)

《一纸还乡》小引

又是一年春节，元宵前后，妈妈几次来电话，表扬我最近表现很不错，理由是，《潮州日报》先后刊发了我的《"为善"真的"最乐"》《扛标旗的少女》《五味杂陈的春节》。其实，这三篇文章都在《人民日报》等刊载过，但生活在潮州的妈妈认定，父老乡亲看得见的，那才是好文章。

如此说来，感谢家乡的报纸，让我在40年前的高考作文之后，重新"风光"了一回。虽是文学教授，但我不以创作见长，出版的那几十种学术著作，非专业读者一般不会翻阅。偶尔撰写点散文随笔，在我只是借以保持人间情怀，故临文以敬，辞达而已。

必须承认，长年在外打拼，须在全国性报刊发文章，不太可能专门为家乡的报纸写作。念及此，不免有点内疚。如今，没能衣锦还乡的我，应邀从近三年撰写的短文中，挑二三十篇交给《潮州日报》刊发（说好无偿使用，否则于心不安），权当游子的工作汇报，也算是"秀才人情纸半张"。

这情景，一如四十多年前，在山村插队的我，写好了稿子，骑上脚踏车，兴冲冲跑到潮安县文化馆寻求指导——那时的文化馆，

— 《一纸还乡》小引 —

办公地点就在开元寺里。多年后,几次带朋友前来礼佛,总不忘顺便踏勘自家"文学事业"的起点。虽说当初所发宏愿早已风流云散,但菩提树下的神聊与开悟,支撑我走过艰难岁月,也成了日后永远的温馨记忆。

2017 年 2 月 24 日于京西圆明园花园

(初刊《潮州日报》2017 年 3 月 9 日)

《潮汕文化读本》序

也许有一天，你会跑到很远、很远的地方去求学、工作乃至定居，夜深人静，回想曾经生活过的潮汕——那些日渐远逝的乡音、人物与食品，说不定你会泪流满面。当然，你也可能长居潮汕，但千万别以为这么一来，对家乡的历史地理、风土人情，你就了如指掌。有关乡土的缤纷知识，并非自然习得，同样需要学习与提醒、关怀与记忆。

一个时代有一个时代的偏见与难题，某种意义上，教育的任务就是帮助我们"纠偏"与"克难"。40年前的中国，刚从"文革"噩梦中醒来，年轻人满腔热情地拥抱那个完全陌生的外部世界。40年后的今天，随着互联网的迅速崛起，远在天边的人与事，不再遥不可及；反而是眼皮底下的日常生活，以及那些蕴含着历史、文化与精神的习俗，因习焉不察，容易被忽视。因此，所谓的"世界眼光"，必须辅以"本土情怀"，我们的知识及趣味才不会出现严重的偏差。

儿时的感受、阅读与记忆，对于人的一辈子来说，十分要紧。成长过程中，最好能"上天入地"。这当然是比喻——"上天"指

— 《潮汕文化读本》序 —

的是获得全国乃至国际性视野,"入地"则是努力理解脚下的这一方水土,体会区域文化的魅力。如此高低搭配、里外沟通、错落有致,是现代人追求的知识结构。

潮汕文化乃海内外三千万潮人共同创造、传承和发展的优秀族群文化,是岭南文化的重要基础,也是中国优秀传统文化的组成部分。本"读本"从童谣、故事、古诗,到散文、随笔与短论,由浅入深,逐渐呈现一个丰富多彩、活色生香且与你的生命息息相关的"潮汕"。

衷心希望本课程的学习,对你来说,既趣味盎然,又轻松愉快。

2017年1月7日于京西圆明园花园

(初刊《潮汕文化读本》(小学三册及初中版),广州:广东教育出版社,2017年)

"潮人潮学"开场白

作为道地的潮人，我对家乡有信仰，但放在整个中国历史及文化版图看，不管叫"潮州"还是"潮汕"，其实都很小，很难说是"关键环节"。我在"2016潮学年会"上发表主旨演说，其中有这么一句："套用梁启超的说法，潮汕在中国史上不重要，在东南亚史上很重要。"也就是说，必须把国内各地、港澳台以及东南亚的潮人叠加起来，其重要性方才可能得到某种呈现。我多次感叹1991年的潮汕三市分立，使得各占山头，分兵进击，削弱了整体竞争力。地盘本来就不大，蛋糕也很有限，为争名分，耗费了太多的精力。其实，注重溯源的，可叫"潮州文化"；关注当下的，则是"潮汕文化"；希望兼及古今，那就"潮人潮学"。说到底，任何机构或个人都无法独占"潮学"资源，尽全力做好自己的事，万一气味相投且机缘凑合，那就携手共进。我之所以勉力出任暨南大学潮州文化研究院的院长，是希望为潮学研究搭建较大的平台，保留众声喧哗的局面，而又呈现大致方向，这样才能加强辨识度，便于走出去，参与国际及国内主流学界的对话。

今年9月16日，上午举行暨大潮州文化研究院成立仪式，下午

— "潮人潮学"开场白 —

召开潮学发展研讨会,据简报,我在总结发言中称:潮州文化研究要超越地域情怀,而从对中国和人类文化发展的意义来开展;要超越文史学科思维,注重经济、实业、传播等方面的结合;要超越学院与社会的边界,形成不同于学院派的研究视野。潮州文化研究院要做"拾遗补缺"的工作,思考那些在省部级社科基金、大学研究机构和媒体都能做的事情之外,真正需要由研究院来做的工作。注重历史研究与现实研究的结合,超越传统学科的限制,从社会学、民俗学、人类学、非遗研究等方面开拓潮州历史文化研究的新课题。真正发挥政-校-企协同优势,设立同人推举的学术奖项、打造有影响力的潮州文化传播平台、面向海外进行潮学研究招标、编写总结性、通论性的潮学专著,真正连接好研究、社会与企业,是潮州研究院的发展定位与工作思路(《潮州文化研究要超越地域情怀》)。这段话不是实录,但提要钩玄,大致呈现了我对暨大潮学院的基本设想。不过,这支票不一定能兑现。在粤东山村插队时,我学会了一句土话:"捡到猪粪说有话。"也就是说,若做出了成绩,那是有资格吹牛的;做不出来,你说得再好,也没人听。

注重地方文献整理,此乃清代学术潮流;相对于江浙等经济及文化发达地区,潮州其实起步较晚。有编著潮州乡土历史、地理教科书的翁辉东与黄人雄,有数次主持编修地方志的学者温廷敬等,更重要的是还有完成《潮州艺文志》的饶锷、饶宗颐父子,但这些基本上都属于个人行为。改革开放以后,方才出现若干潮学研究组织:1990年11月,汕头大学潮汕文化研究中心成立;1991年1月,韩山师范学院设立潮汕文化研究室(即潮学研究院前身);1991年8

月,民间学术团体潮汕历史文化中心创建。三十年河东,三十年河西,从当初的民间呼吁,到如今国家层面的大力支持,潮学总算迎来了"柳暗花明"的新局面。

在大学设立研究院,自然必须有科研成果;但今天中国的人文学以及社会科学,过分强调国家级或省部级课题,满足于制造各种有用无用的"高头讲章"。其实,对于潮州文化来说,传播与转化,或许更值得用心用力。这是基于以下事实认定:越来越多的潮人精英,不在潮汕三市生活,而是散布在世界各地。记得以前有"三个潮汕"的说法,即广义的潮州人,本地一千万,海外一千万,国内各地还有一千万。当然,这里说的是原籍,包含移民及其后裔。这些外出的潮人精英,第一代还有记忆,第二代、第三代就很难说了。如何让潮人基因(这么说有点夸张,或称语言、习俗、礼仪、风采)能更长远地流传下去,这是个绝大的难题。所以我才会特别强调文化传播——"倘若下一代潮人基本上丢掉方言,忘记故乡,拒绝认同,则以上所有努力全都落空"[1]。

作为潮学机构的后起者,暨大潮州文化研究院不仅希望支持学者们的专业研究,更将传播"潮文化"作为重中之重。设立"潮人潮学"公众号,便是我们迈出的第一步。

2021年11月11日于京西圆明园花园

(初刊2021年11月12日"潮人潮学"公众号)

---

[1]《专访暨大潮州文化研究院院长陈平原:对潮州文化的传播转化值得用心用力》,《羊城晚报》2021年9月17日。

《图说潮州文化》序

作为道地的潮州人，我成年后才远走他乡，且每年都回来省亲，关于家乡的记忆，自然牢不可破。可真要我摆开架势，谈论潮州文化，则马上捉襟见肘。这么说不是无的放矢，乃切身体会——单靠生活经验不够，须不断地"学而时习之"，方才可能对家乡有较为深入的了解。多年前阅读林伦伦、吴勤生主编的《潮汕文化大观》（花城出版社，2001年），感叹居然有那么多乡土知识与文化积淀是我所不知晓的，实在惭愧！

从零星的感性体验，走向系统分析与深入阐释，这个路很长，需要借助很多专门家的著作。虽长期从事文史研究，但潮汕史非我所长，从不敢冒充专家。我读饶锷、饶宗颐《潮州艺文志》（上海古籍出版社，1994年）、《饶宗颐潮汕地方史论集》（黄挺编，汕头大学出版社，1996年）、李新魁、林伦伦《潮汕方言词考释》（广东人民出版社，1992年）、陈历明《〈金钗记〉及其研究》（广西师范大学出版社，1992年）、吴国钦、林淳钧《潮剧史》（花城出版社，2015年）、黄挺《中国与重洋：潮汕简史》（生活·读书·新知三联书店，2017年）、陈春声《地方故事与国家历史：韩江中下游地域的社会变迁》（生活·读书·新知三联书店，2021年）等著作，只能额手称庆。可同时我也承认，在厚重的专家著述之外，我们还需要若干"小而美"的普及读物。

阅读即将由暨南大学出版社推出的《图说潮州文化》（陈贤武主编），感觉很是愉悦。作为微型的"潮州文化"百科全书，用一百多页篇幅，向大众介绍潮州这座"国家历史文化名城"的古往今来，以及日常生活的方方面面，如此体例设定，专业性肯定不够，可作为游览/阅读指南，还是称职的。比如，此书谈论潮州这座"岭海名邦"，借助文化遗存、方言文化、潮州文艺、民间习俗、潮州民居建筑、潮州名胜、潮州工艺美术、潮州饮食、四海潮声等九部分，虽说都是点到为止，好在图文并茂，对初入门的读者大有裨益。若真有兴致，可进一步阅读专业著作，或进行沉浸式体验，或干脆从事田野考察。

在《六看家乡潮汕——一个人文学者的观察与思考》中，我曾预言："相信未来二三十年，随着经济结构转型以及生活方式改变，悠闲、清淡、精致、优雅的潮菜及潮人，会有很大的发展空间。当务之急是寻找潮汕人的共同记忆，建立合理的历史论述与未来想象。"可现实生活中，因1991年的三市分立，谈"潮人潮学"变得非常困难——既恐越界，又怕遗漏。摆在你我面前的这册图文书，面临同样的挑战：人家会问，你"图说"的，到底是广义的还是狭义的"潮州文化"？

作者说得没错："潮州文化是一个泛地域概念，从行政区域来看，潮州文化覆盖广义的潮汕地区，甚至涵盖了汕尾大部分、梅州的一小部分。"可实际上，本书谈民居建筑、名胜古迹、工艺美术

《图说潮州文化》序

等,局限于今天的潮州市。只是在涉及三市共有的历史记忆或精神信仰时,方才略为扩张。比如介绍粤东地方"守护神"之一"三山国王"时,作者会提醒:"揭西县河婆镇的'霖田祖庙'又称三山祖庙"。谈及"开埠文化",自然以汕头为中心,而小公园片区那些环状分布、中西合璧的骑楼建筑群,"是汕头'百载商埠'的历史见证"。我理解作者的难处,既不能越俎代庖,也不好掩耳盗铃,目前也只能这么处理——三市各自著述,采用"互见"的办法。

谈论潮州,不仅需要无数精彩的细节描述,还希望有所总结与提升。作者将潮州人的思维方式和美学追求概括为"儒雅、精致、开拓、感恩"。这我大致同意。可另一方面,我想提醒,自 1990 年代以来,各省市都在发掘自己的地方特色,此举可增强文化自信,提高国内外知名度。为了便于传播,最终往往凝聚成一两句口号。因此,不管是专家的"地域文化"研究,还是官员的"城市精神"表述,都尽可能往好的方面说。1980 年代那种自我反省为主、突出批判意识的论述风格,不再被欣赏。既然大势如此,只要不无中生有,论述时略为拔高,完全可以理解。

可谁都明白,世界上的事,有一利必有一弊。当我们在描述或阐扬潮州文化特质时,必须记得,除了那些说得出来的,还有好些想不清楚或说不出来的。自信满满之外,若能再加上一点自省,那样更有可能不断进取。

2022 年 2 月 17 日于京西圆明园花园

辑二 故乡人文

俗文学研究视野里的"潮州"

现代作家中,老舍对北京的关注,沈从文对湘西的迷恋,还有汪曾祺热心撰写关于高邮的文章,着实让人感动。不过,我认同周作人《故乡的野菜》中的说法,北京住久了,有了感情,也会关注其"前世今生"。这与我对自己的家乡潮州古城的魂牵梦绕,并行不悖。家中挂着潮州的戏曲木雕,闲来无事,听听潮州弦诗,喝喝准功夫茶,不过,也就仅此而已。作为潮州人,我的"潮汕文化研究",仍停留在冥想阶段;而谈论北京的文章,却已结集出版(《北京记忆与记忆北京》,生活·读书·新知三联书店,2008年)。曾经设想,像《贵州读本》(钱理群等主编,贵州教育出版社,2003年)、《广东九章》(黄树森主编,广东人民出版社,2006年)那样,为家乡编一册《潮汕读本》,勾起世人了解潮汕历史文化的热情。可惜,也只是说说而已。真希望有一天,我能腾出手来,投入更多的时间和热情,为家乡写本像样的书。

谈论家乡的历史文化,可以是撰述,也可以是编辑。而大规模整理出版本地先贤著作,清人已开始这么做。我写《作为文学史家的鲁迅》时,曾提到他做学问从辑佚入手,《会稽郡故书杂集》之

"叙述名德,著其贤能,记注陵泉,传其典实",以补方志之遗,这一思路渊源有自。鲁迅自述受张澍《二酉堂丛书》影响,其实,张书乃清儒大规模辑存乡邦文献以养成地方学风、人格这一思潮的后起者,顺治、康熙年间,已经有《甬上耆旧诗》《姚江诗存》《粤西文载》等书。这个问题,与其像章学诚那样从方志学角度论述,还不如从地方学术以及文化教育的思路着眼。最近十年,学界之关注地方文献及生活方式,已经有了全新的视角;谈论作为学术对象的"潮州",不再满足于掌故之学;而是希望兼及国际视野、科学方法与乡土情怀。

记得是2004年春天,《南方日报》曾组织大型系列采访报道,而后加工成《广东历史文化行》一书,邀我写序。我的序言题为《深情凝视"这一方水土"》,其中有这么一段话:

> 当今中国,生活在大城市里的年轻人,很可能对纽约的股市、巴黎的时装、西班牙的斗牛、里约热内卢的狂欢了如指掌;反而漠视自己身边的风土人情、礼仪习俗以及各种有趣的生活细节。如此看来,单讲"世界大势"或"与国际接轨"还不够;还必须学会理解并欣赏各种本土风光——尤其是自己脚下的这一方水土。在大与小、远与近、内与外的参照阅读中,开拓心胸与视野,反省自己身上可能存在的盲信与偏执。可以说,这是现代人精神成长的重要途径。

如果编《潮汕读本》,我建议以历史文化、文学艺术为中心,尽量少收当下的政论文章，更不要贪图一时方便，恭请官员领衔或出面协调。这方面，《广东历史文化行》有深刻的教训。

谈论潮汕文献，不少先贤的工作可以借鉴。如温廷敬辑、吴二持与蔡启贤校点的《潮州诗萃》，还有饶锷、饶宗颐所著《潮州艺文志》等，都很值得赞赏。前者选辑了自唐、宋、元、明至清末的潮籍诗人436人，诗歌6530多首，是潮州历代诗歌的精粹集成；后者则是相当严谨的学术著述。我想补充的是，还有好些不太为人重视的"小书"，同样值得关注。

应邀为《广东历史文化行》写序时，我正在巴黎讲学。为了查找相关资料，特意跑到法兰西学院汉学研究所用功。没想到，在图书馆里，竟发现了一册小书——杨小绿编《潮州俗谜》。这册1930年由支那印社刊行的小书，附有"潮州歇后语"。在异国他乡撞见"老乡"，自是感慨万端。杨小绿，又名杨睿聪，生卒年月不详，潮州人，民俗学专家，只知道抗战前曾

图2-1 《潮州俗谜》

在广东省立第四中学（即潮州金山中学）任教。这册小小的《潮州俗谜》，辑录广泛流传于潮汕民间的谜语二百则，煞是有趣。此外，杨先生还编著过《潮州的风俗》（支那印社，1930年），可惜未曾拜读。

另一个潮州人丘玉麟（1900—1960），在其《〈潮州歌谣〉代序》中，提及为搜集歌谣而"决意去拜访杨睿聪先生——他已搜集了一

册儿歌、谜语和妈经";而杨先生还对他的编辑分类提出了若干建议。听其口气,这位杨先生应比丘玉麟稍为年长。

小时候,在家里乱翻书,曾见过丘玉麟选注的《潮汕歌谣集》。当时并不在意,只知道编者是我父亲在金中念书时的老师。换句话,我关注此书,最初是基于人情,而非学术。直到前几年,主持中国俗文学学会工作,方才意识到此书的价值。此书的版本有三:《潮州歌谣》第一集,1929年在潮州自费刊行;《潮汕歌谣集》,1958年广东人民出版社刊行;新版《潮州歌谣集》(包含《潮州歌谣》《潮汕歌谣集》和《回回纪事诗》),2003年12月在潮州印刷(封面署"香江出版有限公司")。

在1929年所撰的《〈潮州歌谣〉代序》里,丘玉麟特意凸显自家学术渊源。那篇序言是以致周作人信的形式写的,其中有这么一段:

> 呵,北平我的第二个故乡,我的一生爱恋的情妇,常入梦的苦雨斋。你,我一世不忘的恩师,我现在不能回到北平,然而我不能不在此时此地歌谣集印成了,向你表明敬忱,因为我对于搜集歌谣这工作之趣味的嫩芽是你护养壮大的——虽然岭南大学文学教授陈寿颐先生已早一年把搜集歌谣的种子播下我心田。其实是自认了先生才决意研究文学,搜集歌谣。

没想到歌谣集出版后很受欢迎,初版2000册很快就售罄了。这让编者欣喜若狂，当即决定重印，还准备发行到南洋群岛，以满足那里的华侨思念祖国及家乡的心愿（参见丘玉麟撰于1929年5月5日的《再版序言》）。

引三首歌谣，以见此书特色。先看《天顶一条虹》："天顶一条虹，地下浮革命，革命铰掉辫，娘仔放脚缠。脚缠放来真架势，插枝花仔冻冻戏。"这里所说的"革命"，当是指北伐前后南方的政治气氛。可我记得，小时候念的是："天顶一条虹，地下浮革命，革命红军企驳壳，打得老蒋头驳驳。"一查原书，方知后者出自1958年的修订本。将民间趣味很浓的"性别偏见"，转化为立场坚定的政治口号，不是好主意。收入"讽刺类"的《老鼠拖猫上竹竿》，则基本保留了民歌特点，滑稽有趣，没有明显的政治倾向："老鼠拖猫

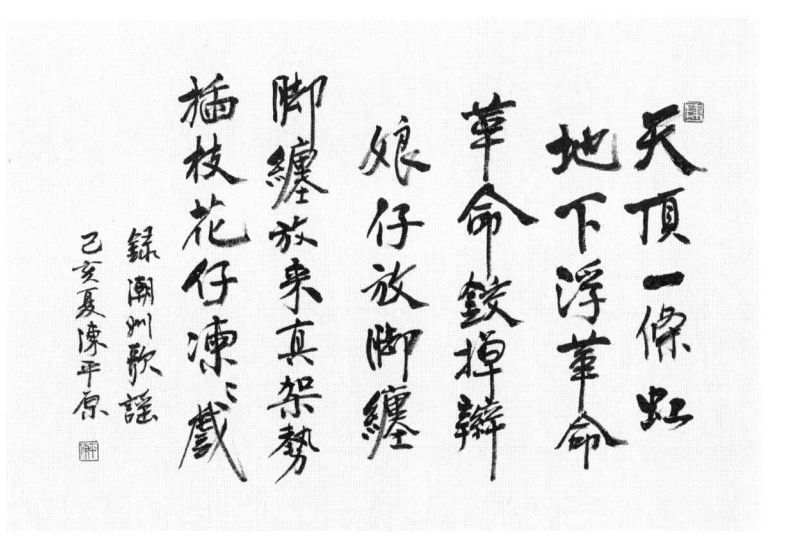

图 2-2 潮汕歌谣

上竹竿，和尚相打相挽毛。担梯上厝沽虾仔，点火烧山掠田螺。"至于《正月思君在外方》，继承的是《诗经》传统，歌咏永恒的爱情，从正月一直唱到十二月，除了方言诗之佳妙，还能见本地风情。若"五月扒龙船，溪中锣鼓闹纷纷；船头打鼓别人婿，船尾掠舵别人君"；"七月秋风返凉哩，要寄衣衫去给伊，要寄寒个又尅早，要寄热个又过时"；"十二月是年边，收拾房舍来过年，廿九夜昏君就到，围炉食酒来过年"。唱完了十二个月，接下来是："天光起来是新年，朋友相招去赚钱。衫裾扯紧无君去，忆得去年相思时。"

这样的潮州歌谣到底有多大的文学价值，编者显然很自信："歌谣可承认为文学，编印成书，第一次到你们的手头，你们就能觉悟时代已变化了，这自来被贵族文学所摈弃的民间歌谣，已成为有价值的平民文学了！你们可以产生文学作品了，文学不仅是有暇阶级、豪富阶级之专有物，乃是各阶级的共有了。"而这种对于"平民文学"的褒扬与提倡，明显是受五四新文化运动的影响。

1921 年考进广州岭南大学、后转燕京大学西洋文学系学习的丘玉麟，字拉因，潮州市意溪镇人。1927 年起，丘执教于潮州金山中学，除《潮州歌谣》外，还与林培庐合编《潮州民间故事》、撰写《回回纪事诗》等。正是在北京读书期间，丘与林培庐等在北大教授周作人的影响下，开始致力于潮汕民间歌谣的收集和整理。在《〈潮州歌谣〉代序》里，丘玉麟提及其受周作人"深望努力从事搜集歌谣的工作"的鼓励，与林培庐组织文学社、讨论歌谣的价值等："培庐兄就把我的歌谣佚民先生的编注，名为《潮州畲歌集》，先生作序，付上海朝霞书店出版，不幸朝霞遭一次封闭，《畲歌集》尚未能出版。"这段话，帮我解决了三个疑问。第一，一直在寻觅周作人写序的《潮州畲歌集》，没想到竟是胎死腹中，难怪我"踏破铁鞋无觅处"。第二，周作人《〈潮州畲歌集〉序》表扬"林君之坚苦卓绝尤为可以佩服"，其实有点错位，《潮州畲歌集》的真正编者是丘玉麟。第三，周之所以有此误会，除了书稿是林送去的，还有就是林培庐确实也在积极从事潮州歌谣及民间故事的搜集整理工作，故表扬其"坚苦卓绝"也不过分。

这就说到另一位俗文学专家、揭阳榕城人林培庐（1902—1938）。林培庐1920年代在北平念书，大学毕业后回潮汕，先后在揭阳、潮州等地多所中学任教，1938年因病早逝，年仅36岁。林培庐1930年代初在潮汕为《岭东国民日报》编"民俗"专刊，为《潮梅新报》编《民俗周刊》，还时常在中山大学主办的《民俗》杂志上发表文章，编有《潮州七贤故事集》《潮州历代名人故事》《民间世说》等。其中上海天马书店1936年刊行的《潮州七贤故事集》最广为人知，除了周作人的序言，还因此书封面题字，出自另一个潮州（饶平）人、以"爱情定则""美的人生观"著称的北大教授张竞生。

图 2-3 《潮州七贤故事集》

读周作人文章，很早就注意他如何谈论我的家乡潮州。最为直接的，是两则序言：一是1927年4月3日的《〈潮州畲歌集〉序》

（见《谈龙集》），一是1933年2月24日的《〈潮州七贤故事集〉序》（见《苦雨斋序跋文》）。前者回忆当初自己在绍兴征集儿歌童话，"到了年底，一总只收到一件投稿"；到了"五四"前后，由于北大同人的合力提倡，此举才引起广泛的关注。后者则在表扬林编的同时，专论"记录的方法"，即如何避免"文艺化"："它本来是民间文学，搜集者又多是有文学兴趣的，所以往往不用科学的纪录而用了文艺的描写，不知不觉中失去了原来的色相……"

1918年北大发起征集歌谣运动，一般被视为现代中国俗文学研究或民俗学的开端，其中刘半农、沈尹默、蔡元培固然是重要人物，可周作人的贡献更大——提倡早，工作勤，而且有理论高度。周作人1914年在《绍兴县教育会月刊》第四号上登启事："作人今欲采集儿歌童话，录为一编，以存越国土风之特色，为民俗研究儿童教育之资材。"1922年《歌谣》周刊创办，周作人积极参与并一度主持。同年，周在4月13日《晨报副镌》发表《歌谣》一文（见《自己的园地》），对歌谣进行分类（情歌、生活歌、滑稽歌、叙事歌、仪式歌、儿歌），并强调歌谣研究的价值，一是文艺（"从文艺的方面我们可以提供诗的变迁的研究，或做新诗创作的参考"），二是历史（"从民歌里去考见国民的思想、风俗与迷信等"），除此之外，还有第三，那就是儿童教育（"但是他的益处也是艺术的而非教训的"）。1923年3月，周作人为《之江日报》十周年撰写《地方与文艺》（见《谈龙集》）："现在的人太喜欢凌空的生活，生活在美丽而空虚的理论里，正如以前在道学古文里一般，这是极可惜的，须得跳到地面上来，把土气息泥滋味透过了他的脉搏，表现在文字上，这才是真实的思想与文艺。这不限于描写地方生活的'乡土艺术',一切的文艺都是如此。""这样的作品,自然的具有他应具的特性,便是国民性,地方性与个性,也即是他的生命。"同年12月,周作人在《歌谣》周刊一周年纪念增刊上,发表《猥亵的歌谣》;两年后又联合钱玄同、常惠在1925年10月的《语丝》第48期上发表《征求猥亵的歌谣启》,理由是,一"我们相信这实在是后来优美的情诗的根苗",二"我们想从这里窥测中国民众的性的心理"。将周作人这段时间关于俗文学的诸多言论略为梳理,很容易理解为何丘玉麟会"入梦苦雨斋",以及再三强调"我这册歌谣是先生的鼓励的收获"。

在我看来,"并非所有的文学形式都具有思想史的意义,但俗文学的崛起与20世纪中国政治、思想的变迁密切相关,因而具有深厚的思想史价值"。[1] 二十世纪二三十年代潮汕地区的俗文学研究,做得有声有色,且与北京及广州学界保持相当密切的联系。了解这些,你对丘玉麟、林培庐、杨睿聪等潮汕学人的工作,不能不表示由衷的敬佩。他们的编著,并非古已有之的乡邦文献整理,而是深深介入了现代学术潮流。

如果再加上出生于广东海丰(广义的潮汕)、毕生致力民间文学及民俗学研究的钟敬文(1903—2002),那么,1930年代潮汕学人的俗文学及民俗学研究,实在让人刮目相看。1920年代中期,钟敬文到广州的岭南大学国文系半工半读,参与组织民俗学会,编辑《民间文艺》《民俗》及民俗学丛书,开始其漫长的学术生涯。我关

---

[1] 《学者呼吁加强中国俗文学研究》,《中华读书报》2001年10月24日。

注的是北新书局1927年出版的钟敬文编《客音情歌集》和《歌谣论集》，那是其歌谣学工作的起点。后者收集发表在《歌谣周刊》上的诸多论文，对我们理解那个时代的"歌谣"观念很有益处。

将1927年出版的《歌谣论集》《客音情歌集》和1929年的《潮州歌谣》、1930年的《潮州俗谜》、1936年的《潮州七贤故事集》等串起来，再捎上引领

图2-4 《歌谣论集》

风骚的北大教授周作人，以及在北京和广州两地来回穿梭的顾颉刚，你可以想象当年潮汕与外界的学术联系。据另一位潮籍俗文学家、丘玉麟的弟子薛汕称，求学北京对丘一生影响极深："记得他壁上所挂的旅平照片，穿着西装，握着手杖，倚于巨大城门拱下，一种风沙中的雅趣，比读呆板的课本，更能引起我的心动……"（薛汕《山妻夜粥的歌者》）。不是关起门来称大王，也不以"省尾国角"妄自菲薄，而是积极参与当代中国的学术文化建设，这点精神与志气，很让人感动。

作为生活在这片土地上的读书人，谈论潮汕文化，需要"同情之了解"，更需要切切实实的体会，以及深入骨髓的探究，而不是什么"提倡"或"表彰"。以前觉得这不算什么正经学问，属于"土

特产"或"边角料";可最近二十年,随着史学观念的转变,尤其是微观史的兴起,从边缘看中心,从山村谈历史,挑战大而无当的宏大叙事,区域历史及方言文化日益得到学者的关注。我相信,随着学术风气的转变,像潮州方言、潮州戏、潮州歌册、潮州音乐、潮州大锣鼓、潮州饮食(潮州菜、工夫茶)及工艺(陶瓷、木雕、刺绣),还有众多礼仪与风俗,作为潮汕人审美趣味及文化传承的活化石,将逐渐进入新一代学人的视野,其研究成果也将反过来影响当代中国人的精神生活。

2010年3月14日于京西圆明园花园

(此乃据作者2007年6月25日在汕头大学的演讲"暮春者,春服既成"第四节整理而成,初刊《南方都市报》2010年4月11日)

在"爱国"与"爱乡"之间

——以晚清潮州乡土教材的编写为中心

现代中国教育的大格局,基本上是在晚清最后十年奠定的。此后百年,从学制到课程,虽有很多演进与曲折,但大方向依旧。庚子事变的惨痛教训,使得"两宫回銮"(1902年1月7日)以后,无论朝野,均承认向西方学习乃大势所趋(一如"文革"结束后的改革开放)。如此置之死地而后生,晚清教育改革的步伐因而迈得相当大;很多老大难问题,竟然在很短时间内解决。换一个历史时空,实在难以设想。

谈论晚清教育改革,必须兼及民间言论与朝廷立法;前者呼风唤雨,一往无前;后者虽犹豫不决,可一旦落实,影响更为深远。废除实行了一千三百年的科举制度(1905年),此等中国政治史及教育史上的"关键时刻",自然值得积极探究;即便是大学里设"中国文学门",改技能训练的"词章"为知识传授的"文学史"(《奏定大学堂章程》,1903年),或不再将女学局限在"家庭教育",而是纳入政府主导的学制系统(《奏定女子小学堂章程》,

1907年），所有这些政令与措施，都值得认真关注。[1]在此教育改革大潮中，还有一朵不大不小的浪花，今天看来备感亲切，那就是小学堂里的"乡土教育"。

在普遍与特殊、全球与本土、国家与地方之间，保持必要的张力，此乃"乡土教育"的精髓所在。考虑到关于晚清乡土教材的编写，学界已有不少论述[2]，本文主要围绕已见七种广东潮州的乡土历史、地理、格致教科书，讨论"爱国"与"爱乡"这一时代话题中所蕴含的地域文化、教育资源以及族群竞争。

一、风在哪一个方向吹

徐志摩有一首《"我不知道风是在那一个方向吹"》，诗人反复吟唱的是"在梦的轻波里依回"、"她的温存，我的迷醉"，以及"甜美是梦里的光辉"。[3]我关注的"风向"，不是诗人的梦境，而是

---

[1] 这三个话题，学界多有精彩论述，也可参见以下三篇拙文：《历史、传说与精神——现代中国大学的六个关键时刻》，《探索与争鸣》2016年第1期；《新教育与新文学——从京师大学堂到北京大学》，《学人》第十四辑，南京：江苏文艺出版社，1998年；《流动的风景与凝视的历史——晚清北京画报中的女学》，《中华文史论丛》2006年第一辑。

[2] 关于晚清乡土教材编写的思想资源及实际运作，参见郭双林《西潮激荡下的晚清地理学》（北京大学出版社，2000年）第三章"晚清地理学研究与民族救亡"、程美宝《由爱乡而爱国：清末广东乡土教材的国家话语》（《历史研究》2003年第4期）、王兴亮《清末民初乡土教育研究》（四川大学出版社，2013年）第四章"'爱国之道，始自一乡'：乡土志书的思想资源及其表达"、李新《清末乡土教材的产生及其文化价值探微》（《湖南师范大学教育科学学报》2013年第5期）以及石鸥《百年中国教科书忆》（知识产权出版社，2015年），第207—231页。

[3] 《"我不知道风是在那一个方向吹"》，《徐志摩选集》第132页，北京：人民文学出版社，1990年。

教育发展的大趋势，且具体落实到晚清的广东省潮州府，那里的读书人所感受到的，到底是哪个方向的来风。

所有论及晚清乡土教育的，都认定1904年1月13日清廷颁布的《奏定初等小学堂章程》最为关键。此章程明确规定，小学一、二年级应开设每周一课时的乡土教育课程：

历史：讲乡土之大端故事及本地古先名人之事实。

地理：讲乡土之道里建置，附近之山水以及本地先贤之祠庙遗迹等类。

格致：讲乡土之动物、植物、矿物，凡关于日用所必需者，使知其作用及名称。[1]

以历史课为例，教学目标是"俾知中国文化所由来及本朝列圣德政，以养国民忠爱之本源"。只是考虑到接受能力，三年级以上讲中国史，一二年级则"尤当先讲乡土历史，采本境内乡贤名宦流寓诸名人之事迹，令人敬仰叹慕，增长志气者为之解说，以动其希贤慕善之心"[2]。这一教育思路的形成，当初确实是受日本人影响。可仔细辨析，所谓"泰西各国教育，咸注重乡土史志一门。就其闻见中最亲切有味者以为教授，则记忆力与感觉力皆易粘触。所以感发其爱乡土心，由是而知爱国，其为效至巨"[3]；或者"泰西各国，无一学校不

---

[1]《奏定初等小学堂章程》，璩鑫圭、唐良炎编：《中国近代教育史资料汇编·学制演变》第297页，上海：上海教育出版社，1991年。

[2] 同上书，第295页。

[3]《国学保存会报告第二号》，《国粹学报》第二十一期，1906年10月；以及《国学保存会出版》，载黄晦闻《广东乡土历史教科书》封底，上海：国学保存会，1907年。

有其乡土教科书，非徒云地方教育也。因爱其乡，遂爱其国，推而至于全世界"[1]，其实只是美好的传说。经由许多学者努力，我们对德国人首创、日本人实施的"乡土教育"，至今也只能笼而统之，没有多少深入细致的描述[2]；而在当年，那只是提倡者随意挥舞的大旗，既缺乏系统的学制介绍，也没有相关著述引进。

有趣的是，如此简单的论述，居然一呼百应，最终形成巨大的风潮。在我看来，就因朝野都能接受爱国意识兼及桑梓情怀这样的知识立场。无论主忠君的、讲国粹的、论教育救国的、谈地方自治的，都能在这个话题中找到自己的影子。因此，与其说从东京吹往北京的"东风"如何"强劲"，不如说"乡土教育"这四个字戳到了"国将不国"的晚清读书人的痛处，于是应者影从。

这从1905年总理学务处编书局为配合学制改革而编成《乡土志例目》，不难看出其中端倪。据编书局监督黄绍箕呈报："查《初等小学堂章程》，历史、舆地、格致三科，均就乡土编课，用意至为精善。谨遵照《章程》编成《例目》，拟恳奏请饬下各省督抚，发交各府、厅、州、县，择士绅中博学能文者，按目考查，依例采录。"[3] 编写乡土教材之所以轻车熟路，就因为中国编写地方志的传统源远流长，历朝历代均有创获，且在清代达到了高峰。清代的省、府、州、

---

1 《论学堂急宜编定乡土教科书》，《广益丛报》第六年第二十七期，1908年11月。
2 参见程美宝《由爱乡而爱国：清末广东乡土教材的国家话语》，《历史研究》2003年第4期，以及王兴亮《清末民初乡土教育研究》第17—24页，成都：四川大学出版社，2013年。
3 《学务大臣奏据编书局监督编成乡土例目拟通饬编辑片》，《东方杂志》1905年第9期。

县都设局馆修志,成书之众,更是冠绝前代。[1]因此,一说爱国兼爱乡,朝野都能接受;而乡土教育如何落实,不妨就从编写乡土志开始。

以"乡土志"的编写为契机,传统学术与西方新潮顺利对接,且在实际运作中逐渐转型,最终达成编写教科书的目标。敏感而又博学的刘师培,在此学制转型的关键时刻,发挥重要作用。1906年,就在撰写教科书的同时,刘师培发表长文《编辑乡土志序例》,先是批评郡邑无好的志乘,不足供国史之选择,而后详细辨析舆地志、政典志、大事志、人物志、方言志、文学志、物产志、礼俗志的编写方式。[2]接下来,便是乡土志的工作目标:

> 则志乘以外,不得不另编乡土志,广于征材,严于立例,非惟备国史之采也,且以供本邑教民之用。……若一郡一邑均编乡土志,则总角之童,垂髫之彦,均从事根柢之学,以激发其爱土之心。……而国粹保存,又以乡邦为发轫,其有裨于教育,岂浅鲜哉?[3]

按照刘师培的设想,编写乡土志的主要目的是"教民之用","以激

---

[1] 参见来新夏主编《方志学概论》第二章"历代的方志编纂与研究",福州:福建人民出版社,1983年。

[2] 参见刘光汉《编辑乡土志序例》,初刊《国粹学报》第二十一至二十四号,1906年10月至1907年1月,《刘申叔遗书》下册第1586—1600页,南京:江苏古籍出版社,1997年。

[3] 同上书,第1587页。

发其爱土之心"。此举既是"国粹保存",又"有裨于教育",自然是主要活动于上海的国学保存会所愿意积极推进的。

"今学部所颁定章,凡初等小学,格致一科,均教授乡土物产。"考虑到原本各地编写方志的局馆,不见得能适应新的学问与著述体例,刘师培呼吁各省设立调查局,制作表格,发给各府县乡,调查当地物产:"夫博物之学,必由近而及远。若并乡土之物而不知,夫亦可耻之甚矣。"[1]从学问讲,必须慢工出细活,可时不我待,富有教科书编写经验的国学保存会诸君[2],抓住此转瞬即逝的历史时机,迅速编写出以下新学堂亟需的乡土教材:刘师培编《江宁乡土历史教科书》(1906)、《江宁乡土地理教科书》(1906)、《江苏乡土历史教科书》(1906)、《江苏乡土地理教科书》(1906)、《安徽乡土历史教科书》(1906)、《安徽乡土地理教科书》(1906);陈庆林编《江西乡土历史教科书》(1907)、《江西乡土地理教科书》(1907)、《直隶乡土历史教科书》(1907)、《直隶乡土地理教科书》(1907)、《湖北乡土历史教科书》(1907)、《湖北乡土地理教科书》(1907);黄晦闻编《广东乡土历史教科书》(1907)、《广东乡土地理教科书》(1907)、

---

[1] 汉:《论各省设局调查物产》,《申报》1906年12月11日,亦见万仕国辑校《刘申叔遗书补遗》第456页,扬州:广陵书社,2008年。

[2] 1905—1906年,上海国学保存会印行了刘师培编著的《伦理教科书》二册、《经学教科书》二册、《中国文学教科书》一册、《中国历史教科书》和《中国地理教科书》二册等。国学保存会在《编辑国学教科书出版广告》中称:"本会同人既以保存国学为任,安能任五千余年光明俊伟之学术听其废弃?然祖国典籍浩如烟海,学人苦无门径,每兴望洋之叹。非提要钩玄,重行编辑,不能合学堂教科之用。同人热心发愤,举以自任,将我国五千年之学术其精要重大者,皆融会于五种教科书之中。"

《广东乡土格致教科书》(1909)。以上15种由"上海乡土教科书总发行所"推出的教材,乃晚清最成规模、发行量大且起某种示范作用的乡土教科书。

既响应朝廷的号召,又坚持自家的理想,同时不无商业上的考量,求新图变且学有根基的国学保存会诸君,虽有些仓促上阵,经过一番努力,还是抢得了教材编写的先机。此后各地编写乡土教科书的,多少都受其影响。

晚清中国读书人,既救国心切,又桑梓情深,愿意投入乡土教材编写的,应该有很多。但有一点,教科书不同于一般读物,除了须遵守《奏定初等小学堂章程》的规定,还得有学校愿意采用,否则,编得再好也是徒劳。当初学部并没有规定乡土教科书的使用范围,可省可府可县。身处粤东的潮州府,撇开上述黄晦闻编《广东乡土历史教科书》《广东乡土地理教科书》《广东乡土格致教科书》,以及黄佛颐编《广东乡土史教科书》(时中学校,1906年),岑锡祥、黄培堃编《广东乡土地理教科书》(文兴学社,1907年),蔡铸编《广东乡土地理教科书》(粤东编译公司,1909年),而编写自己的教科书,且弄得红红火火,必定是另有原因。

要说晚清的乡土历史教科书只有16种,或整个晚清乡土教材只有区区25种[1],那肯定是不准确的。并非学者信口开河,而是此等普及读物,历来不被重视,时过境迁,实在难觅踪迹。像广东潮州这

---

[1] 参见俞旦初《爱国主义与中国近代史学》第129页,北京:中国社会科学出版社,1996年;王有朋主编《中国近代中小学教科书总目》第261—263页,上海:上海辞书出版社,2010年。

样，居然存留下7种历史、地理及格致教科书，实在是个奇迹。这里有收藏的偶然性，但整个广东省，目前我见到的府州县自编乡土教材，除了《学部审定嘉应新体乡土地理教科书》（萧启冈、杨家骗编，启新书局，1910年），再就是潮州府的这7种了。拒绝采用广府文化为主导的省一级的乡土教科书，而选择另起炉灶的，只有潮州府及嘉应州，可见广东三大族群及方言区的隔阂。

既然是乡土教育，没规定以省为单位，允许编写者自由发挥，本就不太认同省城广府文化的潮州人，于是不爱南风爱北风，直接与京城及上海对话。所有教科书都照"章程"编写，否则无法通过官府审查；至于编写体例，多少受先行者上海国学保存会诸君的影响。我注意到一个细节，这7种教科书，6种在本地制作，而蔡鹏云编《（最新）澄海乡土地理教科书》则标明是上海萃英书局印刷。二十多年后，翁辉东编《潮州文概》也是在上海印刷，销售处则是汕头、潮安及上海。

除了省内三大民系心照不宣的隔阂，还有就是海运时代，潮州（因汕头港的关系）与上海来往方便，其关系密切程度，或许超过了与省城的关系。我注意到从晚清到1930年代，潮汕文学艺术方面的人才，无论早年读书，还是日后寻求发展，很多不选择省城，而是远走上海。新中国成立后，强调行政归属，潮汕文化人方才更多地往广州跑。

翻阅晚清文献，你会发现那时的潮州，不是无足轻重的小地方——往往与广州、厦门、上海并列。当然，那时的"潮州"，是指以汕头为港口、以府城为腹地的大潮汕。回到晚清潮州乡土教科书的编写,你问风从哪一个方向吹,我的回答是:先西风(德国—日本),次东风(东京—北京),最后是北风(北京/上海—潮州),很遗憾,唯独不见南风哗啦哗啦地吹。

二、谁来编写教科书

与《奏定初等小学堂章程》同时发布的,还有《奏定学务纲要》,那里有"教科书应颁发目录,令京外官局、私家合力编辑"的说明;而私家所纂教科书,"呈由学务大臣鉴定,确合教科程度者,学堂暂时亦可采用,准著书人自行刊印售卖,予以版权"[1]。也就是说,只要遵守学堂章程的规定,民间人士可自主编写教科书,一旦通过审查,官府保护其版权。

这里最合适的例子,莫过于翁辉东、黄人雄编《潮州乡土历史教科书》。这四册1909年由汕头晓钟报社印刷的教科书,每册前有:提学司王(人文)第一次审定提要:"所拟尚为得法,书中体例谨言,甄录亦当";提学司沈(曾桐)第二次审定提要:"全书大致妥协,应准其校勘付印。"每册封底则是海阳县徐(庆元)知县告示:"查阅该生等所编书籍,词旨简洁,绘画前事各图,尤足增广儿童兴味,以之教授,洵属相宜。业经转禀提学宪核准给与版权,饬令印刷成书,呈由本县示禁翻刻"云云。

因改朝换代的缘故,晚清乡土教科书的使用时间并不长。具体

---

[1] 璩鑫圭、唐良炎编:《中国近代教育史资料汇编·学制演变》第501—502页。

读本因教师或校长的关系，进入民国后仍有继续使用的，但作为思潮的"乡土教育"，很快便偃旗息鼓了。此后虽不断有人站出来呼吁或实践，无论声势、规模或效果，均不能与晚清时相提并论。[1]

本就是通俗读物，使用时间又不长，若非著名人物所编，图书馆一般不会收藏，出版社也懒得重印。[2]像广东省潮州府这样，居然有七种乡土教科书存世，确实非常不易。因此，展开论述之前，有必要简单介绍相关版本。

（1）蔡鹏云编：《（最新）澄海乡土格致教科书》，石印，共二册，每册十八课。封面题：学宪审定初等小学堂学生用书，《（最新）澄海乡土格致教科书》第一二册。版权页：宣统元年（1909）三月初版；编辑者：蔡鹏云；印刷者：汕头图画报社；发行处：景韩学堂；寄售处：汕头启新书局、澄海怡兴纸店。

（2）蔡鹏云编：《（最新）澄海乡土地理教科书》，石印，共四册，每册十八课。封面题：学宪审定初等小学堂学生用书，《（最新）澄海乡土地理教科书》第一二册。版权页：宣统二年（1910）二月四版；编辑者：蔡鹏云，印刷者：上海萃英书局；发行处：景

---

[1] 李素梅在《中国乡土教材的百年嬗变及其文化功能考察》中，"总结出我国乡土教材研究的发端、演变的脉络，将其分为三个时期五个高峰期"（第146页，北京：民族出版社，2010年）。对此判断，我不太以为然。百年中国，真正举国上下、朝野同心从事乡土教育的，只有晚清最后五六年。

[2] 万仕国辑校《刘申叔遗书补遗》收录刘师培所编五种乡土教科书，缺《安徽乡土历史教科书》，《陈去病全集》（上海古籍出版社，2009年）第一册收入陈编六种乡土教科书的叙，《广州大典》（广州出版社，2008—2015年）史部政书类（第三十七辑）第三十三册（总第338册）收入黄节编《广东乡土历史教科书》。

韩学堂；寄售处：汕头启新书局，澄海邑内怡兴号。

（3）蔡鹏云编：《(最新)澄海乡土历史教科书》，石印，共二册，每册十八课。封面题：审定教科书，《(最新)澄海乡土历史教科书》第一二册。版权页：民国八年（1919）十月十版；编辑者：蔡鹏云；印刷者：汕头共和书局；发行处：景韩学堂；批发处：澄海邑内怡兴号。

图 2-5 《(最新)澄海乡土历史教科书》

（4）郑邕亮编：《(最新)潮州乡土地理教科书》，活版，一册，共四十课。封面题：《(最新)潮州乡土地理教科书》，著作者郑邕亮，校正者邱家修、王盛德，浙杭冯学苏鉴定，总发者：启明公司；总发行所：揭阳邢万顺书局；每部三册定洋五角。版权页缺失（推测出版时间为1909年）。

（5）翁辉东、黄人雄编：《潮州乡土地理教科书》，石印，共二册，四十课。封面题：初等小学堂学生用书，《潮州乡土地理教科书》，大埔邱光汉校正，海阳翁辉东、黄人雄合编。版权页：宣统元年（1909）三月首版；编辑者：翁辉东、黄人雄；校勘者：大埔邱光汉；印刷所：晓钟报社；发行处：海阳剑光编书社、庵埠肇敏两等小学堂；分售处：潮城：开智书局；汕头：启新书局、鼎新书局、开通书局。

（6）翁辉东、黄人雄编：《**潮州乡土历史教科书**》，石印，共四册，每册二十课。封面题：学宪第二次审定，初等小学堂学生用书，《潮州乡土历史教科书》，北平徐庆元校定，海阳翁辉东、黄人雄合编。版权页：宣统元年（1909）元月初版；编辑者：海阳翁辉东、黄人雄；校勘者：北平徐庆元；发行处：海阳庵埠肇敏两等小学堂；分售处：汕头晓钟报社、潮州开启书局。宣统二年三月此书刊行第三版，发行处改为：第一册海阳剑光编书社、庵埠肇敏两等小学堂，第三、第四册则仅署海阳剑光编书社，分售处增加了潮汕揭阳各书局。

（7）林宴琼编：《**潮州乡土格致教科书**》，活版，一册，共四十课。封面题：学宪审定初等小学堂学生用书，《潮州乡土格致教科书》，盐山崔炳炎鉴定、潮阳林宴琼编辑。版权页：宣统二年（1910）葭月（十一月）活版；编辑者：潮阳林宴琼；印刷者：汕头中华新报馆；发行处：潮阳竹都端本学堂；分发处：汕头启新书局、潮州开智书局。

教材选择具有排他性，用了这一种，就不会用另一种。王有朋主编《中国近代中小学教科书总目》收录的晚清乡土教科书仅25种，其中省一级最多，府次之，县则只有三种。[1] 单看这三种县编教材你就明白，敢于撇开省、府两级而另起炉灶的，必定是经济繁荣、文

---

[1] 参见王有朋主编《中国近代中小学教科书总目》第261—263页，上海：上海辞书出版社，2010年。

化发达的地区。同理，潮州府辖海阳、潮阳、揭阳、澄海、饶平、惠来、普宁、大埔、丰顺等九县，其中唯独澄海县敢于另编教科书，也是因1860年开埠的汕头，1921年7月成立市政厅前，都归澄海管辖。

至于编者是本地人还是外地人，朝廷没有硬性规定。广东顺德人黄晦闻编广东的乡土历史、地理、格致教科书，这顺理成章；江苏仪征人刘师培编江宁、江苏、安徽的乡土历史、地理教科书，也都理所当然[1]；即便由江苏吴江人陈庆林（陈去病）来编写直隶、江西、湖北的乡土教科书，也未见有人抗议。

上海国学保存会放眼全国，布局各省，这才有陈去病的主动出击，一般情况下，编写乡土教材，还是本地人更占优势。潮州的这七种教科书，都是本地人所编。本地人谈"乡土"，编写时固然轻车熟路，推广也比较方便。但因不是名扬天下的文人学者，没有多少象征资本，时过境迁很容易被遗忘。勾稽以下六位编写者的生平，费了很大功夫，依旧不太理想。

编写三种澄海乡土教科书的蔡鹏云（1867—1952），字百星、柏青，广东澄海西门人。曾参加观海楼神交诗社，1904年在澄海景韩小学堂任教，1908年继任景韩学校校长。[2] 1915年起在县城西门行医，

---

[1] 顺治二年（1645）设立的江南省，1661年被拆分为"江南右"与"江南左"；1667年，前者改称江苏省，后者改称安徽省。刘师培二者通吃不无道理。至于"江宁布政司所辖之地"，刘编《江宁乡土历史教科书序》说得很清楚："由江宁渡江而北，赅有淮、扬各郡。"见万仕国辑校《刘申叔遗书补遗》第466页。

[2] 2012年广东澄海自刊本《蔡鹏云编著集册》收录有澄海景韩学校校址照片，以及《校长蔡鹏云先生对于本会成立之训词》、《景韩同学会序》（王定元）、《澄海景韩同学会章程》（1918）、《最新妇科学全书自序》（蔡鹏云）、《七律四首》（蔡鹏云）等。

并编著《最新人身解剖一夕谈》(1917)、《医学阐微》(1918)、《最新儿科全书》(1932)、《最新妇科学全书》(1933)等,多汇通中西医之类见解[1]。1933年迁往汕头市区行医,并创办新国医传习所,门下弟子百余人。[2]

《(最新)潮州乡土地理教科书》编者郑鄫亮,揭阳人,生卒年不详。仅知其为汕头正英学堂毕业生,编书时系该学堂教习。1909年因所测绘潮州地图被盗印,与人打版权官司,幸运地留下了若干印记(见下文)。该书《编辑大意》称:"读地志易生地方兴衰观念,本书于本府工商农之不振及外国之侵吞,尤为致意焉,以期唤起儿童爱乡土爱国之精神。"至于"读地理不可无参考地图,兹特制鲜明地图十二幅,以便学者参阅",正与其版权诉讼内容相吻合。

合编潮州乡土历史、地理教科书的翁辉东、黄人雄,乃第一代新式学堂毕业生。这一点很重要,海阳县知县徐庆元宣统元年元月初十为《潮州乡土历史教科书》及《潮州乡土地理教科书》颁布的版权保护令,开口便是这两位编者的资历:"同文师范毕业生"[3]。1900年,曾主讲潮阳东山书院、澄海景韩书院的丘逢甲,积极谋办新式学堂。先邀金山书院山长何士果在潮州创设东文学堂,聘日人熊泽纯之助为教习;翌年移师汕头,将原汕头同文学堂改名岭东同文学

---

[1] 蔡鹏云1933年元月撰于汕头新国医传习所的《最新妇科学全书自序》谈及:"是书之编,参用古今中外医籍数十种,弃短取长,删繁就简,参以多年临床经验,寒暑一易,稿凡二脱,始竣事焉。"见《蔡鹏云编著集册》附录十页上。

[2] 参见陈孝彻《蔡鹏云其人其事》,《汕头特区晚报》2008年4月13日;陈孝彻《岭东名人蔡百星》,《蔡鹏云编著集册》附录七页下至九页下。

[3] 见各册《(学宪第二次审定)潮州乡土历史教科书》以及《潮州乡土地理教科书》封底。

堂，丘任监督，温仲和、姚梓芳分掌教务。[1] 除撰写《创设岭东同文学堂禀稿及续议章程》[2]，丘逢甲还曾亲往南洋募款。可惜 1903 年秋冬，因政治风波，丘转往广州发展。好在萧规曹随，1905 该校增办简易师范班，1908 年改为岭东甲种商业学堂。[3] 这在当年，就算是粤东的"最高学府"了。[4]

翁辉东（1885—1965），字子光，又字梓关，别号止观居士，潮安金石人。岭东同文学堂师范班毕业后，1907 年起任海阳县东凤育材、龙溪肇敏等学堂教员。1908 年秘密参加同盟会。同年与黄人雄合纂《海阳县乡土志》。1909 年与黄氏合编潮州乡土历史、地理教科书获准发行，为各学堂通用。1910 年赴广州广东农林教员讲习所农学科深造，辛亥革命期间曾出任粤东革命军司令部参议。1913 年 9 月起，任省立惠潮梅师范学校教师、学监、代理校长等。1922 年任省立第四中学教员。旋又出任汕头汉英中学校长、潮州红十字会医院附设医专教员。1929 年起任教沪上，同时潜心著述，有《潮汕

---

[1] 参见夏晓虹《心关国粹谋兴学——丘逢甲教育理念的展开》，《潮学研究》第 8 辑，广州：花城出版社，2000 年。

[2] 此文初刊新加坡 1900 年 3 月 23 日《天南新报》，现收入《丘逢甲集》第 817—819 页，长沙：岳麓书社，2001 年。

[3] 参见丘晨凌等编《丘逢甲年谱简编》，《丘逢甲集》第 980—983 页；以及广东省汕头市地方志编纂委员会编《汕头市志》第四册第 24 页，北京：新华出版社，1999 年。

[4] 丘逢甲创设岭东同文学堂，"将合闽之漳、汀、粤之惠、潮、嘉人士而教育之，学堂宗旨以昌明孔教为体，兼肄东西洋文学为用"，目标是集合民间力量，最终建成大学堂。参见《劝星洲闽粤乡人合建孔子庙及大学堂启》，《丘逢甲集》第 820 页。这个目标过于高远，一时难以实现，但蔡鹏云《（最新）澄海乡土地理教科书》第四册第七课"学校"有曰："官立学堂凡三所：曰同文（现改为中等商业），曰凤山，曰景韩。"（第 32 页上）

方言》《潮州文概》等。1947年任潮州文献馆主任。解放后被聘为广东文史馆研究员。[1]

黄人雄（1888—？），潮安人，岭东同文学堂师范班毕业生。1908年与翁文东合纂《海阳县乡土志》。1912年4月毕业于广东农林教员讲习所农学科，与翁辉东同列最优等。后到暹罗任新民学堂校长。1914年10月起赴广东省立惠潮梅师范学校，任地理、博物、习字教员，1915年末离任。1916年9—11月任广东和平县长；1923年任南澳县长（任期仅二月）；1925年7月19日任澄海县长，11月4日离职。以后情况不详。[2]

编写《潮州乡土格致教科书》的林宴琼，我们只知道系潮阳端本学堂校长，依据的是潮阳县知县崔炳炎所撰《弁言》。而据《潮阳县志》："光绪三十三年（1907），邑庠生郑洪（县城人）积十年教薪千余元，在县城创办端本两等小学堂。"[3] 而该教科书《编辑大意》所称"是册多采郡邑志书乡土之动物植物矿物"，"每课短者二十余字，长者不过七十字"等，乃晚清乡土教科书编写通例。倒是崔炳炎的"弁言"值得一说：所谓"格致"，不一定是声光化电；"动植物亦格致一部，故博物学亦以'格致'名"。此外，批评现在的学堂多据东洋标本说动植物，而对自己家乡毫无了解："指堂内植物以名

---

[1] 参见林英仪《笃学力行 发扬潜幽——记潮州著名文史专家翁辉东》，《潮州文史资料》第27辑，政协潮州市委员会文史编辑组编，2007年。

[2] 以上有关黄人雄文字，乃潮州文史研究者陈贤武根据《民国时期广东省政府档案史料选编》第11册（1989）、《和平县志》（1999）、《南澳县志》（2000）及《韩山师范学院校史简编》（2013）撰述，特此致谢。

[3] 潮阳市地方志编纂委员会编：《潮阳县志》第843页，广州：广东人民出版社，1997年。

询，或瞠也，乡土格致之不讲，则亦奚怪其然。"[1]

这位潮阳知县崔炳炎，乃中国历史上最后一科进士。查清光绪三十年（1904）甲辰恩科进士题名录，不难找到三甲74名，"崔炳炎，直隶盐山县"[2]。而这一科的考试题目，中外兼收，难度甚大[3]，能闯过这一关的河北盐山读书人崔炳炎，自然非同一般。但此君为官潮汕，似乎表现不佳。据《汕头市志》，1906年，广东省提学司派崔炳炎任潮州中学堂监督，把25岁以上者编入师范讲习班，余者归中学正科——这是正常工作，未见褒贬。[4]而《潮阳县志》提及清知县："崔炳炎，河北盐山。光绪三十四年（1908）任，贪劣革职。"[5]宣统元年十二月二十八日（1910年2月7日）上谕则言："潮阳县知县崔炳炎，短于吏才，办事操切，惟文理尚优，着以教职归部铨选。"[6]到底是"贪赃枉法"，还是"文理尚优"而"短于吏

---

1 崔炳炎：《〈潮州乡土格致教科书〉弁言》，林宴琼：《潮州乡土格致教科书》，汕头：汕头中华新报馆，1910年。
2 《明清历科进士题名碑录》第2927页，台北：华文书局，1969年。
3 中学的不说，单说西学试题："泰西外交政策往往藉保全土地之名而收利益之实，盍缕举近百年来历史以证明其事策"；"日本变法之初，聘用西人而国日以强，埃及用外国人至千余员，遂失财政裁判之权而国不振，试详言其得失利弊策"；"美国禁止华工久成苛例，今届十年期满，亟宜援引公法驳正原约以期保护侨民策"。参见《会试闱墨：（光绪甲辰恩科），附题名录》第11—13页，上海：同文书社，1904年。
4 参见《汕头市志》第四册第24页。
5 潮阳市地方志编纂委员会编：《潮阳县志》第700页，广州：广东人民出版社，1997年。
6 广东省地方史志编委会办公室、广州市地方志编委会办公室编：《清实录广东史料》第六册第528页，广州：广东省地图出版社，1995年。

才"[1]，没做进一步考察，不好妄下结论。

为翁辉东等编《潮州乡土历史教科书》撰写"弁言"的"南丰吴宗慈"同样值得一说。这篇写于"汕埠晓钟报社"的弁言，除表扬翁、黄所编教科书"体例详严，词意简赅"外，着重论述"教育振兴必肇基于初等小学，而初等小学之学科，则尤以乡土历史之影响儿童心理者至大"[2]。这位吴宗慈（1879—1951），字蔼林，江西南丰人，晚清时为《警钟日报》《民呼报》及《晓钟日报》撰文，曾积极参与政治，后转为专攻方志及史学。1936年秋，应聘为中山大学研究院与文学院教授，专门讲授"清史""中国民族同化史""方志学"等课程。1950年1月受聘为江西省人民政府参事室参事。著有《中华民国宪法史》《护法纪程》等，纂有《庐山志》《庐山续志稿》《江西通志稿》等。[3]

---

[1] 刘声木《桐城文学渊源撰述考》表扬崔炳炎的文才与著述（第310页，合肥：黄山书社，1989年）；李起藩、郑白涛《愿作世界第一流：潮阳首任中学校长萧凤翥其人其事》则称颂萧凤翥如何发起驱逐"倚藉朝廷权贵，任本县知县期间，贪赃枉法"的崔炳炎（中国人民政治协商会议广东省潮阳县委员会编：《潮阳文史》第11辑第30页，1994年12月）。

[2] 吴宗慈：《〈潮州乡土历史教科书〉弁言》，《潮州乡土历史教科书》，海阳：剑光编书社，1909年。

[3] 参见《江西省人物志》编纂委员会编《江西省人物志》第350—351页，北京：方志出版社，2007年；杨忠民、段绍镒主编《抚州人物》第120—122页，北京：方志出版社，2002年。

三、旧学与新知的对话

宋人朱熹"旧学商量加邃密,新知培养转深沉"的诗句,主要讲的是"学问";编写小学教科书,关键不在学问,而在立场、趣味与体例。要说学问及眼界,潮州的小学教师根本无法与刘师培等国学保存会诸君相提并论。刘君此前为高等小学及中学第一年编写的《中国历史教科书》,总共三册,方才讲完夏商周三代。请看第三册第30—36课目录:"西周之商业""西周之工艺""西周宫室之制""西周衣服之制""西周饮食之制""西周之美术""论读本期历史之旨趣"[1],不难想象编者知识之渊博。至于学术立场,则因不满传统史书之"详于君臣而略于人民,详于事迹而略于典制,详于后代而略于古代",作者力图做到:

> 今日治史,不专赖中国典籍。西人作中国史者,详述太古事迹,颇足补中史之遗。今所编各课,于征引中国典籍外,复参考西籍,兼及宗教、社会之书,庶人群进化之理,可以稍明。[2]

如此胸襟及眼界,轮到为小学一二年级编写乡土教科书,自然不会满足于简单的知识传授。引三段书叙的话,不难发现编者之别有

---

[1] 刘师培:《中国历史教科书》,《刘申叔遗书》下册第2262—2272页,南京:江苏古籍出版社,1979年。
[2] 同上书,第2177页。

— 在"爱国"与"爱乡"之间 —

幽怀：

> 今编此书，于苏省武功文化，记述特详。学者观于此，而知古代吴民，以尚武立国，而先贤学术，亦于近世之所尚殊途。则文弱之风，庶可稍革乎？[1]

> 英人斯宾塞有言：水地使人通。证以中国之书，则孔子言"智者乐水"，又言"智者动""智者乐"。今观于苏省之民风习尚，日信泽国之地，迥与山国不同矣。[2]

> 皖北之民宜于服兵，皖南之民宜于经商，而实业教育于皖南为宜，军国民教育又以皖北为宜。……嗟乎！皖省之民，其特质有三：一曰尚朴，二曰好义，三曰贵勤。此皆所处之地使然。今则风稍衰矣。编辑此书，不禁为之浩叹也。[3]

这三段话都很精彩，但对小学生及教师来说，实在太遥远了，可谓近乎天书。黄晦闻《广东乡土历史教科书叙》也有类似的问题，但其强调"吾人之爱中国者，亦未有不挚爱广东。何也？其治乱得失于世界上有影响也"，以及"吾邦人子弟，于吾广东故事与夫吾广东影响于世界大端不可不知，诚有以养其爱乡土之心，由是而群知爱

1　刘师培：《江苏乡土历史教科书叙》，《刘申叔遗书补遗》上册第506页。
2　刘师培：《江苏乡土地理教科书叙》，《刘申叔遗书补遗》上册第544页。
3　刘师培：《安徽乡土地理教科书叙》，《刘申叔遗书补遗》上册第555页。

国,亦当世急务也"[1],还是比较容易被领略。

这样的襟怀与学养,不经任何转化,就开始编写小学一二年级教科书,那是很难成功的。有研究者指出,刘师培虽撰有《编辑乡土志序例》,编写《安徽乡土地理教科书》时,"也没有完全按自己提出的八个方面来组织内容","此书更大程度上是按照奏定学堂章程的规定设计的"[2]。教科书不是驰骋个人才华的地方,若想进入市场,就得遵从学堂章程的相关规定,这也是各书的"编辑大意"大同小异的缘故。

晚清潮州乡土教科书的编者,清一色都是教师或校长,学问不及刘师培,但教学经验丰富,编出来的教材,中规中矩,可教可学。当初编写乡土教科书,除了依据《奏定初等小学堂章程》以及1905年部颁《乡土志例目》,很大程度上是借鉴了各省府县原有的地方志。具体到翁辉东与黄人雄,二人在编教科书前,还曾为潮州府九县之一的海阳县编写过乡土志。此稿本共十四章(历史部八章、地理部六章),乃"悉遵宪定例目,将本境所有往事近事详细分门列入"(《编辑要旨》),属于基本民情调查,对我们了解晚清海阳县

---

[1] 黄晦闻:《广东乡土历史教科书叙》,《广东乡土历史教科书》第一册,上海:国学保存会,1907年。叙中自称注重五方面内容,前三者(吏治之升降、民生之荣瘁、学术之变迁)常见,后两点很有特色——对于中原治乱之影响、对于世界交通之得失。另外,岑锡祥撰《广东乡土地理教科书叙》(岑锡祥、黄培堃编:《广东乡土地理教科书》,广州:文兴学社,1907年),论述"然则爱中国者,尤当先爱广东也",对黄文多有借鉴:"盖地踞五岭以南之冲要,控制南洋往来之咽喉,广东地势实有莫大之价值者矣。是故,抽绎其内容,研究其利弊,识别其要,诚为生于斯长于斯者有密切之关系,所万不可缓之事,此乡土地理之所由编辑也。"

[2] 参见石鸥《百年中国教科书忆》第213页,北京:知识产权出版社,2015年。

— 在"爱国"与"爱乡"之间 —

（即日后的潮安县）的社会状态很有帮助，且有些数字十分难得[1]，但有一点，不适合作为小学教材。不过，此书历史部第四章"人类"第一节汉族、第二节瑶族，以及地理部第四章"道路"第二节铁路等，对编者日后编写乡土教材大有裨益。

凡编写乡土教科书的，一般都会强调自己如何"取材悉遵郡邑志书所载"，或"取材多出志书，及参考各家著作，附以己意而成"[2]。实际上也只能这样，谈乡土文化，你不可能凭空想象。以《潮州乡土格致教科书》第一课"鹊"为例："鹊（《本草》），大如鸦，冬始巢。俯鸣则阴，仰鸣则晴。人闻其声则喜，故谓之喜鹊。"[3] 这就很好体现了《编辑大意》所说的"考据多以古籍为宗，课中皆旁注而标所自出"。因为，李时珍《本草纲目》有曰："鹊，乌属也，大如鸦而长尾，尖嘴黑爪，绿背白腹，尾黑白驳杂，季冬始巢，知来岁风多，巢必卑下，至秋则毛鲜头秃。"至于鹊鸣预测气候，见师旷《禽经》曰："鹊，俯鸣则阴，仰鸣则晴。"[4] 翁辉东、黄人雄编《潮州乡土历史教科书》第一册第十三课"韩愈善政一"、第十四课"韩愈善政二"，乃潮人耳熟能详的传说，不能随意编撰；即便第二册第六

---

1 如翁辉东、黄人雄编《海阳县乡土志》（稿本，1908年）历史部第七章"宗教"记："天主教人约六千余人，耶苏教人约三千人"；第八章"实业"记："士约一万人，凡小学生属之。农约二十万余人。工约一十一万余人。商约六万余人。"
2 参见林宴琼编《学宪审定潮州乡土教科书》之《编辑大意》以及翁辉东等编《潮州乡土历史教科书》之《编辑要旨》。
3 林宴琼：《潮州乡土格致教科书》第6页上，潮阳：端本学堂，1910年。
4 李时珍：《本草纲目》第四册第2663页，北京：人民卫生出版社，1981年。永瑢等：《四库全书总目》第994页，北京：中华书局，1981年。

课"宋名贤寓辙",也都言之有据:"宋代名贤,多留寓辙。周敦颐、苏轼、赵鼎、朱熹、杨万里、吴潜,先后游潮。诸贤皆笃文行,延及齐民,时称海滨邹鲁云。"[1]

但相比此类明清方志已有定评的人物与故事,晚清乡土教科书更值得关注的是受《乡土志例目》的指引,增加的"人类""商务""实业"这三个新门类。郑邕亮《(最新)潮州乡土地理教科书》第二十一课"人民"提及"全府皆汉种",只是分福佬与客人,这未免太简单了;翁辉东、黄人雄编《潮州乡土历史教科书》第一册第五至八课"潮州种列"(一至四),分别介绍客家、福佬以及凤凰山上的畲民。[2] 考虑到种族及移民史比较复杂[3],且此前曾掀起轩然大波,翁辉东等小心谨慎,目前这样简要表述是可以接受的。[4]

传统并非一成不变,乡土也是与时俱进,教材须让学生记忆古老的故事,也关注新生的事物。翁辉东、黄人雄编《潮州乡土历史教科书》以"近来新政"为整套教材作结:

> 溯自庚子后,官民兴学殆遍,潮汕铁路告成,警察尤著成效。工艺、邮政、电报诸局,经已开设。报馆、商会、劝学

---

[1] 翁辉东、黄人雄:《潮州乡土历史教科书》第二册第6页上,海阳:剑光编社,1909年。

[2] 参见郑邕亮《(最新)潮州乡土地理教科书》第13页上下,揭阳:邢万顺书局,1909年,以及翁辉东、黄人雄编《潮州乡土历史教科书》第7页下至第9页上。

[3] 关于"福佬"来源,参见饶宗颐《潮州历代移民史》及《福老》二文,黄挺编《饶宗颐潮汕地方史论集》第138—150页,汕头:汕头大学出版社,1996年。

[4] "潮民有二种,曰客家、福佬,皆华种也。唐黄巢乱,河南居民,避乱来潮,土人谓之客家。"(第五课)"后王绪,率河南兵民,陷汀漳,不能守,遂避乱来潮,言语互异,土人称为福佬。"(第六课)

所、自治会，各有成立。汕头自来水、电灯敷设成就，轮船往来如织，商务繁盛。[1]

如此欣欣向荣景象，不仅对于当年小孩子，即便对于今天本地民众来说，同样很有吸引力。其中尤以关于潮汕铁路的描述，最让人感叹唏嘘。因为此乃中国近代史上第一条华侨资本经营的商办铁路，1903年由广东嘉应人、印尼著名华侨实业家张煜南和张鸿南兄弟呈请修建，1904年动工，1906年11月16日正式通车。1939年，为了不落入侵华日军手中，该铁路被国人主动拆除；而潮州人再次见到火车，则已在半个世纪之后。

火车作为晚清现代化事业的重要表征，进入几乎所有地理教科书。1905年刘师培撰《中国地理教科书》第十三课"人文地理下"，谈及各地驿站、电线、航路、商埠等，包括设在广东省汕头的"潮海关"，以及"潮汕铁路，由潮

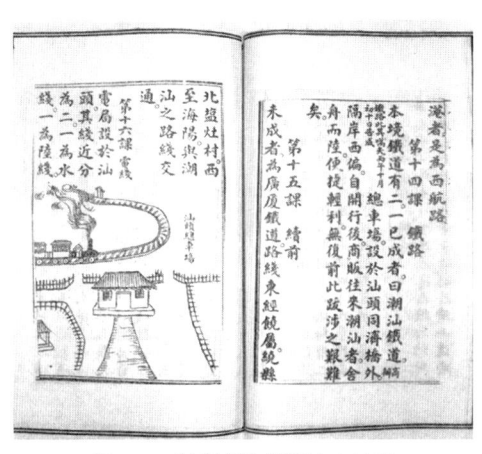

图 2-6 《（最新）澄海乡土地理教科书》"铁路"

---

1 翁辉东、黄人雄：《潮州乡土历史教科书》第四册第17页下。

州至汕头,将成"[1]。潮州人编写乡土地理教科书,自然不会放过此绝好风景。郑邠亮《(最新)潮州乡土地理教科书》第三十三课"道路·铁路"述云:"铁路创于光绪三十年。造端汕头,经庵埠、彩塘、浮洋、枫溪,直达潮郡西门外。曰潮汕铁路,计程六十余里,建筑历三年之久,今竣工且行车矣。"[2] 蔡鹏云《(最新)澄海乡土地理教科书》第四册第十四、十五课"铁路"说得更为详细:

> 本境铁道有二,一已成者,曰潮汕铁道(商办铁路,此其嚆矢,丙午十月初十日告成)。总车场,设于汕头同济桥外,隔岸西偏。自开行后,商贩往来潮汕者,舍舟而陆,便捷轻利,无复前此跋涉之艰难矣。
>
> 未成者,为广厦铁道。路径东经饶属,绕县北盐灶村,西至海阳,与潮汕之路线交通。[3]

规划中的"广厦铁道"实际上没有修成,那是长达一个世纪的哀怨故事,不说也罢。

跟铁路同样被格外关切的,还有1860年以潮海关成立为标志的汕头开埠。这既是屈辱,也是机遇,四十多年后的潮州人,编写教科书时该如何处置?翁辉东、黄人雄编《潮州乡土地理教科书》第

---

1 刘师培:《中国地理教科书》,《刘申叔遗书》下册第2297页。
2 郑邠亮:《(最新)潮州乡土地理教科书》第18页上。
3 蔡鹏云:《(最新)澄海乡土地理教科书》第四册第34页下及第35页上,澄海:景韩学堂,1910年第四版。

十七课"商埠"称："汕头在潮城之南，咸丰八年辟为商埠，全潮出入口货，多经于此。轮船如织，商务甚盛。"[1]而蔡鹏云编《（最新）澄海乡土地理教科书》则用总共四课（第二册第十五至十八课）来描述汕头这个新兴的商埠：包括开为商埠的汕头港，角石之英领事馆，潮海关与招商局，出口货物砂糖、果品、瓷器等；这还不够，还在第三册第一、二课补上商埠输入煤油、面粉、洋纱，以及"东陇为县北商埠"。[2]

汕头开埠这个事件，当然影响整个潮州府，但澄海县无疑获益最大。随着澄海管辖的汕头港迅速崛起，潮州府城的地位相对衰落。[3]单从小学教科书对于汕头这一新兴商埠的不同描述，也能解释为何是澄海而不是潮阳或揭阳来编写县一级乡土教科书。

比铁路与商埠更能体现新气象的，或许是新式学堂的建立与推广。郑邕亮《（最新）潮州乡土地理教科书》第二十七课"教育"云：

> 我国旧日，专以科举取士，而重诗文，少有实学。至今科举已罢，命各省府州县设立学堂。潮州立学颇盛，府城及汕头有中学、师范等学堂，各县则有高等小学、初等师范、初等小学。至千户之村，亦有小学堂一所。然风气初开，尚未能普及。复有志士游学外洋，继步者络绎不绝。女学堂仅海、揭、

---

[1] 翁辉东、黄人雄：《潮州乡土地理教科书》第一册第9页上，海阳：剑光编书社，1909年。
[2] 参见蔡鹏云《（最新）澄海乡土地理教科书》第19页上至第22页下。
[3] 明治三十六年（1903）六月日本外务省通商局编印的《清国广东省汕头港并潮州情况》，主要调查汕头港的位置、风土、人口、历史以及贸易等，附带涉及潮州的兵营、外国人、货币、商店、交通、输出与输入等。

— 辑二 故乡人文 —

澄有之,余则未之闻也。[1]

介绍本地区各种新式学堂,不仅当年的小学生感兴趣,后世的历史学家也会珍惜。尤其是其中提及刚刚开始的"兴女学"。

新观念一旦形成,反过来会促进历史文献的发掘与阐释。翁辉东、黄人雄《潮州乡土历史教科书》第二册《本册略例》特意指出:"本册于第二、第十二、第十七各课言及闺秀之文行,以见潮州女教已萌芽于宋代。"第二课《翁真姑义烈》讲的是"姑誓不嫁,教弟成立,绍兴成进士",属于传统的节妇烈女;第十七课《郭真顺贤德》介绍生活在元末明初的女诗人郭真顺(1312—1436),据说她终年125岁,著有诗集《梅花集》。[2] 最值得关注的是第十二课《滨臣奇节》:

> 张达,宋都统也,闻端宗居泉州,输粟饷军。及帝昺迁甲子,帅义勇扈从。其妻陈璧娘,送及钱澳。后殉难崖山云。[3]

巾帼英雄陈璧娘(?—1279)的故事,在潮汕地区广泛流传——先是劝夫赴崖山勤王,并渡海送至钱澳(后人称此地为"辞郎洲");后丈夫战死,求得夫尸安葬,闭门不食而死。曾拍成电影的潮剧《辞郎洲》(姚璇秋主演),讲的正是这个动人的故事。

编写小学一二年级教科书,既不能逞才使气,也没必要过分深

---

[1] 郑邕亮:《(最新)潮州乡土地理教科书》第15页下及第16页上。
[2] 参见《汕头市志》第四册第855页。
[3] 翁辉东、黄人雄:《潮州乡土历史教科书》第二册第11页下及第12页上。

刻,语言简洁是第一要务,即所谓"字句惟求明白,意义悉从浅显"[1]。这方面,晚清潮州乡土教科书大体合格。林宴琼编《潮州乡土格致教科书》第十三课"银鱼",文为:"银鱼,长者二三寸,其色如银,洁白无鳞。味甚佳,可生烹,又可晒干为脯。"翁辉东、黄人雄编《潮州乡土地理教科书》第三十一课"河流一"叙述:"大河有三,一曰韩江,发源于汀州(福建),绕郡城三面,至凤凰洲(属海阳),分为三支:曰东溪、西溪、北溪,均由澄、饶入于海。"[2] 对于七八岁的孩子,这样简要的描述就够了;像郑邕亮《(最新)潮州乡土地理教科书》第十四课"江河一"那样忧心忡忡,反而有些用力过度[3],效果不见得很好。

给小孩子编乡土教科书,最好能配插图。恰好晚清引进的石印技术,给图像制作提供了很大方便。翁辉东、黄人雄编《潮州乡土历史教科书》以及蔡鹏云编《(最新)澄海乡土地理教科书》,都有很好的表现。最需要配图的,其实是格致教科书,因为:"物产种类繁夥,最难辨别。本书各课,多附插图画,以便学童之认识,益以助其读书之兴趣。"[4] 蔡鹏云《(最新)澄海乡土格致教科书》提及那么多鱼类,若无配图,是很难准确辨认的。

---

1 翁辉东、黄人雄:《潮州乡土地理教科书·编辑要旨》。
2 林宴琼:《潮州乡土格致教科书》第12页上,翁辉东、黄人雄:《潮州乡土地理教科书》第16页上。
3 介绍完韩江的基本情况,忧国忧民的郑邕亮还不忘添上:"全河长六百余里。运输虽便,惟滩石险阻,江流湍急,沙塞河身,逐日淤浅,殊碍舟行。且沿岸田畴,更低于河路,时有决堤之患。"见《(最新)潮州乡土地理教科书》第9页下及第10页上。
4 《编辑大意》,蔡鹏云:《(最新)澄海乡土格致教科书》,澄海:景韩学堂,1909年。

四、两场官司的故事

任何教科书的编写，都是集合官府与民间的力量，兼及政治、商业与学术。晚清的乡土教科书自然也不例外，单说教育理念还不够，还必须探究其商业运营方式，以及纠合着立场与利益的版权保护。不妨借助两个与潮州有关的版权故事，一探其中的奥秘。

晚清乡土教科书使用寿命较长的，可举蔡鹏云编《(最新)澄海乡土历史教科书》及《(最新)澄海乡土地理教科书》为例，前者1919年印行第10版，后者1922年印行第13版。但有一点，这两种教科书都是蔡鹏云任教的景韩学堂发行。换句话说，学制变了，前朝的教科书还能使用，因为那是在自家地盘。晚清潮州乡土教科书发行最为成功的，还属翁辉东、黄人雄编的那两种。前有广东提学使王人文、沈曾桐二次审定意见，后有海阳县知县徐庆元的版权保护告示。如此阵容，确保了其发行渠道畅通，从自家门口扩展到全潮学堂。以《潮州乡土历史教科书》为例，首版发行处为海阳庵埠肇敏两等小学堂，那是编者任教的学校，颇有自办发行的意味。第二年刊行第三版时，第一册发行处为海阳剑光编书社、庵埠肇敏两等小学堂；第三、第四册则干脆仅署海阳剑光编书社。后世各种书目或著作提及此教科书，都说是"海阳剑光编书社"刊行，殊不知这是一个因发行成功而创立的机构。

关于翁辉东的传记资料，都会提及其编乡土教科书收入颇丰，因而得以到广州广东农林教员讲习所农学科深造。其实，这个很励志的故事，1930年代翁辉东在《潮州文概》的自序中已经提及：

— 在"爱国"与"爱乡"之间 —

> 洎廿余龄,掌教育材、肇敏两小学,益肆临见,探讨乡先哲言行,以课儿童。日积月累,辑为《乡土历史》《乡土地理》等教科书,上之学部,给与版权,尔时一州风行,千百小学多采是书为教本。余本穷人,于无意间获霑余润,资为修学之阶梯,讵敢漫云沾丐于人人?然自食其力,自举其身,收获之丰,迥非意料所及。[1]

原本就"笃好乡先哲所为文",适逢朝廷提倡乡土教育,于是利用教书的机会,自编教科书。没想到一炮打响,得到官府的版权保护,于是"获霑余润,资为修学之阶梯"。翁辉东没说到底获得多少版税,但收益颇丰是肯定的,否则不会马上辞去教职,上省城进修去。

相比起翁辉东因编教科书而成功转型,郑邕亮可就没那么顺利了。七种教科书中,唯独郑邕亮编《(最新)潮州乡土地理教科书》的封面没有"学宪审定"字样。这大概是尚未通过审定,或想靠自家努力打天下。书编得很认真,

图 2-7 《潮州文概》

---

[1] 翁辉东:《〈潮州文概〉序》,《潮州文概》,上海:俪光医院,1933 年。

水平也不错，可就是发行难以打开。若不是一场偶然被记录在案的著作权官司，此君不太可能被人记得。直到今天，我对于郑邕亮的了解，也仅局限于以下这张判词。

那位创办《月月小说》的汪庆祺（惟父），编有一本在现代司法史上很重要的《各省审判厅判牍》，其中收录有《翻刻地图澄海商埠审判厅案》。故事有趣，且资料难得，值得全文引录：

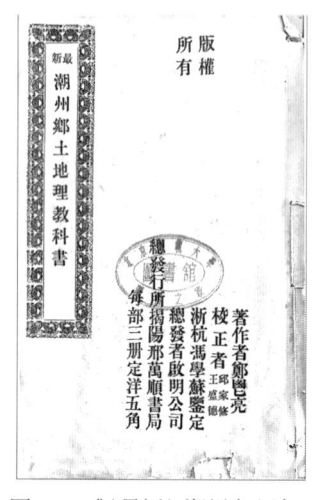

图2-8 《(最新)潮州乡土地理教科书》

缘郑邕亮籍隶揭阳，系汕埠正英学堂毕业生，现充该学堂教习，该生测绘潮州地图，于宣统元年闰二月出版，欲为专卖品。本年四月二十三日，该生向鼎新书局查出地图二十张，曾控警务公所，尚未结案。六月十五日，复以伪造盗刊等情呈诉到厅。二十日传集质讯，据郑邕亮供称，此图载明版权所有，翻刻必究，该书局冒名盗刊，请照侵夺版权律核办。据书局冯佩卿供称，此图系郑邕亮托敝书局代售，并未盗刊各等语。查近来中外通例，凡著作权、版权，均须禀准官厅立案，给有证书，始得专卖，该生测绘潮州地图，殊费苦心，惟未经立案，究与禀准专卖之版权有别。鼎新书局为营利起见，发售该生地图，无论盗刊与否，系由该书局查出，且当日并未与该生面商,不为无过。据供郑邕亮托该书局代售,殊属遁辞,揣度人情,断无始而托其代售,继而诬其盗刊之理,本厅从中调停,谕令冯佩卿缴银五元来厅,转给郑邕亮具领,为绘图报酬之资。嗣后该书局不得翻刻再卖,致干重罚,两造均愿遵断,当堂具结完案。讼费银三两应归冯佩卿负担。此判。[1]

虽然"该生测绘潮州地图,殊费苦心",且鼎新书局盗版事实存在,"惟未经立案,究与禀准专卖之版权有别",只好轻判侵权者,略为补偿郑君的损失。如此判案,兼及法理与人情,极为难得。[2] 这里没说郑君自己测绘的潮州地图到底是哪些,但《(最新)潮州乡土地理教科书》的《编辑大意》确实强调"特制鲜明地图十二幅,以便学者参阅";"图中所用经纬,以定地方之位置"。[3]

郑邕亮的版权诉讼,纯属商业利益之争,故比较好判。黄晦闻的《广东乡土地理教科书》涉及种族问题,闹出一场轩然大波,可就没那么简单了。当初学部编书局制作《乡土志例目》,显然思虑不周,过多借鉴日本经验,列出条目包括"历史""政绩""兵事""耆旧""人类""户口""氏族""宗教""实业""地理""道路""物产""商务"等[4]。其中新出的三项——"实业"与"商务"好说,这

---

[1] 汪庆祺编、李启成点校:《各省审判厅判牍》第231页,北京:北京大学出版社,2007年。
[2] 参见王兰萍《近代中国著作权法的成长》第152—154页,北京:北京大学出版社,2006年。
[3] 郑邕亮:《编辑大意》,《(最新)潮州乡土地理教科书》。
[4] 参见《学务大臣奏据编书局监督编成乡土志例目拟通饬编辑片》,《东方杂志》第2年第9期。

"人类"可就不太好操作了。日本基本上是单一民族（有阿伊努人等，但力量很小），中国可不同。历史上各民族的恩怨不说，眼下愈演愈烈的"满汉之争"，正是晚清政治革命极为重要的导火索。从统治者的立场看，学部开展这项调查，极不明智。

上海国学保存会1907年印行黄晦闻编《广东乡土地理教科书》，就不小心踢爆了这个炸药桶——好在属于地方族群之争，没有上升到国家层面，最后只是毁版了事。而且，官府并未赶尽杀绝，仍允许其修订后重新发行，实在是宽大处理。

黄晦闻编《广东乡土地理教科书》的问题出在第十二课"人种"："粤中有单纯之汉种，则始自秦谪徙民处粤。自秦以前，百越自为种族……今犹有獐、瑶、獠、黎、蜑族、客家、福佬诸种，散处各方。"这里将"客家""福佬"排除在汉族之外，明显是巨大的过失。这与顺德人黄节长期身处广府文化氛围，不知不觉接受了当地民众偏见有关。很可能是随手写下，没想到闯了大祸。先是《岭东日报》刊发《广东乡土历史客家福老非汉种辨》，而后丘逢甲、邹鲁等在穗的客籍人士成立"客族源流调查会"，且上书学部要求查禁黄编教科书。结果可想而知，第二年黄编重版时，删去了引起争议的图表，文字表述也不再将客家、福佬与獐、瑶、獠、黎等"散处各方"的少数民族并列。[1]

---

[1] 参见罗香林《客家研究导论》第5—6、27—28页，兴宁：希山书藏，1933年；程美宝《地域文化与国家认同：晚清以来"广东文化"观的形成》第82—96页，北京：生活·读书·新知三联书店，2006年。

— 在"爱国"与"爱乡"之间 —

这个案例非常有名,从晚清到现在,不断被提及。[1] 当事人之一邹鲁风潮过后与人合撰的《汉族客福史》,先在南洋集资印发,1932年邹任中山大学校长时,由该校出版部重刊。全书只有22页,除丘逢甲序,正文包括绪论、汉族客福之播迁一、汉族客福之播迁二、汉族客福之播迁三、汉族客福之播迁四、汉族客福之语言、汉族客福之土地、结论。结尾处有邹鲁本人的附识:

> 民国纪元前六年,黄君晦闻编广东乡土历史地理,诋客家福老为非汉种。鲁乃联全粤客福所隶数十县劝学所,与之辨正,并止其出版。事后,搜集事实,编为是书。中经清室载湉那拉氏之死,谋义举,恐散失,乃嘱张君煊终其事。越二年由南洋同人,集资印发。几经变故,箧笥中竟无原书存在。……复阅一次,深愧当时旅次中,仓卒秉笔,诸多不洽,且文字之中多提倡民族主义,行文复不免有偏于感情处,然一时又未能修改……[2]

这个兼及史学与政论的小册子,记录下潮州府及嘉应州的读书人对于广府文化的抗争与挑战。

此次以教科书编写为引信的政治风波,因对方自知理亏、无力

---

[1] 最近读到的论文是《四川师范大学学报》2016年第2期上石鸥等《要人命的教科书——小论黄晦闻的广东乡土教科书》,可惜没有什么新资料或新见解,可见此话题的生命力与发展局限。

[2] 邹鲁、张煊:《汉族客福史》第21—22页,广州:国立中山大学出版部,1932年。

应战,很快就平息了。可此举折射的,是广东省内长期存在的土客矛盾。"大量客家移民短时间内集中涌入岭南核心区,不可避免地会导致客家人与本地人之间紧张关系的产生";"到19世纪中期,终于爆发成为彻底失控的大规模持续械斗"[1]。不难猜想,经济矛盾必定伴随着政治竞争,接下来就该是文化上的激烈冲突了,双方的上层精英不知不觉卷入其中。有论者提及:"在此次事件中,许多客家精英,包括黄遵宪、丘逢甲、邹鲁等,纷纷投入全部精力著书立说,阐述客家的源流,论述客家族群的纯正。"而此次事件对于客家人的自主意识及政治激情的调动起了很大作用,"众所周知,客家人在辛亥革命中曾发挥了十分重要的作用",而"辛亥革命成功,广东成立军政府,客家人在这个新政府中迅速获得了领导地位"(如副都督陈炯明、财政司司长廖仲恺、陆军司司长邓仲元、教育司司长丘逢甲等)[2]。事件发生在1907年,黄遵宪(1848—1905)已经去世;但黄此前确有关于客家历史文化的论述,只是并非因应此风波。广东的客家人积极从政,有历史渊源与地理因素,其所以在20世纪中国政治史上扮演远比潮州人重要的角色,是否就因此次教科书事件的感召,却不好遽下断语。

---

[1] 梁肇庭:《中国历史上的移民与族群性:客家人、棚民及其邻居》第42—43页,冷剑波、周云水译,北京:社会科学文献出版社,2013年。

[2] 参见《中国历史上的移民与族群性:客家人、棚民及其邻居》第63—66页。另,1932年日本驻广州总领事向东京提交了一份题为《客家族群今昔概况》的报告,首次提及"大客家主义",称他看到了"不断涌现的客家领袖获得国家权力的前景"(第68页)。

五、韩江边上的文脉

邹鲁、张煊所著《汉族客福史》，前有丘逢甲宣统二年三月撰于广东咨议局的序言。此前一年（1909），广东咨议局成立，丘逢甲出任副议长，安插邹鲁等革命党人在局任职；同年，丘逢甲受聘两广方言学堂监督，聘邹鲁等到学堂任教。因此，邹鲁剑指黄晦闻，是得到丘逢甲支持的（也可以理解为邹打着丘的旗号）。黄晦闻知错即改，风波本已平息，但邹等客家人借此发难，乃是为了确立族群的自我意识与政治力量。《汉族客福史》表面上是史学著作，可就像邹鲁后来承认的，"文字之中多提倡民族主义，行文复不免有偏于感情处"。

轮到丘逢甲出面为弟子著作写序[1]，该如何表达呢？《汉族客福史序》除刊 1932 年中山大学版《汉族客福史》，还见于第二年出版的《潮州文概》（翁辉东辑），以及半个多世纪后编辑的《丘逢甲集》（岳麓书社，2001 年）等。丘序先从为何需要辨种族落笔——"世而大同也，民胞物与，何辨乎种？然世未进大同，而又值由国家竞争进而为种族竞争时代，则不能不辨其种，尤不能不辨其族。"再就是讲述汉族流播中国各地而至于南洋的大致过程，移民们"虽地居不同，语言各别，初不过转徙有先后，变化有巨微，其同为汉族则一也"。终于进入主题："乃近有著作，竟贸然不察，以客家福老，语言之差异乎广音，遂以客家福老为非汉族；且以'老'作'佬'，更有一二著作，以'客家'作'哈加'，抑何其偾哉！"这

---

[1] 邹鲁《〈岭云海日楼诗钞〉三版序》（1937 年）述"初谒先生于广州"，丘大为赞赏，称"子今日即为我门弟子"。见《丘逢甲集》第 968—969 页。

—辑二 故乡人文—

里只是泛指,并非专批黄节——黄编教科书只不过袭用旧说,并非自我作古。结语部分很重要,目的是防止有人误读此书或鼓吹民族仇恨:

> 然则此编之旨,既合同族以与异族竞,则凡非同族者,皆在排拒之列乎?是又不然。盖他族与汉族,久已相安,利害相共者,非特无外视之心,且有同忾之切,是则本书之旨也。[1]

既参与客家人为确立自我而进行的抗争,又怕进一步激发族群矛盾,这一点,从风波刚过,丘逢甲即赠诗寄沪刊布,可以看得很清楚。写于光绪三十四年的《寄赠国学保存会诸子》,既表达敬仰之心,又强调共同立场:

> 文明古国五千载,中经秦火诗书在。
> 汉兴诸儒功最多,不有守先后何待。
> 西海潮流猛秦火,东风复助为妖祸。
> 障川挽澜今无人,后生小子忘丘轲。
> 昆仑山高东海深,百王千圣知此心。
> 终看吾道益光大,日月行天无古今。[2]

---

[1] 丘逢甲:《汉族客福史序》,邹鲁、张煊:《汉族客福史》第3页,又载《丘逢甲集》第891页。

[2] 《寄赠国学保存会诸子》,《丘逢甲集》第590页。

— 在"爱国"与"爱乡"之间 —

坚信"终看吾道益光大",同样热爱"文明古国"、抵抗"西海潮流",自己以及黄节等国学保存会同人愿意携手同进。此时赠诗,不无修补关系、重申友情的意味。从1907年支持客家人抗争,到1908年的《寄赠国学保存会诸子》,1910年的《汉族客福史序》,作为晚清著名诗人,原籍广东蕉岭、因割台归来寄籍海阳(潮州)的客家人,丘逢甲的多重身份,使其在此事件中虽有参与,但比较超脱。

这就说到"爱国"与"爱乡"的关系,并不像留日学生振臂疾呼的那么简单明了。乡土教育的展开,得益于当年政界及学界"因爱其乡,遂爱其国,推而至于全世界"的共识。可实际上,并非真的人同此心,心同此理。过分强调家乡之爱,也可能导致另一局面——那就是忘记家乡之上还有国家,国家之上还有人类,陷入狭隘的地区利益之争。当留日学生中"新广东""新湖南""新湖北"的口号震天响,大家都认定"地方自治为立宪之基","欲合全国之民为一群,不若先合一省之民为一群,互相维持,互相援助,以长人民亲睦之风"。刘师培却对此思潮表示疑虑,甚至称:"世有欲保存中国者,倘其持国界之说,废省界之说而不言,庶中国人民,可以收合群之效,以保我中土乎!"[1]聪明绝顶的刘师培,其论政特点是格外敏感,且喜欢把话说到顶点,以适应传媒时代的需要。[2]看出时

---

1 汉:《论各省界之说足以亡国》,初刊《申报》1906年12月8日,收入万仕国辑校:《刘申叔遗书补遗》第453—454页。
2 参见陈平原《激烈的好处与坏处:关于刘师培的失节》,《东方文化》1999年第2期;又见《当年游侠人——现代中国的文人与学者》第66—89页,北京:生活·读书·新知三联书店,2006年。

人过分强调省界,容易导致利益纷争乃至互相仇视,故断言"省界之说为中国革新之阻力";可同时,他又积极投入以省为单位的教科书编写。广东三大族群之间本就有矛盾,如何既提倡乡土文化,而又不陷入偏狭的地方主义,是一个必须直面的难题。

丘逢甲以一"归籍海阳"的客家人身份,积极投身潮汕的教育文化事业,甚至帮助协调潮属、嘉属商民的矛盾,这点没有比他儿子丘琮的描述更精彩的了:

> 潮属与嘉属商民时有土客之争,先父祖籍虽嘉属,而生长台湾,其土语与潮州同为福老系统,言语已无隔阂。又奉旨归籍海阳,每为地方尽力。故土客有争,辄得先父一言为解。[1]

潮汕地区的土客矛盾,没有珠三角土客之争那么严重,但同样牵涉方方面面的利益,不是道德文章所能轻易感化的。丘逢甲明白这个道理,故在支持邹鲁为客家人利益抗争时,话说得很有分寸。

丘逢甲的《汉族客福史序》当初反响不错,这才会被海阳人翁辉东选入《潮州文概》(1933年)。只是时过境迁,1945年翁推出《增订潮州文概》(上海癸庐铅印本)时,删去了此文,另选入丘逢甲诗文二则。至于其中原因,编者没有说。当初《潮州文概》选入《汉族客福史序》时,编者有这么一段按语:

---

[1] 丘琮:《岵怀录》,《岭云海日楼诗抄》第506页,合肥:安徽人民出版社,1984年。

— 在"爱国"与"爱乡"之间 —

辉东按：光绪末年，香山黄晦闻，所编《广东乡土历史教科书》，有《客家福老非汉种》一课，经潮梅人士反对，《岭东日报》抨击，卒毁其版。又，邹张二子，即邹鲁、张煊。[1]

大概手中没有材料，全凭记忆，翁辉东的解说错漏可真不少——第一，黄晦闻乃顺德而非香山人；第二，黄书乃《广东乡土地理教科书》而不是"历史教科书"；第三，黄晦闻书中并没有"客家福老非汉种"这么一课，那是争论中被提炼出来的；第四，也是最重要的，此次抗议活动，主角是客家人，潮州人（福佬）其实没怎么做声[2]。除了潮州人对政治不敏感，更多关心经济利益，视野主要投向南洋或上海，不太关心省城的事，不愿出头这一性格外，我怀疑那时的潮州读书人，很可能将此事件理解为历史上"土客之争"的延续。有利益，敢碰撞，经过几代人不懈的拓展，客家人在广府文化占据主导地位的省城，日渐有了政治地位。至于冷眼旁观的潮州人，在广东政坛上，始终不是重要力量。

晚清关注乡土文化，乃好大的一阵风；可风潮过后，还愿意打扫战场的，少而又少。翁辉东是个特例。以编辑乡土教科书起步，此后一辈子没有离开这个并不显赫的战场。《〈潮州文概〉序》所说的"辉东少时笃好乡先哲所为文，偶有所获，辄抄录习诵，视韩柳

---

[1] 翁辉东辑：《潮州文概》第185页。
[2] 梁肇庭提及黄编教科书"激起了客家知识分子的极大愤慨，纷纷撰文予以谴责，而福老人为了明哲保身则选择沉默"，见《中国历史上的移民与族群性：客家人、棚民及其邻居》第63—64页。

欧苏文尤为有味",看来是真心实意,而不是自嘲。青年潮汕教书,中年海上著述,晚年回乡,依旧关注潮汕文献。

别人谈乡土文化,大都偶尔为之,翁辉东则坚守潮学一辈子。《燕鲁纪游》中,翁提及1934年北上游览,在京城潮州会馆见杨守愚,对方正拜读《潮州文概》,大为赞叹。[1] 1943年,翁辉东以"上海孥庐刊本"名义发行《潮汕方言》,书前有胡朴安等九人题辞,书后则是《涵晖楼刊印各书读后言》(节录),一共收录23人"表扬信",其中不乏名家,如"商务印书馆王云五先生云:捧读台作,仰见阐扬乡邦文献盛意,钦珮莫铭"。"中华书局王文濡先生云:我乡俞荫老拼命著书,先生亦同此怀抱。当此浊世,而能孤高自赏,为古人作功臣,洵罕购(构)也。""兴宁罗香林君云:岭东豪气分明在,海外波涛纸上鸣。余敬潮州,余敬翁先生。"[2] "番禺叶遐庵居士云:承示《潮州方言》印本,甚多精辟之处,足见苦心孤诣。"[3] 虽说应酬文字不能过分当真,可这么多名家愿意站台,也真不容易。再考虑到章炳麟、于右任、蔡元培分别为《潮州文概》题写书名或题辞,可见翁

图 2-9 《潮汕方言》

---

1 参见翁辉东《燕鲁纪游》第31页上下,上海:孥庐刊本,1940年。
2 "岭东豪气分明在"云云,乃剪辑罗香林为《潮州文概》的题辞。
3 《涵晖楼刊印各书读后言》(未编页码),《潮汕方言》,上海:孥庐刊本,1943年。

辉东当年在上海的交游圈子并不小。

当年的翁辉东，可是意气风发，这点从《潮汕方言》书后《启事》可以看出："是书为传播潮州文化而作，不独可通雅俗，兼可资语言学者之考究。"这还不算，还附有广告性质的《附涵晖楼印行各书书目》："《潮州乡土历史》，纪元前三年刊；《潮州乡土地理》，同上；《海阳县乡土志》，纪元前二年刊；《得闲居士年谱》，民国十三年刊；《翁氏家谱》，民国十五年刊；《唐明二翁诗集》，民国十六年刊；《潮州文概》，民国廿二年刊。"[1]抗战胜利重回潮州后，翁辉东虽有《潮州风俗志》（稿本，生前未刊）等多种著述，但比起上海时期的勇猛精进来，还是逊色许多。当然，这与时代剧变有关，不说撰述体例与学术水准，即便著作已完稿，也都不能像上海时期那样自刊自发了。

说到方言与族群的隔阂，回到晚清的语境，那时的人已经意识到，但似乎很乐观，以为经济发展以及教育普及就能轻易化解。郑邠亮编《（最新）潮州乡土地理教科书》第二十二课"音语"，区分福佬语与客语，然后就是：

> 全潮话语分二支，曰福佬语，曰客语。福佬语行于沿海之地，客语行于内山等处。潮州音语虽分二支，究属同源，第为山川所限耳。他日火车四驰，学堂林立，音语定归一致矣。[2]

---

[1]《附涵晖楼印行各书书目》，见《潮汕方言》封底。

[2] 郑邠亮：《（最新）潮州乡土地理教科书》第14页上。

辑二 故乡人文

如此规划很美好，但不太切实际。学校是最好的文化熔炉，有可能打破种族、性别、省籍、方言的隔阂，做到既"乡土"，也"中国"（乃至"世界"）。百年后的今天，已经"火车四驰，学堂林立"了，但潮汕话与客家话的差异依然存在。所谓"音语定归一致"，若理解为推广普通话，而不是泯灭方言，那郑君的预言也算实现了。

说到学堂在传播知识、提振精神、延续文脉方面的贡献，不妨引入三位与位于潮州府城的韩山书院—惠潮嘉师范学堂—省立惠潮梅师范学校（省立第二师范学校—韩山师范学校—韩山师范学院）结缘的人物。丘逢甲（1864—1912），生于台湾，祖籍广东蕉岭，落籍海阳，1897年主讲韩山书院；邹鲁（1885—1954），广东大埔人，1903年冬入韩山书院求学，据说读此书院的最大好处是"可以广交潮梅读书人士"[1]；翁辉东（1885—1965），广东海阳人，1913年起连续八年任省立惠潮梅师范学校教师、学监、代理校长等。这当然只是表征，三位涉及《汉族客福史》的人物，曾围绕广府、潮汕、客家三大方言与族群发言，日后发展道路很不一样（诗人、政治家、学者），但都与韩江边上这所学堂有联系，实在很奇妙。

最后的问题是，晚清轰轰烈烈开展的乡土教育，为何很快销声匿迹？辛亥革命后，新朝不认旧账，一切另起炉灶，这是关键因素。此外，当年第一流学者并未真正投入其间——刘师培、黄晦闻、陈去病编了教材，但没有追踪实践；丘逢甲、邹鲁热心教育，但不编

---

[1] 邹鲁：《回顾录》第11页，长沙：岳麓书社，2000年。

教科书。单靠翁辉东等几位小学教师，晚清潮州乡土教材的编写与教学，影响自然局限一隅，无法被长久记忆。设想当年丘逢甲、邹鲁批评过黄编教科书后，能自己动手，编一两种客家人或福佬人视角的"广东乡土历史/地理教科书"，那就是完全不同的局面了。可惜的是，胸有大志者，很难俯下身来，心甘情愿地为孩子们编写教材。

2017年4月4日于京西圆明园花园
（初刊《中国文化》2017年春季号［5月］）

走向地方的新文化

——《潮州民间文学选辑》总序

我理解的五四新文化运动，兼及思想、教育、语言、文学、报章、书局等，大致进程是这样的——酝酿于戊戌变法（1898），得益于科举取消（1905），崛起于《新青年》创刊（1915），成熟于白话文进课堂（1920），国共分裂后开始转型（1927）。"新文化"的具体表现也是其最突出的成果，即左手语言右手思想的"平民文学"，呈现为"向上"与"向下"两个维度。所谓"向上"一路，指的是接受域外文学刺激，开始了新诗、美文、话剧、短篇小说等尝试，日后以"现代文学"的名义进入历史；"向下"一路则是从立场、语言到文体都坚持"到民间去"，而《歌谣》周刊开创的俗文学运动，便是其提倡与实践的标志。后一条路径，周作人、刘半农、顾颉刚三位是主将，帮助摇旗呐喊的还有北大同人蔡元培、胡适、钱玄同、沈兼士、鲁迅等，以及学生辈的常惠、董作宾、魏建功、台静农等。

不说个体的尝试（如1914年周作人撰写《儿歌之研究》、1918年刘半农拟定《北京大学征集全国近世歌谣简章》），俗文学运动的展开，更具象征意味的是1920年北京大学歌谣研究会的成立以及1922

年《歌谣》周刊的创办。至此,俗文学的整理、研究与再创造,便成了新文化运动的一个重要方向。到了1927年11月中山大学民俗学会成立并发行《民间文艺》杂志(12期后改名《民俗》),除搜集研究的范围大为拓展(包括神话、传说、谜语、谚语、节庆、习俗等),更借助培养学生、成立分会、办培训班等方式,推进俗文学运动。

就在这个重要关口,潮汕地区不少有识之士投身此新文化大潮。若干年前,我在《俗文学研究视野里的"潮州"》中谈及:"1920—1930年代潮汕地区的俗文学研究,做得有声有色,且与北京及广州学界保持相当密切的联系。了解这些,你对丘玉麟、林培庐、杨睿聪等潮汕学人的工作,不能不表示由衷的敬佩。他们的编著,并非古已有之的乡邦文献整理,而是深深介入了现代学术潮流。如果再加上出生于广东海丰(广义的潮汕人)、毕生致力民间文学及民俗学研究的钟敬文,那么,1930年代潮汕学人的俗文学及民俗学研究,实在让人刮目相看。"很可惜,因行政区划的变化,如今谈"潮州民间文学",只能局限在丘玉麟与杨睿聪,而搁置了现属揭阳市的林培庐与汕尾市的钟敬文了。钟敬文日后成为民间文学研究界的一面旗帜,贡献之大众所周知;林培庐1930年代也很活跃,单看其编辑的《潮州七贤故事集》有胡适、张竞生、钱玄同题签,周作人、容肇祖、赵景深作序,就不难明白此书的分量及作者交游之广。

相对来说,这回收入《潮州民间文学选辑》的五书——丘玉麟的《潮州歌谣》(1929),杨睿聪的《潮州俗谜》(1930)和《潮州的习俗》(1930),张美淦、钟勃的《长光里》(1933),以及沈敏的《潮安年节风俗谈》(1937)——基本上只在潮汕地区流通,缺乏全国性影响。即便如此,此五书仍值得重视,因其体现了新文化走向地方的努力与趋势。

丘玉麟(1900—1960),字拉因,潮州意溪东乡村人。1921年入广州岭南大学西洋文学系,1923年转燕京大学中文系学习,与同在北平念书的林培庐等潮籍学生成立了鬋箫文学社。深受在燕大兼课的周作人影响,丘玉麟回潮州的省立二师(韩山师范学校)、省立四中(潮州金山中

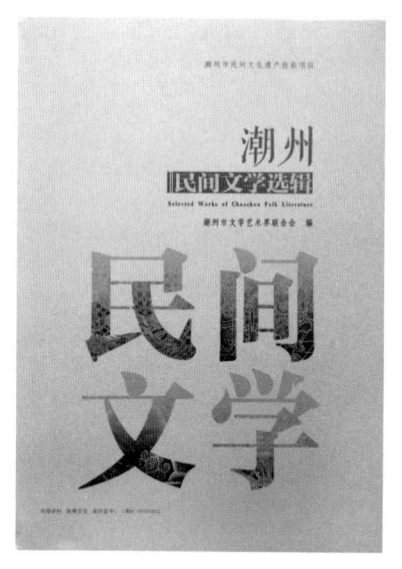

图2-10 《潮州民间文学选辑》

学)任教后,致力于民间歌谣的收集和整理。丘编《潮州歌谣》(第一集)1929年1月初版,自刊本,印数2000册;同年4月再版,印数3000册。此书之所以能很快再版,因潮人韩树孙和林勉升找上门来,表示"这宣传平民文学之责任是他该担负的",编者于是希望他们"像上海的北新书局与李老板一样",成为"注意新文学之传播的文学书籍发行家"(参见丘玉麟《潮州歌谣·再版序言》)。这册略为增删的再版书,扉页署"编者丘玉麟,发行者韩树孙"、封底则是"发行者潮安林勉升,经售处汕头中华书局暨各书坊",这就导致了各图书馆及目录书上各取所需,关于此书版本的介绍十分混乱。1958年广东人民出版社刊行《潮汕歌谣集》,2003年香江出版有限公司推出丘玉麟编注的《潮州歌谣集》,包含了此前的《潮州歌

谣》《潮汕歌谣集》以及《回回纪事诗》,再加上著名俗文学专家薛汕的《山妻夜粥的歌者》,以及卢修圣、曾楚楠、蔡起贤、陈庭声的介绍文字。

1930年,潮州支那印社曾刊行杨睿聪《潮州的习俗》、杨小绿《潮州俗谜》二书,不仅二书作者乃同一人,且都属于自刊本——目前能查到的潮州支那印社出版物,除此二书外,再就是林培庐的《李子长好画故事集》。杨睿聪

图 2-11 《潮汕歌谣集》

(1905—1961),字慧甫,曾用名小绿,潮州城内人。1925年毕业国立广东大学,即被聘为省立二师史地教员,后应母校省立四中之聘,任国文教师。[1]《潮州俗谜》分自然、人事、身体、器物、食物、植物、动物七部分,辑录广泛流传于潮汕民间的谜语200多则,1949年香港潮书公司曾刊行增订本。至于《潮州的习俗》则已收入李文海主编、夏明方与黄兴涛副主编的《民国时期社会调查丛编·宗教民俗卷》(福建教育出版社,2014年)。

"凤祠客"和"亿"合撰的潮州方言小说《长光里》,1932年6月至10月连载于潮安《大光报》副刊,次年5月印成单行本。小说

---

[1] 参见陈贤武《杨睿聪》,《韩山师范学院学报》2017年第5期。

共15章（凤祠客7章，亿8章），有大致的人物设计与贯穿线索，但故事光怪陆离，随处插科打诨，俚语与雅言胡乱穿插，造成强烈的讽刺效果，如第七章"加税"有曰："是日长光里人马齐备，精灵古怪，满堂所见的是：大葵扇、老舅鞋、熟烟筒、'南澳丫叉'和黑油油的头、水汪汪的眼，以至顶脚酮、隆起背脊及无缝的缺嘴唇。漪欤盛哉，一堂雅集，济济多才。"无论当初还是现在，此小说吸引读者之处在语言而不在人物或故事。两位作者均为潮安意溪人，也都是《大光报》的台柱子。"凤祠客"本名张美淦，时任潮安县教育局长，1940年代曾任揭阳县长；"亿"本名钟勃，时任县中训育主任，1940年代曾任潮州金山中学校长，1946年出版潮州方言长篇小说《龙塘四武士NO.1》。2002年香港榕文出版社曾将《长光里》与《龙塘四武士NO.1》两种小说合刊；至于卢修圣、刘祥育的注释本（广东金山中学潮州校友会编印，2003年），更是为读者提供了很大方便。

同样收入《民国时期社会调查丛编·宗教民俗卷》的，还有沈敏的《潮安年节风俗谈》，此书潮州斫轮印务局1937年印行，1996年家属以中南书局名义重刊。沈敏原名时聪，1913年生于潮安县华美乡，少年积极投稿，并在报馆当过校对，1938年初从军，1949年任国民党潮汕警备司令部参谋长，10月撤走台湾，后改为经商。晚年回乡，特别"叹惜在战乱中所著出版《王先生行军记》（10万多字报告文学，1945年由江西《激昂时报》社出版）至今无影无踪"[1]。其实，沈时聪著《王先生行军记》不是报告文学，乃长篇

---

[1] 参见林俊聪《潮籍台胞沈敏与潮汕民俗文化》，《潮汕文化选》第6集《山光水色尽文章》第105—106页，汕头特区晚报社，2013年。

小说，1945年11月由世界编译社出版。[1] 此外，1947年9月5日创刊于上海的《生活文摘》（世界编译所发行）第一期上，有沈时聪的《创刊的话》，不过，目前此刊仅见第一期。[2]

崛起于北京的新文化，作为一种外来思潮，能否在潮汕落地生根、开花结果，取决于本地的教育资源与文化氛围。这五种俗文学书籍的作者，要不是省立二师和省立四中的教师（丘玉麟、杨睿聪），要不是潮州《建设报》或《大光报》的报人（张美淦、钟勃、沈敏）。前者见各书自序及众多回忆文章，后者则有阿嵩《三十年代潮安〈建设报〉和〈大光报〉杂忆》[3] 为证——此文谈及张美淦、钟勃等如何商定创办《大光报》，而日后为《长光里》撰写序言的张亦文乃报社同事，老祝[4]则系特约撰稿人。另外，阿嵩文还提及《建设报》的"校对沈敏，不时写一些潮安城内街道杂谈和地方掌故，有可读性，多期连载"。

大概是年纪大了忘事，1996年沈敏为重刊本《潮安年节风俗谈》撰写"导读"，称自己"应星系报纸《星华日报》之聘，撰述年节风俗，相对完整，常被国内外各报纸所转载，遂成《潮安年节风俗谈》"。《星华日报》乃南洋华侨胡文虎于1931年在汕头独资创办的一家日报，与潮州的《建设报》等不同系统。在初版的自序中，作

---

1 参见徐乃翔主编《中国现代文学词典》第一卷小说卷，广西人民出版社，1989年。
2 参见吴俊等主编《中国现代文学期刊目录新编》中册，上海人民出版社，2010年。
3 参见政协潮州市委员会文史编辑组编《潮州文史资料》第22辑第71—72页，2002年12月。
4 即省立二师教师詹安泰，字祝南，号无庵，著名词人及文学史家，参见《潮学集刊》第四辑《〈詹安泰全集〉集外文辑考》，社会科学文献出版社，2015年。

者称"年来替潮汕报纸写了一些关于潮安风俗的稿件……现在把各稿件略加整理,斗胆刊印,书名为《潮安年节风俗谈》"。再看书前几篇序言,陈政为《建设报》负责人,林培庐乃潮汕民俗专家,张其光的序写于潮州西湖畔,而作者自序则署"1936年12月1日写于潮安华美"。可见此书产生的文化背景,潮州重于汕头。

杨睿聪在《潮州的习俗·自序》中,提及"四中诸同事和同学们也热心帮助搜集,于是才给我写成功了";而为其写序的邹炽昌正是四中同事。丘玉麟《潮州歌谣·代序》除了感谢省立二师及四中的文学概论课程,更指名道姓提及若干四中同学的帮助,还有自己如何拜访作为同道的二师林培庐、四中杨睿聪等。而在《潮州俗谜·序》中,丘玉麟表扬"小绿先生是个民俗学的探讨者,对于歌谣、谚语、风俗、迷信,热心研究"。虽然挂一漏万,但你理解当年的潮州,确有一批关注歌谣、民俗、谚语的同好。丘玉麟《潮州歌谣·代序》提及自己"与林培庐君组织觱篥文学社出版周刊讨论文学歌谣问题,我的同乡友章雄翔兄、卢佚民先生亦在广搜歌谣";而《潮汕歌谣集·序》则介绍这本歌谣的材料来源,除了自己原先编印的《潮州歌谣》,还"以金天民先生的《潮歌》、徐志庵先生的《儿歌》、林德侯同志的歌谣抄本为主要参考,取材林同志的最多"。后人提及潮汕歌谣的搜集与整理,往往举丘玉麟为例,这自然没有错;可必须记得,正是这种众人拾柴火焰高的阵势,才有丘编相对完美的成绩。

与内部发力相映成趣的,是强有力的外部引领。张亦文为《长光里》作序,引述胡适创建新文学的主张,尤其看重其"不避俗语俗字"(标题有误,应是《建设的文学革命论》);杨睿聪编《潮州的习俗》，除了请钱玄同题写书名，还以"补白"形式引入周作人、江绍原、何思敬的民俗论。当然，那些关注歌谣及民俗的潮州学人，他们与北京学界的联系，最主要的还属时任北大教授且兼课燕京大学的周作人。《潮州歌谣》初版的《代序》，是编者丘玉麟写给恩师周作人的信，称此乃献给那"常入梦的苦雨斋"——"因为我对于搜集歌谣这工作之趣味的嫩芽是你护养壮大的"。而林培庐为沈敏《潮安年节风俗谈》作序，就从"十年前在北京岂明师的苦雨斋翻看了英国谣俗学会会长瑞爱德氏的《现代英吉利谣俗》"说起。这就难怪也是潮州人的薛汕在《潮汕民俗文学何去何从》中称："潮汕民俗学的提出，源自在北京就读的林培庐和丘玉麟，他们与周作人的联系，进而提倡对歌谣、民间故事和风俗习惯的记录以及作必要的综述。"[1]

至于张美淦和钟勃之创作潮州方言小说《长光里》，也是深受北京新文化人影响。与一般方言小说仅在人物对话使用方言不同，《长光里》全书均由方言俚语构成，近乎系列滑稽文。这种写作技法，并非无中生有，而是取法清人张南庄的《何典》。1926年5月，刘半农无意间得到了光绪四年上海《申报》馆版《何典》，标点校注后，请鲁迅作序，交北京北新书局刊行。

鲁迅称此书"谈鬼物正像人间，用新典一如古典"，"便是信口开河的地方，也常能令人仿佛有会于心，禁不住不很为难的苦笑"。(《〈何典〉题记》)而刘半农则特别表彰其"善用俚言土语，甚至极土极村的字眼，也全不避忌；在看的人却并不觉得他蠢俗讨厌，反

---

[1] 潮汕历史文化研究中心、汕头大学潮汕文化研究中心编:《潮学研究》第6辑，1997年。

觉得别有风趣";"将两个或多个色彩绝不相同的词句,紧紧接在一起,开滑稽文中从来未有的新鲜局面"。(《重印〈何典〉序》)《何典》用吴语谈"鬼物",《长光里》则用潮话说"人间",这里的鬼物与人间可以互相转化。而且,单就善用譬喻、谜语、警句、趣语、歌谣、歇后语等而言,二者可谓异曲同工。当年杨世泽为《长光里》作序,称其为"潮安《大光报》所载之滑稽文",最大特点乃"集里谚为之",阅读者须从潮州方言流变入手,方能领悟其好处。

方言小说不只《何典》一家,为何认定其就是《长光里》的追摹目标?过路人的《何典·序》有这么一段妙语:"无中生有,萃来海外奇谈;忙里偷闲,架就室中楼阁。全凭插科打诨,用不着子曰诗云;讵能嚼字咬文,又何须之乎者也。不过逢场作戏,随口喷蛆;何妨见景生情,凭空捣鬼。"再看好管闲事之《长光里·序》:"虽然三岔路口,人人尽属题材;十字街头,事事皆为话柄,惟是既非有闲,又属多事。焉能嚼字咬文,逢场作戏,插科打诨,随口喷蛆。是以看见大千世界之文章,便已经拍案叫绝。细领略长光里内之人物,忍不住信口开河。"不仅趣味相投、笔调近似,单是"随口喷蛆"一词便露出马脚。此乃吴语方言,指信口胡说,《何典》中又作"喷蛆"(第一回)、"嚼蛆"与"闲话白嚼蛆"(第七回),这种表达方式,潮州话里原本没有。

就像周作人为《歌谣》周刊所撰《发刊词》所说的,搜集歌谣、谚语及民间传说的目的有两种,"一是学术的,一是文艺的"。日后各地俗文学的展开,也都大致按此路径,只是在具体作品中,二者往往纠缠不清,依时代风尚及读者趣味而随时转化。比如说,当初认定"这自来被贵族文学所摈弃的民间歌谣,已成为有价值的平民文学了"（丘玉麟《潮州歌谣·再版序》），今天更看重其方言及民俗学的意义；当初表扬此书"于本邑新文学改创中，称巨擘无愧矣"（张亦文《长光里·序》），今天关注的也是方言小说的边界及可能性。

因出版地及方言的限制，这五种潮州歌谣、谚语、民俗及方言小说，当年没能迈开双腿走向全国。以北京大学图书馆为例，这五种书均未入藏。幸运的是，著名诗人、学者林庚先生收藏了一册《潮州歌谣》，去世前捐给了北大中文系。那书的封面题有"双漱所藏歌谣书之七，十九年秋黄家器邮赠，二〇，二，二二，记于故都"，扉页则是"敬赠罗先生，器寄自鲍岛"。此题签涉及的人物及因缘还没最后考定，但时间及邮路确凿无误。也就是说，除非有心人寄赠，否则，潮汕读物很难走回新文化中心北京。

图 2-12 《潮州歌谣》

正是有感于此，我对这回正式刊行这五种八九十年前的旧书，使其有可能走进各大图书馆，让研究者在理解新文化如何走向地方时，有更多的参照系，抱有很大的期待。

2019 年 3 月 13 日于京西圆明园花园

（初刊《书城》2019 年第 5 期，收入《潮州民间文学选辑》，广东省潮州市文学艺术界联合会，2019 年）

孤独的寻梦人

这是一个倔强而又孤独的叛逆者，一个出师未捷便轰然倒下的寻梦人，一道欢快奔腾越过九曲十八涧的溪流，一颗划过天际瞬间照亮漫漫夜空的彗星。曾在1920年代"名满天下"的北大哲学教授张竞生，竟然凭借薄薄一册《性史》，赢得生前无数骂名，也收获了半个多世纪后的无限风光。

不过，单就"性学""计划生育"或"爱情大讨论"等立论，尚不足以穷尽张竞生五彩斑斓的一生；更何况，所谓"性博士"的命名，本身就有很浓厚的嘲讽意味。实际上，这是一个趣味极其广泛、讲究"体悟"与"会通"、刻意追求"读活书"、以"鉴赏的态度"看待人生的哲学家（参见张竞生《两度旅欧回想录》及《爱的漩涡》）。有趣的是，此奇才之所以长期被埋没，政府迫害以及民众愚昧固然是重要因素，此外，还必须直面一个残酷的事实：真正让张竞生"无地自容"的，是占据20世纪中国思想学术主流地位的五四新文化人及其后学。在一个专业化潮流已经形成的时代，蔑视"专家"、断然拒绝国人普遍信仰的"科学"与"哲学"，转而主张直觉、顿悟、情趣的"美的思想法"，很难得到学界以及大众的认可。所谓"以'美治主义'为社会一切事业组织上的根本政策"，虽妙不可言，在我看来，却纯属乌托邦（《美的社会组织法》一书"导言"对此有自省）。批判真假道学，主张爱情四定则，提倡"情人制"，或者编一套玄秘的"审美丛书"，这都没有问题，偶尔还能得到"何等痛快"的赞许（参见周作人《沟沿通信之二》）；可出版"赤裸裸"的《性史》以及主编"专注性学"的《新文化》，却不可避免地与主流学界反目成仇。

我并不否认，张竞生因缺乏必要的专业训练，谈论"性教育"时，多想象与夸饰之词。也正是这一点，导致其在论战中不断败北。打个不太恰当的比方，就好像敏感的卢梭与学识渊博的以狄德罗为代表的百科全书派，之所以由合作走向冲突，有政治立场的分歧，更包括性格与才情的差异。如此天性叛逆，自信而又孤僻，多情且又放诞，注定了张竞生一路走来，不可能步步莲花，反而是处处荆棘。好在张博士屡败屡战，勇气实在可嘉；而这背后的因素是：留学法国，学的是唯心论哲学，喜欢的是浪漫派文学，一生行事，师法18世纪法国启蒙思想家卢梭。

照罗曼·罗兰的说法，卢梭的《忏悔录》"为小说的艺术打开探索内心生活的堂奥"，是"第一批浪漫主义者的母亲"（参见罗曼·罗兰《卢梭的生平和著作》）；张竞生描述浪漫派之"幻想""反抗""直感"以及"极端的情感"，同样以卢梭为先导。这些"立身行事都要有特别处""爱恨都要到极点"的浪漫派文人，与国人之普遍推崇"中庸"，形成了极大的反差。"他们不能受人谅解的，就因太伟大与不肯依阿取容。他们受诅咒处，正是他们不可及处"——

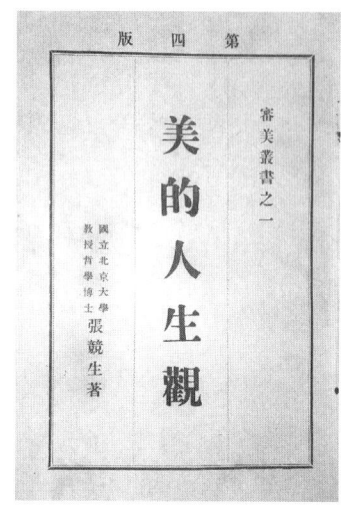

图 2-13 《美的人生观》

当张竞生写下这热情洋溢的赞词时，当不无"夫子自道"且"自叹自怜"的意味（参见张竞生《烂漫派概论》）。从早年的博士论文《关于卢梭古代教育起源理论之探讨》(1919)，到北大教书时的专著《美的人生观》《美的社会组织法》，到离开学界后的译述《卢骚忏悔录》《梦与放逐》《歌德自传》《烂漫派概论》《伟大怪恶的艺术》，一直到晚年撰写"半自传式"的小品文《浮生漫谈》《十年情场》《爱的漩涡》等，几乎张竞生所有的著译，都隐隐约约可见卢梭的影子。

从晚清开始，国人不断推崇法国思想家卢梭，从政治的《民约论》，到教育的《爱弥儿》，再到文学的《忏悔录》，表彰的重点随时代氛围而转移。在我看来，不仅学问与立场，甚至包括性情与行为方式，最合适作为卢梭信徒或私淑弟子的，莫过于张竞生。其主张"痛快地生活"的《浮生漫谈》，以"山野"开篇，以"儿童"作结，某种程度说明了其为何与20世纪中国主流学界分道扬镳。特立独行、敏感而偏执、思维跳跃、推崇常识而蔑视专家、想象力丰富而执行力薄弱、逆境中抗争、终其一生不断进行哲学思考且将这种思考落实在日常生活中，这样的人物，不免让人产生无限遐想——这是一个生错了时代、选错了职业因而注定命运多舛的浪漫派文人。

这种性格以及生活趣味,放在苏曼殊、郁达夫等浪漫派作家行列,也许更合适。在《十年情场》中,张竞生多次引用苏曼殊的诗句。其实,无论浪漫性情、异域风味,还是那些半真半假的小说/自传,二人颇有相似处。记得浪漫得近乎颓废的现代小说家郁达夫曾这样评论苏曼殊:"他的译诗,比他自作的诗好,他的诗比他的画好,他的画比他的小说好,而他的浪漫气质,由这一种浪漫气质而来的行动风度,比他的一切都好。"(《杂评曼殊的作品》)日后,随着研究的深入,我们大概也会发现,这个被严重扭曲的哲学博士,也是"人"比"书"还可爱。

作为最早译介卢梭《忏悔录》的哲学家,张竞生曾谈及此书的意义:"这部《忏悔录》供给我们许多人情世故,可以由此知道古今中西之人心原是一样,这已值得一读了。况且有许多奇事逸致,非在18世纪的法兰西不能得到,更使读者得了无穷的宝藏。"(《〈卢骚忏悔录〉第三版序》)不妨借用此视角,来谈论张竞生惊涛骇浪、起伏不定的一生——你会惊叹,此人怎么经常与政治史、思想史、学术史的"大人物"或"关键时刻"擦身而过?这不是一个声名显赫的"成功人士",某种意义上,甚至可以说是个"失败者",可他提供了一个独特的观察角度,帮助我们串起了一部"不一样"的中国现代史。

假如此说成立,那么,为张竞生写传,就不该局限于传主生平,而必须有更为宏阔的视野。更何况,张竞生本人已撰有《浮生漫谈》《十年情场》等,若跳不出此窠臼,很容易被传主的自述所覆盖。好

图 2-14 《浮生漫谈》

在本书作者张培忠君深知其中奥秘,为撰写此书投入了大量精力(所谓"念兹在兹近三十年,积累考证近二十年,研究写作近十年",参见《〈文妖与先知〉后记》),广收博采,兼及作家的揣摩、学者的考证,以及尽可能详尽的田野调查,故此书多有可观处。

如此评传,我能先睹为快,实为幸事。我与作者一样,都是潮州人,对于张竞生这位先贤早有耳闻,只是囿于成见,不曾给予必要的关注。直到应邀写序,阅读大量张竞生著译,对这位前北大教授的印象方才大为改观。可惜的是,深入的专题探究,既无法仓促完成,也不适合作为评传的序言,只能留待日后单独发表。

2008 年 7 月 20 日于香港中文大学客舍

(此乃为张培忠《文妖与先知》所撰序言,初刊《中国作家》2008 年第 17 期)

新文化运动的另一面

——从卢梭信徒张竞生的败走麦城说起

如果非要用一个词来描述张竞生不可，与其选择"性学专家"，不如说是"卢梭信徒"。作为北大哲学教授，竟然凭借薄薄一册《性史》，赢得生前无数骂名，也收获了半个多世纪后的无限风光，这其实是不虞之誉（毁）。十年前，我为张培忠著《文妖与先知——张竞生传》撰写序言，提及不仅学问与立场，甚至包括性情与行为方式，最合适作为卢梭信徒或私淑弟子的，莫过于张竞生。

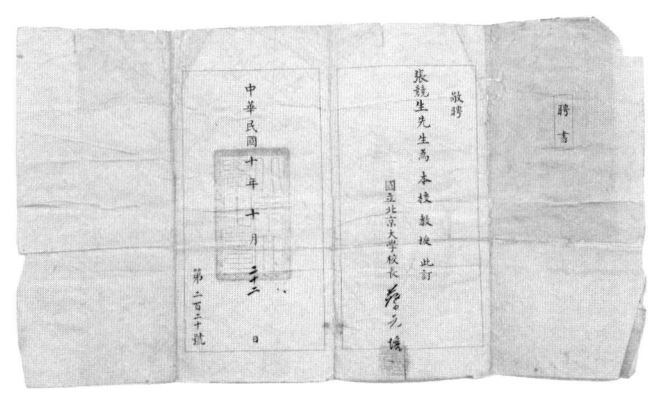

图 2-15 北大任教聘书

同是北大哲学教授，美国博士胡适引进杜威，名满天下，引领风骚数十年；法国博士张竞生信奉卢梭，为何举步维艰，成为一颗划过天际、瞬间照亮漫漫夜空的彗星？这涉及新文化人努力的方向，以及新文化运动的天花板。终其一生，张竞生最为春风得意的，莫过于北大任教那五年（1921年10月—1926年6月）。授课之余，在《晨报副刊》上发起爱情大讨论，提出爱情四定则，出版《美的人生观》；以哲学教授身份征集并出版惊世骇俗的《性史》，一时间举国哗然。这些举动虽被保守人士视为"国民公敌"，但新文化人大体上是支持的。转折在于1926年6月的南下上海，创办关注妇女问题与性教育的《新文化》月刊以及让人充满遐想的美的书店。此后屡战屡败，屡败屡战，虽未完全向世俗社会投降，始终昂起头颅，但不管是翻译世界名著，还是筹划乡村建设，都心有余而力不足。历史是如此无情，主要不是看当事人的志向，而是看其实际业绩。张竞生留在思想史或文化史上的，确实只是"性学专家"。至于哲学家、美学家、文学家、社会学家、乡村建设实践家云云，只能说有此潜质与意愿，最终因外在环境以及个人因素而没能真正实现。

在这个意义上，周作人称"张竞生时髦的行运到十五年底为止"[1]，不是没有道理的。虽然张竞生也曾奋起反击，但周氏一语成谶。此后的张竞生，左冲右突，上下求索，始终无法摆脱"性博士"的恶名。

---

[1] 岂明：《时运的说明》，《世界日报副刊》1927年2月26日。

对我来说，谈论这位风光五载、落拓半生的北大前辈、家乡贤达，褒贬之间，需要史家的清醒，而不是"理解的同情"。其中最让我感到困惑的是："真正让张竞生'无地自容'的，是占据20世纪中国思想学术主流地位的五四新文化人及其后学。"当初一笔带过，这回借为《张竞生集》作序，进一步阐发。因为，这是理解张竞生之所以长期被扭曲与遗忘的关键，也是让其重新浮出海面所必须闯过的重要关卡。

查蔡元培1921—1926年日记，提及不少学界人士的名字，就是没有北大哲学系教授张竞生[1]，而此前他俩在法国是有过交往的。1934年，蔡元培在《我在北京大学的经历》提及其着意聘请的不少文理科教授："我本来很注意于美育的，北大有美学及美术史教课，除中国美术史由叶浩吾君讲授外，没有人肯讲美学。十年，我讲了十余次，因足疾进医院停止。至于美育的设备，曾设书法研究会，请沈尹默、马叔平诸君主持。设画法研究会，请贺履之、汤定之诸君教授国画；比国楷次君教授油画。设音乐研究会，请萧友梅君主持。均听学生自由选习。"[2] 其实，最接近蔡先生美育趣味的，应该是本校哲学系教授张竞生。后世论者谈及蔡元培的美育思想如何逐步推广，提到很多名字和著述，可就是没有张竞生及其《美的人

---

[1] 参见中国蔡元培学会编《蔡元培全集》第十六卷第104—281页，杭州：浙江教育出版社，1998年。

[2] 蔡元培：《我在北京大学的经历》，高平叔编：《蔡元培全集》第六卷第355—356页，北京：中华书局，1988年。

生观》《美的社会组织法》[1]。提倡"美治精神",拓展"美间""美流"与"美力",甚至创立"美的政府",以求满足人民群众不断增长的物质与精神需求,此等乌托邦论述[2],不管你如何评价,与蔡元培的"以美育代宗教"是有亲缘关系的。只可惜蔡先生不愿提及,后世的研究者也充耳不闻。

北大同人中,热衷于译介蔼理士,并撰有《猥亵的歌谣》(1923)、《女裤心理之研究》(1924)、《与友人论性道德书》(1925)等的周作人,最有可能成为张竞生的同盟军。但查1921—1926年的周作人日记,没有张竞生的踪影,其中1924年底附录有"知友一览",区区十二人,自然更轮不到张博士了。[3] 不过,同样关注性心理与性教育,竭力破除世人的性禁忌,这方面,周作人确实给过张竞生很大的支持。[4]

2014年世界图书出版公司重印《性史》,封底引周作人的话,可人家谈的不是《性史》,而是《美的人生观》[5]——"前几天从友人

---

[1] 邓牛顿在论及"美育运动的实绩"时,提及许多名字,同样没有张竞生,参见《中国现代美学思想史》第16—20页,上海文艺出版社,1988年。虽未正面提及,但在作为附录的"中国现代美学著译要目"中开列《美的人生观》《美的社会组织法》,已经是个例外了。

[2] 张竞生在《美的社会组织法》(北京大学出版社,1925年)之《导言》中称:"倘若此书长此终古,作为乌托邦的后继呢,则我也不枉悔,因为它虽不能见诸事实,可是我已得到慰情与舒怀了。"

[3] 参见《周作人日记》中册第187—540页,郑州:大象出版社,1996年。

[4] 1925年5月北京大学印刷课第一版《美的人生观》上,张竞生《序》开篇引录周作人的《沟沿通信之二》,结尾则"我极感谢周作人先生公正的批评"。

[5] 《美的人生观》1924年5月印成讲义,1925年至1927年间重印七次,参见江中孝编《张竞生文集》上卷第23页,广州:广州出版社,1998年。

处借来一册张竞生教授著《美的人生观》,下半卷讲深微的学理,我们门外汉不很懂得,上半卷具体的叙说美的生活,看了却觉得很有趣味。张先生的著作上所最可佩服的是他的大胆,在中国这病理的道学社会里高揭美的衣食住以至娱乐的旗帜,大声叱咤,这是何等痛快的事。"[1] 周作人还有一篇谈张竞生的文章,但评价已大为逆转:"张竞生先生我是认识的,他做《美的人生观》时的大胆我也颇佩服,但是今年他在《新文化》上所讲的什么丹田之类的妖妄话,我实在不禁失望。"[2] 1960年代,周作人撰《知堂回想录》,其中"北大感旧录"那组文章很动人,分别谈论辜鸿铭、刘师培、黄侃、林损、许之衡、黄节、孟森、冯汉叔、刘文典、朱希祖、胡适、刘半农、马廉、钱玄同、蔡元培、蒋梦麟、陈独秀等;若再加上"北京大学""蔡孑民""林蔡斗争文件""卯字号的名人""三沈二马""二马之余"等节,周作人谈北大同事的文章实在够多,可就是没有张竞生。

检索2003年安徽教育出版社版《胡适全集》,总共44卷,第21卷收录了初刊1929年《新月》第2卷第6—7号合刊的《新文化运动与国民党》,引述张竞生但语带嘲讽。第29卷三次提及张竞生,那是1922年3月5日、5月30日和6月2日的日记,属于事务性质,不带评价。值得引录的,只有第31卷的1928年6月3日日记:"北大学生聂思敬来谈。他带了张竞生一封信来。竞生也有大规模的

---

[1] 开明:《沟沿通信之二》,《晨报副刊》1924年8月27日。
[2] 岂明:《〈"新文化"上的广告〉按》,《语丝》第124期,1927年3月25日。

译书计划。此意甚值得研究，不可以人废言。"后面张贴了《张竞生的一封公开信》，谈的是译书计划："据竞生个人实地在书店及编辑部经验所得，断定如有十万元资本，以之请编辑七八十位，按时译书，则数年内可将世界名著二三千本，译成中文，其关系于我国文化至深且大。"这里的"不可以人废言"，已经蕴含"此人声名狼藉"这一前提。这就难怪胡适日后口述自传，只字不提当年北大哲学系同事张竞生。

胡适与张竞生的精神气质及学术路数完全不同，不提及也就罢了；令人意外的是，主持妙峰山进香调查的顾颉刚，也不提张竞生。1922年1月北大文科研究所国学门正式成立，除了培养研究生、编印书刊，还设有考古学研究室、明清史料整理会、风俗调查会、歌谣研究室、方言调查会等。1926年8月18日刊行的《北京大学研究所国学门周刊》第二卷第24期上，提及下属各单位业绩，风俗调查会除了发放表格，请暑假回乡学生以及各地学校代为调查，再就是"由本会自行派员调查者，计有妙峰山东岳庙、白云观及财神殿进香之风俗"。查1923年5月19日、1923年11月10日、1924年3月6日、1924年6月12日《北京大学日刊》上的《研究所国学门启事》、《研究所国学门恳亲会记事》（魏建功）、《张竞生启事》、《研究所国学门风俗调查会开会纪事》等[1]，证实风俗调查会确系张竞生发起成立的。可惜的是，现代学术史上颇为显赫的妙峰山调查，

---

1 参见王学珍、郭建荣主编《北京大学史料》第二卷第1484—1496页，北京：北京大学出版社，2000年。

竟与张竞生无缘。1925年4月30日至5月2日，顾颉刚与容庚、容肇祖、庄严、孙伏园等上妙峰山，调查香会的组织、礼仪以及民众心理等，此乃北大提倡民俗研究后开展的第一次正式调查，领到了调查费用50元。在4月30日的日记中，顾颉刚称："到妙峰山看烧香，想了好几年，今日乃得实现。"[1]为何如此期待？原因是："在研究学问上着想，我们应当知道民众的生活状况"；"学问的材料，只要是一件事物，没有不可用的，绝对没有雅俗、贵贱、贤愚、善恶、美丑、净染等等的界限。"[2]查顾颉刚1925年日记，后面附有师友联系方式（地址或电话），共约130人，可就是没有风俗调查会首创者张竞生。[3]

在《〈国学门周刊〉一九二六年始刊词》中，顾颉刚提及参观北大二十七周年纪念会陈列室的人，"到考古室时很感到鼎彝的名贵，到明清史料室时也很感到圣谕的尊严，但到了风俗和歌谣室时便不然了，很多人表示轻蔑的态度"，这点让他很愤慨："在我们的眼光里，只见到各个的古物、史料、风俗物品和歌谣都是一件东西，这些东西都有它的来源，都有它的经历，都有它的生存的寿命"，因而都值得认真研究。这还不算，又添了一句"固然，在风俗物品和歌

---

[1] 《顾颉刚日记》第一卷第613页，台北：联经出版公司，2007年；顾潮编著：《顾颉刚年谱》第107—108页，北京：中国社会科学出版社，1993年。

[2] 顾颉刚：《妙峰山进香专号·引言》，《京报副刊》1925年5月13日第147《妙峰山进香专号》（1）。

[3] 参见《顾颉刚日记》第一卷第696—703页。

谣中有许多是荒谬的、秽亵的、残忍的"[1]。经由新文化人的积极鼓吹与提倡，猥亵的民间歌谣以及卑微的风俗物品，作为文学或史学的辅助材料，很快就登堂入室了。唯独不能接受的，是张竞生主持的关于性史的调查。

据张竞生回忆："我当时是'北大风俗调查会'主任委员。在调查表中由我编出了三十多项应该调查的事件，其中有性史的一项。会员们（都是教授）在讨论之下，觉得性史的调查，恐怕生出许多误会，遂表决另出专项。所以我就在北京报上发出征求的广告了，这个可见性问题在我们当时看来，也是风俗的一门，应该公开研究的。"[2] 这个刊于1926年初《京报副刊》的征求性经验的启事，含九项内容，从几岁春情发生，到手淫、梦遗、同性恋，再到口交、嫖妓、性好、性量、性趣等，"请代为详细写出来"："尚望作者把自己的'性史'写得有色彩，有光芒，有诗家的滋味，有小说一样的兴趣与传奇一般的动人。"[3] 1926年5月，张竞生编纂的《性史》横空出世，虽然张本人

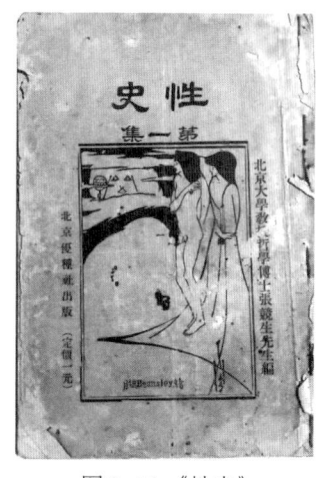

图2-16 《性史》

---

[1] 顾颉刚：《〈国学门周刊〉一九二六年始刊词》，《国学门周刊》第2卷13期，1926年1月6日；另外参见顾潮编著《顾颉刚年谱》第118—119页。

[2] 张竞生著、张培忠辑：《浮生漫谈——张竞生随笔选》第154页，北京：生活·读书·新知三联书店，2008年；另见江中孝编：《张竞生文集》下卷第103—104页。

[3] 张竞生：《一个寒假的最好消遣法——代"优种社"同人启事》，《京报副刊》1926年2月2日第403号。

的《序》及《赘语》努力学理化，但七个案例细致入微，文采飞扬，成了主要看点。一时间，民众争相抢购，不法书商伪造续书，道德之士纷纷谴责，而"张竞生忙碌半年，分文未取，却被一世恶名，而且人生道路从此发生逆转，以至蹉跎终生，每每陷入万劫不复的境地"[1]。

众多谴责与迫害，最让张竞生铭心刻骨的，是原北大总务长、时任浙江省教育厅厅长、日后长期执掌北京大学的蒋梦麟。在《浮生漫谈》和《十年情场》二书中，张竞生对蒋梦麟如何刻意迫害他，有绘声绘色的描写。[2] 蒋梦麟抗战中陆续写成的英文自传《西潮》，以及提到很多北大文科教授的《谈中国新文艺运动》[3]，都只字未提杭州拘捕张竞生事。不过，在《西潮》第十九章"反军阀运动"中，蒋曾反省在杭一年工作："我当时年壮气盛，有所决策，必贯彻到底，不肯通融，在我自以为励精图治，在人则等于一意孤行。"[4] 若坚信张竞生败坏社会风气，有损北大声誉，时任浙江省教育厅长的蒋梦麟，是有可能出手的。至于具体细节，在相关档案发布之前，只能先听张竞生的一面之词。

在我看来，与周作人、周建人、潘光旦等一大批新文化人的论

---

1 张培忠：《文妖与先知——张竞生传》第348—361页，北京：生活·读书·新知三联书店，2008年。

2 参见张竞生《浮生漫谈》中"开书店和打官司"则，以及《十年情场》第三章"与褚女士言归于好"之二、三、四节。

3 蒋梦麟：《谈中国新文艺运动》，《新潮》第107—142页，台北：传记文学出版社，1967年。

4 蒋梦麟：《西潮》第113页，台北：世界书局，1962年。

战,对于张竞生来说,是很不明智的,甚至可以说是灾难性的。[1]半个多世纪后,另一位性学专家刘达临谈及《性史》风波:"张竞生经受了两者打击,一是传统的保守势力,一是借性学之名行淫秽之实的书商,而后者的打击是致命的";"他太激进,太孤军深入,如果多一些灵活性,多一些藏拙和含蓄,也许能少经受一些打击,多实现一些理想。可是,人们又怎能以此苛求一个奋不顾身的勇士呢!"[2]后一句很有见识,前一句则不太准确,真正给予张竞生致命打击的,不是"传统的保守势力",而是同样关注妇女问题及性道德的新文化人。因他们特别担心,这位完全不顾中国国情的张竞生,将这个好题目给彻底糟蹋了,自己成烈士不说,还连累此话题也成了禁区。这就好像一头莽撞的大象,出于好奇,闯进了瓷器店,悠然转身离去时,留下了无法收拾的一地碎片。

这就回到,为何同是关注民众日常生活,顾颉刚的妙峰山调查大获好评,而张竞生的性史调查却落到如此不堪的地步?除了世人误解以及环境压迫,还得谈谈张竞生自身的气质与才情。

作为留学法国的哲学博士,张竞生是有一定的专门学养的。只是因其好出惊人之论,当年北大同事,普遍对他印象不佳。单看他为青年开书单,你就明白这个人何等自恋与狂傲。1925年《京报副刊》征求青年必读书十部,第一个登台亮相的是如日中天的胡适,同年2月27日的《京报副刊》上,刊登第十五位名流学者北大教

---

[1] 参见张培忠《文妖与先知——张竞生传》第411—422页。
[2] 刘达临:《20世纪中国性文化》第158页,上海:上海三联书店,2000年。

授张竞生所开书目：(1)《建国方略》(孙中山著)、(2)《红楼梦》、(3)《桃花扇》、(4)《美的人生观》(张竞生著)(夸口夸口，玩笑玩笑！)，以下六书为译本，能读原文更好：(5)《科学大纲》(英丹森著)、(6)《创化论》(法柏格森著)、(7)《结婚的爱》(斯妥布士著)、(8)《相对论浅说》(爱斯坦著)、(9)《社会问题详解》(共学社出版)、(10)《互助论》(克鲁泡特金著)。在众多中外名著中，非要插入自己刚出的小书不可，虽加了一个括号——(夸口夸口，玩笑玩笑！)，还是让人感觉很不舒服。细读前后文，这可不是自嘲或幽默，显然，北大时期的张竞生是很自负的。

在一个崇尚中庸的国度，意气风发，标新立异，既是巨大的诱惑，也是致命的陷阱。以"奇谈怪论"暴得大名，其实不祥。当然，不排除张竞生有意为之，故作惊人语，挑战公众神经。在《卢骚忏悔录》第三版序言中，张竞生称："做好人已难，做有革命性之人更难。你想他若是庸庸碌碌，当然不能得盛名。他的得名乃在他的特见伟论，这个当然不免于惊世骇俗，而引起一班仇人反对了。……凡大思想家，类多受诋于当时，而获直于后世者。"[1] 这段话虽是开列书目三年后才写的，但张竞生的思维方式及发言姿态，我以为早就设定了。

图 2-17 张竞生译《卢骚忏悔录》(第一书)

---

[1] 张竞生:《〈卢骚忏悔录〉三版序》,《卢骚忏悔录》,上海:世界书局,1932年。

要得"盛名",就得有"特见伟论",就得敢于挑战权威以及世俗偏见,即便当时备受诋毁,后世也可收获盛誉。某种意义上,这也是一种立言乃至扬名的策略。

北大时期,说说大话是没有关系的。1926年的负气出走,此后是另一番天地。因《性史》事件饱受非议,留在北大也会不愉快,但相对来说,大学还是比较能容纳"异端邪说"的。离开相对宽松且清高的大学,跑到十里洋场,独立经营书刊,不能不向商业逻辑转变乃至投降。《十年情场》中称自己出版《性史》不是为了钱,理由是:"我当时是哲学博士,北京大学教授。在我未出《性史》之前,我已在社会上蜚声我的《爱情定则》与《美的人生观》了。就当时说,我的经济极优裕,对于傥来物的钱财我是看不上眼的。"[1]这话我相信。但上海时期的张竞生,追求轰动效应,获取商业利润,却是不可避免的。此后江河日下,很难再有充裕的时间与从容的心境来从事研究或著述了。

图2-18 《爱情定则讨论集》

多年后,张竞生曾有很好的自我反省,那是《十年情场》第一章"开始研究性学"。张称自己编《性史》主要受英国学者蔼理士影响,加上"我在法国习惯了性交的解放与自由,反观了我国旧礼教

---

[1] 《张竞生文集》下卷第103页,亦见《浮生漫谈——张竞生随笔选》第153页。

下的拘束，心中不免起了一种反抗的态度"。想法很不错，但操作有问题。蔼理士《性心理学》主体部分乃学术讨论，附录的"性史"仅作为参考资料，属于"私行本"，成年人方能购买。反观张竞生的《性史》第一集"价钱不过三毫，人人可以买得起"，且全书"只有性的叙述，并无科学方法的结论"。张竞生自己也承认，征文及选文的方向出现偏差，导致"《性史》第一集中未免有'小说化'的毛病"，难怪时人将其作为淫书来抢购与阅读。[1]虽说日后诸多续书乃不法商人牟利之举，与张竞生本人无关，但开篇没做好，科学性不够，这就犹如打开了潘多拉的盒子，始作俑者，难辞其咎。更何况，到上海主编《新文化》月刊，创办美的书店，商业方面的考量迅速上升，诸多言论及举措确实不得体。这就不难理解，为何真正给他沉重打击的，是日渐占据主流地位的新文化人。"性学"本是很严肃的话题，社会阻力大，容易被曲解，研究者须十分慎重，切忌哗众取宠。否则，差之毫厘，谬以千里。

早年用文学眼光及笔法来做社会调查，虽说有瑕疵，但那可以谅解。由《性史》而转为《新文化》[2]，即便没赚到钱，也惹了一身腥，很多人怀疑其谈"性"说"欲"动机不纯。周作人之所以区分张竞生1926年前后的著述，便是从各种奇谈怪论背后读出铜臭味："民国十六年以前，他的运动是多少有破坏性的，这就是他的价值之

---

[1] 参见《张竞生文集》下卷第103—108页，亦见《浮生漫谈——张竞生随笔选》第154—159页。
[2] 对于张竞生的《美的人生观》以及《新文化》月刊，彭小妍有较为通达的评说，参见彭小妍《性启蒙与自我的解放——"性博士"张竞生与五四的色欲小说》，《文艺理论研究》1995年第4期。

所在。……可是到了民国十六年,从一月一日起,张竞生博士自己也变了禁忌家,道教的采补家了。他在《新文化》的第一期上大提倡什么性部呼吸,引道士的静坐,丹田,以及其友某君能用阳具喝烧酒为证。喔,喔,张博士难道真是由性学家改业为术士了么?"[1]

周作人读书广博,对西洋性学理论的了解,一点不比张竞生差,眼看《新文化》走火入魔,这才迎头痛击。而受过专业训练的潘光旦,更是这么评价"像有无上的权威似的"的《新文化》:"其中侈谈性育的文字,似科学而非科学,似艺术而非艺术,似哲学而非哲学,本不值得一驳。最近的第二期里,主编者不自知其谫陋,竟讨论性育与优生的关系起来。涉及性的文字,胡乱写来,原与淫书无异,早已成为一班文妖、假社会科学家与假艺术家的渔利的捷径。"[2]留学美国的专业训练,与留学法国的生活趣味,二者本就很有隔阂;再加上大学教授可以清高,书店老板靠市场生活,趣味自然不一样。离开北大的张竞生,靠编印书刊为生(此前也有操作,但那是业余的),而市场自有规则,容不得你自由发挥。

从1927年海上卖文,到1933年二度旅欧归来,这六七年间,

---

[1] 岂明:《时运的说明》,《世界日报副刊》1927年2月26日。
[2] 潘光旦:《〈新文化〉与假科学——驳张竞生》,《时事新报·学灯》1927年5月5日;此文又刊《性杂志》第一卷第2期,1927年6月。另外,1946年商务印书馆刊行蔼理士原著、潘光旦译注《性心理学》,潘光旦《译序》重提此事:"在有一个时候,有一位以'性学家'自居的人,一面发挥他自己的'性的学说',一面却利用蔼氏做幌子,一面口口声声宣传要翻译蔼氏的六七大本《研究录》,一面却在编印不知从何处张罗来的若干个人的性经验,究属是否真实,谁也不得而知;和这种迹近庸医的'学者'原是犯不着争辩的,但到忍无可忍的时候,译者也曾经发表过一篇驳斥他的稿子。"

张竞生颠沛流离。因生活所迫，其译书及著述如《卢骚忏悔录》（第一书）、《梦与放逐》、《伟大怪恶的艺术》、《歌德自传》、《多惹情歌》、《烂漫派概论》等，大都属于急就章。[1] 上海世界书局1929年初版、1931年再版、1932年四版的《卢骚忏悔录》，算是张竞生最为用心用力之作，但那也是"译述"。同年商务印书馆推出的章独译本，收入"世界文学名著"丛书，只有上卷（第1、2册），篇幅已超过张竞生的译述本，原因是采用全译加注释。书前有吴稚晖、蔡元培二序，前者称卢梭"先把他自己整个儿的人，用毫无虚伪的叙述处理，公开了给与参考的人们"；后者则是"要考究著书人的生平，凭他人所作的传记或年谱，不及自传的确实，是无疑的"。有这两大名流加持，于是乎，世人若想"尚友卢骚"，就非读商务版《忏悔录》不可了。

《浮生漫谈》中有一则《读活书的消遣法》，讲述他留学法国的读书经验："我以为习哲学的人，实则习一切学术一样，除却他们所学的功课外，应把所有一切的学术通通去涉猎，然后才能博中得到约的成功。尤其是近代一切的科学，都是必须博览，始能成为通才。"[2] 如此趣味广泛，不愿只读死书，而是尽情地遨游书海，自然很是惬意。但所谓"把所有一切的学术通通去涉猎"，有点大言欺世。胡适也多才多艺，可始终没脱离学界；周作人也讲常识，但

---

1 "我生平最遗恨的，是廿余年来想与人共译世界名著，至今日尚毫无着落。"并非毫无成果，只因缺乏稳定的生活与工作环境，故译作不太理想。参见张竞生《浮生漫谈——张竞生随笔选》第110页。
2 张竞生：《浮生漫谈——张竞生随笔选》第157页。

基本上守住读书人的边界。张竞生日后的四处出击，不断转业，既是读书兴趣，也是地位使然。抗战前后的张竞生，不管是主编《广东经济建设》，还是创办饶平农校，其实是没有办法从事专深研究的。

同被列为"海上三大文妖"，与画裸体模特的美术家刘海粟、写《毛毛雨》的音乐家黎锦晖相比，编《性史》的哲学家张竞生境遇可差多了。刘、黎二位不久就恢复名誉，其绘画贡献与音乐才华，很快得到承认。相对而言，张竞生恢复名誉之路极为曲折。既缘于他日后舍弃美学或性学专业，也与昔日同道的极力排斥有关。张竞生学的是哲学，视野开阔，常识丰富，野心大而恒心少，往往把事情想得太容易了，敢说敢做，但孤军奋战，八面受敌，长期处于不得志的位置，才华因而没有得到充分的发挥。

在为《文妖与先知——张竞生传》撰写的序言中，我曾感慨"此人怎么经常与政治史、思想史、学术史的'大人物'或'关键时刻'擦身而过"？没有真正的战友，没有知心的同道，也没有好学生或私淑弟子，如此特立独行，好在目光坚定，灵魂不屈。在世俗意义上，这可以说是个"失败者"，"可他提供了一个独特的观察角度，帮助我们串起了一部'不一样'的中国现代史"。任何大变动的时代，总有人迅速崛起，也总有人马失前蹄。每一次的急转弯，其巨大的离心力，都会甩出去很多原先的同路人。能坚持到终点且大获全胜的，其实是极少数。因此，谈论历史进程时，记得那些功成名就者，也记得半路上被甩下去的过去的战友。谈论思想潮流时，关注剑拔弩张的正面与反面，同时也须兼及更容易被忽略的侧面与背面。就好像张竞生这么一位孤独地漫步于新旧、中西、雅俗之间的卢梭信徒，勇气可嘉，时运不济，其茕茕孑立、踽踽独行，不仅记录个人的得失成败，也刻画出五四新文化人很难突破的"天花板"——在情与欲之间，那个时代更倾向于唤起前者，而相对忽视了后者。不管有意还是无意，新文化运动一旦成为主流，其滚滚车轮，同样会碾碎那些异端或步调不一致者。这就是历史，既有情，也无情。

为张竞生这么一个先知、文妖、叛徒、勇士、浪漫的文士、不屈的灵魂，编一套学术含量较高的文集，这是我未能完成的心愿。终于有人做了，我当然愿意喝彩。全书前八卷收录张竞生著译，编者是下了很大功夫的，比起此前江中孝编上下两卷《张竞生集》（广州出版社，1998年）和张培忠在三联书店整理刊行的《浮生漫谈——张竞生随笔选》（2008）、《美的人生观》（2009）、《爱情定则》（2011），还有莫旭强译张竞生博士论文《卢梭教育理论之古代源头》（暨南大学出版社，2012年），有很大的拓展。但我更愿意推荐杂七杂八的第九、第十卷。编全集的难处，不在集齐主要著作，而在那些竹头木屑——"为了那百分之十的竹头木屑，很可能花去你百分之九十以上的时间和精力。因此，评判全集编纂水平的高低，不看部头有多大，就看边角料处理得怎样。"[1] 这是我谈安徽教育社版《胡适全集》时提及的，同样适应于三联书店版《张竞生集》。

---

[1] 陈平原：《"大家"与"全集"——〈胡适全集〉出版感言》，《中华读书报》2003年9月17日。

被遗忘了半个多世纪的张竞生，资料散佚严重，勾稽实在不易。对于韩山师范学院诸君的"上穷碧落下黄泉，动手动脚找东西"，我是充满敬意的。也正因此，欣然出任顾问，并撰写了这篇序言。

2018 年 11 月 18 日于京西圆明园花园

（此乃作者为《张竞生集》所撰"总序"，初刊《文汇报·文汇学人》2018 年 11 月 30 日，又见《张竞生集》第一卷，北京：生活·读书·新知三联书店，2021 年）

自学成才的好处与困境

2013年7月,位于广东潮州的韩山师范学院召开"饶学国际学术研讨会",我应邀参加,提交的论文题为《"养"出来的学问与"活"出来的精神——现代中国教育史及学术史上的陈垣、钱穆、饶宗颐》。在家乡参加学术会议,且论题涉及乡贤,我自然不敢怠慢。发言效果很好,现场反应热烈,可整理成文却进展缓慢,一直没能定稿。不是我不认真,而是没想清楚,到底怎么解答自家心中的困惑:当今中国,钱也有了,人也不缺,可以说天时地利人和,是一百多年来发展高等教育的最佳时机,也正急起直追世界一流大学;但是,我们是否还能培养出饶宗颐这样的大学者,我心里实在没底。

饶宗颐先生(1917—2018)的学问不必我饶舌,需要叩问的是:他的成功能否复制?如果不行,那是什么缘故?这么提问,目的是拉开距离,思考百年来中国的教育与学术之路。还记得2005年国务院总理温家宝看望著名物理学家钱学森时,钱学森说:"现在中国没有完全发展起来,一个重要原因是没有一所大学能够按照培养科学技术发明创造人才的模式去办学,没有自己独特的创新的东西,老

图 2-19 陈平原、夏晓虹夫妇与饶宗颐先生合影（2011）

是'冒'不出杰出人才。""为什么我们的学校总是培养不出杰出人才？"这就是著名的"钱学森之问"。钱先生关注的是科学技术，其潜台词是：因内外各方面的限制，中国大学学西方没学到家；我关心的是人文学，尤其是传统中国文史研究，即便我们全力以赴向西方学习，也会有若干很难跨越的障碍。要想成为一流的物理学家，必须接受现代大学教育；但人文学者不一定，有时反而是未受西式高等教育规训的学者，因生活经验及读书路径不同，有可能走出一条新路。

就好像潮人饶宗颐，你听听下面这两段话："我以为，治中国文化，包括中国古代哲学，宜除开两障，一是西方框框之障，二是疑古过甚之障"[1]；"中国文化本来就是文、史、哲打通的精神生命，一

---

[1] 施议对编纂：《文学与神明——饶宗颐访谈录》第 33 页，香港：三联书店，2010 年。

方面是要把握住天人合一的文化大义,一方面要经、史、文、哲互为表里,这样贯穿起来通观全部,学问的背后才能有全体、整幅的民族文化精神生命作支撑,这样'堂庑特大',才能到达'通儒'的境界"[1]。不仅打通古今中西文史哲,还追求通儒境界,如此立说,让人精神为之一振,而这在专业化程度越来越高的当下中国,实在是个异数。

如此志向与情怀,与饶宗颐的求学经历大有关系,他曾感叹"现在有一个model,特别有天分的人就被限制了",而自己"是一个自学成功的人",故"不受框框的约束干扰,自由发挥"[2]。关于自学成才的好处,作为当事人,饶宗颐先生说了好多。可那都是成名之后的逆推,表面上步步为营,逻辑严密,好像很有道理;但中间只要一个环节出错,便可能全盘皆输。读成功人士的回忆录,很励志,但不能太当真,必须晓得一个简单而残酷的道理:"古来征战几人回!"

其实,饶宗颐的情况很特殊,他家是潮州首富,父亲饶锷又很博学,周边围着一堆文人雅士,随时可以请教。今天你在古城潮州转悠,除了很成规模的饶宗颐学术馆,还不时能撞见饶宗颐故居莼园,或饶先生少年学画的画铺。据饶先生晚年自述,少年时代无拘无束的学习,让他很小就掌握了吟诗、填词、骈文、散文、书法、绘画、佛学、目录学以及乾嘉学派的治学方法等,此等"家学

---

[1] 饶宗颐述,胡晓明、李瑞明整理:《饶宗颐学述》第91页,杭州:浙江人民出版社,2000年。
[2] 同上书,第86页。

渊源",使得他谈传统中国文化得心应手。这样的家境,这样的天赋,这样的志向,绝大多数读书人无法望其项背。但即便如此,饶先生日后的出人头地,还是有很大偶然性。不说韩师代课、中大聘约以及抗战中滞留香港,就说这没有正规学历而能任教港大。读罗香林《香港大学中文系之发展》,方才知道英国东方学家林仰山(F. S. Drake)出任香港大学中文系讲座教授兼系主任,"扩充专门课目,益以中国美术考古等课",这才有聘"饶宗颐先生为专任助理讲师"的可能性。[1] 饶先生也承认,正因林仰山研究黑陶,教授考古,"所以我搞甲骨文,他很支持,没有他的支持我也不能出这两本书"——这指的是《殷代贞卜人物通考》(1959)和《巴黎所见甲骨录》(1956),乃饶先生在中外学界安身立命的关键。[2]

比起同时代的学人,大凡自学成才的,道路都更为坎坷,需付出加倍的努力。因为,科班出身的,有国内外著名大学乃至名师作为背景,更容易为学界所接受。这就好比武侠小说中的名门正派,行走江湖时,报出尊师名号,马上有所托庇。基本训练好,专业化程度高,学问之路自然走得比较顺,但要说总成绩,不见得就一定比没门没派、自己修炼出来的武功高强。只是后者更讲天赋、机遇、才情与修养,往往可遇而不可求。

这里所说的"修养",不仅指知识技能,也包括修身养性——后者不是学校或老师教出来的,很大程度是自己悟出来的。因此,我

---

1 参见《香港与中西文化之交流》第223—256页,香港:中国学社,1961年。
2 参见《饶宗颐学述》第40页。

自学成才的好处与困境

才会说"养"很重要——养德性,养学问,也养性命。恰巧陈、钱、饶三人都长寿,尤以饶宗颐为最,其学问与时俱进,且常能衰年变法,有出人意料的收获。因路子是自己闯出来的,凡自学成才者,大都特立独行,且更具想象力与创造力。我开始谈这个话题时,饶宗颐先生还健在,那年他已96岁高龄,依旧精神矍铄,兴致盎然,充满好奇心,实在是个奇迹。

文章迟迟不能定稿,但我的思考没有停止,仍在逐步推进。在《六看家乡潮汕》和《古城潮州及潮州人的文化品格》中,我两次提及此会议论文,都标明"未定稿",且只谈论"作为学者的饶宗颐之所以影响这么大,与香港潮州商会的鼎力支持不无关系";以及"潮州人除了对政治不太感兴趣,倾向于闷声发大财,再就是对读书人有几分敬畏。真假不说,起码表面上,商人与文人互相敬重"。至于此文的主要宗旨,即自学成才的好处与困境,我斟酌再三,一直举棋不定。

最近几年,我曾以此为题,在北京大学研究生课堂以及中国社科院文学所、暨南大学、韩山师范学院演讲。不过副题中增加了吕思勉,具体内容也有很大的调整与补充,主要讨论在西式学堂一统天下的现代中国,这四位"自学成才"的史学家,是如何凭借个人努力与盖世才华,走出一条非同寻常的学术道路,由此引发出关于人文学的边界、方法及可能性的思考与探索。讲稿近期终于整理成文,交专业杂志刊出,可还是意犹未尽,有些话不吐不快,于是有了以下"杂说"。

为什么说学问是"养"出来的,各人理解不同,但这句话明显击中了很多人心。当初,华东师大胡晓明教授转发我在中国社科院

— 辑二 故乡人文 —

文学所的演讲海报,然后评点:"素养而不是素质,涵养而不是含量,教养而不是教育,学养而不是学位,真有古今之变。"不过瘾,又加了句:"放养而不是圈养。"这当然是有感而发,针对的是当下中国大学现状。

这就说到西学东渐一百多年,西式教育已经体制化。流风所及,世人对于什么是学问,大致形成了共识,那就是必须在现代大学里拿到一纸文凭(最好是博士,起码也得学士)。如此偏见,引两个有趣的故事,看未获大学文凭将面临何种让人尴尬的局面。

1952年,前清进士、现代著名学者、出版家、首届中央研究院院士张元济被要求填写干部"履历表",其中"文化程度"一栏把他难住了:标准答案应该是小学、初中、高中、学士、硕士、博士,这位光绪壬辰(1892)进士该怎么填呢?张元济最后填的是:"稍能做普通旧式诗文。"接下来"有何著作及发明",张先生的回答是:"发明何敢言?仅仅写成几本小书而已。"对自己的若干著作,张元济自评:"《校史随笔》,一知半解,于史学无涉也";"《中华民族的人格》,鉴于当时殷汝骊(耕)之冀东独立,痛吾国人格堕地。正在校史,愤而作此";《宝礼堂宋本书录》《涵芬楼烬余书录》二种,"不过写的书账,不敢言著作也"。[1]

张元济填报"文化程度"虽不合规,好歹有进士与院士两个头衔,没有人敢轻视。日后声名显赫,成为第六任中央文史研究馆馆

---

[1] 参见张元济《履历表》,《张元济全集》第五卷第602—605页,北京:商务印书馆,2008年。

— 自学成才的好处与困境 —

长的启功，不仅没有像样的学历，其学术领域也备受质疑。北师大王宁教授两次撰写《用学习和理解来纪念启功先生》，其中提及"我们曾因为学科的狭窄无法包容启先生的博大，而把他圈在一个并不恰当的、单一的学术领域里；我们曾因为附会时潮，判定启先生的学问'不是主流'而冷落过他的创获"，最离谱的是，有关方面竟然认定启先生的成果"不是古籍整理"，而要给他的学科点"挂黄牌儿"。下面的描述太精彩了，以至于我必须整段引述：

> 那一次听说要给他的文献学博士点"挂黄牌儿"后，我陪校研究生院和教育部"学位办"来人拜访他。聊了没一会儿，启先生说了一个故事："左宗棠家里吃饭特别讲究，有几道菜闻名乡里。他去世后，几位厨师都被有头有脸的乡绅抢着聘去。有位官绅抢到了一位大厨。到备饭的点儿了，小厨师们请示菜单，大厨说：'别问我，我在左府专管切葱丝儿，等我上手，葱丝儿保管又匀又细！'"[1]

我相信，很多人第一次听到这个故事，会捧腹大笑的。至于读书多的，则会想到宋人罗大经所记类似故事："有士夫于京师买一妾，自言是蔡太师府包子厨中人。一日，令其作包子，辞以不能。诘之曰：'既是包子厨中人，何为不能作包子？'对曰：'妾乃包子厨中缕葱丝

---

[1] 该文初版刊《群言》2005年第10期，增订版刊《随笔》2021年第2期。

者也。'"[1]

大笑之余，你我或许会陷入深思。我们这一代学者，大都受过良好的学术训练，基本上都属于葱丝儿切得又匀又细的"专家"，符合教育部学位办的要求；可扪心自问，比起老一辈学者来，出版了那么多著作的我们，学问真的那么牢靠吗？念及此，我开始追踪新旧交替的历史关头，那些自学成才的大学者们，是如何一步步走过来的。

经过好几年的推敲，文章终于写成，结尾处，对于当下国人越来越看重学历，越来越炫耀金字招牌，越来越忽略本应十分强大的自我，以致很难再走陈、吕、钱、饶的路子，表示了某种无奈，以及淡淡的哀愁。

2021年11月27日于京西圆明园花园

（初刊《中华读书报》2022年1月19日）

---

[1] ［宋］罗大经:《鹤林玉露》第203页，上海古籍出版社，2012年。

"为善"真的"最乐"

清初文人兼刻书家张潮在其《幽梦影》中说:"有工夫读书谓之福,有力量济人谓之福,有学问著述谓之福。"此前我关注的是读书与著述,很少顾及"有力量济人"的福气。近年行走各地古民居,发现很多门楣上刻着"为善最乐",方才意识到此民间智慧之深入人心。

在我的家乡广东潮汕,这点表现尤其突出。因人多地少,早年漂洋过海,外出谋生,已然是常态。于是,所谓潮汕人,本地一千万,国内一千万,海外一千万。这一人口构成,直接影响了那个地区的政治、经济及文化生态。我曾专门谈及:"改革开放以后,原籍潮汕的港澳及海外华人回家乡捐赠学校医院,投资办实业等,这同样值得认真研究。这是一段非常独特的历史,除了政府表彰,学界应该铭记与阐释。"(《六看家乡潮汕》)40年过去了,弹指一挥间,本地民众生活已步入小康,不再亟需远游在外的乡贤资助。再说,那些乡贤也都或凋谢,或年迈。

正是在这一背景下,我注意到1919年出生于广东省潮安县沙溪乡、1936年毕业于广东省立韩山师范学校的陈伟南先生。改革开放后,在香港事业有成的陈先生,经常为家乡做善事,范围包括教育、医疗、体育、文学、潮剧、出版、美食节、潮学研究、历史文化中心等。大凡他觉得是好事的,经常临时起兴,抢着要"共襄盛举",捐款总额据说已超一亿三千万。单就捐款数目而言,陈先生其实无法与我们的另一位乡贤李嘉诚先生相提并论——李嘉诚基金会30多年的公益捐赠已超150亿港币。可老家民众说起陈伟南先生,更加眉飞色舞。为什么?因为他们觉得陈先生可敬且可亲,乃隔壁或邻乡的"老叔公",不时能见到他奔波的身影,也欣赏其慈眉善目。

三十多年为家乡做善事,项目有大有小,捐款有多有少,但从不间断,持续时间如此之长,实属罕见。我回家乡,会在公众场合偶遇陈先生,但更多的是听说他刚来过,或刚离去。去年大型纪录片《陈伟南》开拍,接受采访时,我引用毛主席的话,"一个人做点好事并不难,难的是一辈子做好事"……编导当即打住,说这段不算,因早有崔颢题诗在前头。我马上补充,除了持之以恒,陈伟南做好事还有两点值得表彰,一是承传有序,二是兴高采烈。

慈善家的后代,愿意接着做的很少。或许正是有感于此,陈伟南把出生在香港、曾任香港潮州商会第47届会长的儿子陈幼南带来潮州,要他接着往下做。毕竟是新一代,陈幼南组织国际潮籍博士联合会,更多从科技转化与文化创新角度来帮助家乡及全球潮商,这点我很欣赏。

有能力从事慈善事业的,大都是忙人,把钱捐出去,尽到责任与心意,这样就行了。可陈伟南不一样,因年事已高,企业早就完成交接班,可以全心全意做善事了。另外,陈先生很享受行善的乐

— "为善"真的"最乐" —

趣——坦坦荡荡做慈善,既不夸张炫耀,也不故作谦虚,心安理得地接受家乡民众的爱戴与表扬。

虚龄百岁的老人,为做善事不时往返香港与潮州,实在太劳累了。我提醒陈幼南,要他劝劝老爸,好多事没必要亲力亲为,心意到了就行。没想到幼南说,劝不住的,老爸回家乡心情愉快,身体比在香港时还好。

心情好,身体就好,这可是我从没想到的"行善"的乐处。

2017年元旦,雾霾中写于京西圆明园花园

(初刊《人民日报》2017年2月6日)

《潮剧史》小引

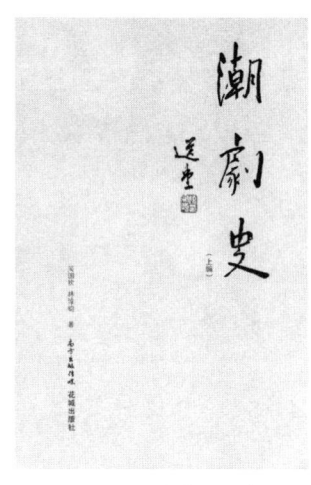

图 2-20 《潮剧史》

好几次在父老乡亲面前夸下海口，说愿意为潮汕文化的传播与推广做点实事。当吴国钦老师将他和林淳钧合著的《潮剧史》书稿放到面前，邀我作序时，我却顿时傻眼了。这么专门的著述，认真学习都来不及，哪敢佛头着粪？可吴老师扔下两句话：谁让你是潮州人，又是文学教授，不找你找谁？

从小在潮汕长大，上大学后才离开了家乡，照理说，对潮汕地区的生活习俗、风土人情、语言文化等，应该了如指掌才是。可实际上，认定潮汕人必定懂潮汕文化，那是天大的误会。我就因此出过不少洋相。1989年1月，赴港参加学术会议，主办方在潮州菜馆宴客，得知我是潮人，饶宗颐先生上一个菜问一次，可惜我全交了白卷；原因是，"潮州菜"之复兴，是我离开家乡多年后的事。1993年秋天，在东京大学做访问学者，好几次被专研中国

— 《潮剧史》小引 —

戏剧史的田仲一成先生请教"潮州戏",也只能顾左右而言他;因我看戏的年代,《荔镜记》《苏六娘》早已被扫地出门,各潮剧团正忙于移植革命样板戏。2004年春夏,有幸在巴黎教书,常与法国国家科学研究中心研究员陈庆浩讨论潮州歌册,照样插不上嘴;理由是,我当知青的时候,无论城里还是乡下,潮州歌册基本上都被烧光了。说起来都事出有因,可不能永远推诿,得想办法补课才是。

最近十几年,我开始恶补潮汕历史文化方面的知识。以下这些书籍,成了我入门的阶梯:饶锷、饶宗颐著《潮州艺文志》(上海古籍出版社,1994年),黄挺编《饶宗颐潮汕地方史论集》(汕头大学出版社,1996年),陈历明主编《潮汕文物志》(汕头市文物管理委员会办公室编印,1985年),黄挺、马明达著《潮汕金石文徵》(广东人民出版社,1999年),陈历明编校《明清实录潮州事辑》([香港]艺苑出版社,1998年),林伦伦、吴勤生编《潮汕文化大观》(花城出版社,2001年),陈历明著《〈金钗记〉及其研究》(广西师范大学出版社,1992年),林淳钧、陈历明编著《潮剧剧目汇考》(广东人民出版社,1999年),陈历明、林淳钧编《明本潮州戏文论文集》([香港]艺苑出版社,2001年),林淳钧著《潮剧闻见录》(中山大学出版社,1993年),陈韩星主编《近现代潮汕戏剧》(中国戏剧出版社,2005年)等。

即便有了先前刊行的诸多著作垫底,拜读林淳钧、吴国钦所撰《潮剧史》,以下论述还是让我大为振奋:第一,潮剧迄今已有580年历史,比影响巨大的京剧、越剧、黄梅戏、粤剧要长得多;第二,明本潮州戏文七种的出现,为明代潮州地区的社会生活、民情风俗、语言运用等提供了宝贵资料;第三,"时年八节"的民俗活动成为潮剧勃兴的推手,也决定了潮剧的美学品格;第四,潮剧不仅是粤东平原最具代表性的艺术品种与文化符号,还流行于福建南部、港澳及东南亚一带,是维系海内外两千万潮籍同胞乡梓情谊的重要文化纽带。

相对于此前诸多专题研究,林、吴所撰《潮剧史》的最大特色,无疑是以系统性见长。其文史兼备、古今贯通,得益于两位学者的通力合作。林淳钧长期在广东潮剧院工作,熟悉半个多世纪以来潮剧之动荡与变迁,且对潮剧音乐与行当表演有较好的了解。吴国钦作为声名显赫的中山大学戏曲研究团队的台柱子,几十年专攻中国古典戏剧,如今移师潮剧研究,保证了此书在历史溯源及资料考辨方面功力深厚。在这个意义上,二人的合作,可谓"珠联璧合"。

在本书的"引言"中,作者曾感叹"和兄弟剧种比起来,潮剧的历史研究依然滞后"。这种局面,总有一天会彻底改变。原因是,无数像我这样热爱家乡但对家乡文化艺术一知半解的新老潮人,将从《潮剧史》的出版中获得知识、学养与情怀。

2015 年 3 月 2 日于京西圆明园花园

(初刊《广东艺术》2015 年第 5 期;收入吴国钦、林淳钧《潮剧史》上册,广州:花城出版社,2015 年)

《旧影潮州》序

接到《旧影潮州》书稿的那一瞬间,我真的是又惊又喜。惊的是,这事本该由我来做——多年前读约翰·汤姆逊的《中国与中国人影像》与《镜头前的旧中国》,就注意到三元塔等有关潮州的老照片;撰写研究晚清画报的著作时,也曾格外留意有关潮汕的图像资料——这下可好了,有人捷足先登。喜的是,作者很用心,且充分发挥年轻一辈熟悉网络的优长,做得比我想象中的好。激赏之余,欣然答应撰序,且并非居高临下的"鼓励",而是表达感激之情——借助此书,我得以重温家乡那日渐远去的面影,同时,学习那"一段看得见的潮州史"。

今日中国,从政府到民间,都在强调"与国际接轨";反过来,如何关注自己脚下的"这一方水土",则成了看得见摸不着的短板。几年前,我发表《俗文学研究视野中的"潮州"》,谈及先贤整理潮汕文献的功绩,除了《潮州诗萃》(温廷敬辑)、《潮州艺文志》(饶锷、饶宗颐著)等大书,还有许多深深介入了现代学术潮流的"小书"(如1920—1930年代丘玉麟、林培庐、杨睿聪等潮汕学人的工作),同样值得关注。文章最后谈及:"作为生活在这片土地上的读

— 辑二 故乡人文 —

书人,谈论潮汕文化,需要'同情之了解',更需要切切实实的体会,以及深入骨髓的探究,而不是什么'提倡'或'表彰'。"说这话,很大程度是在自我检讨,因起意虽早,却至今未能腾出手来投入"潮学"研究。

《旧影潮州》的作者丁铨是潮州人,80后,摄影记者,在媒体工作,这几点决定了本书的基本特色:第一,对这座古城充满温情与敬意,且因熟悉周围环境,得以寻访老人,确定拍摄方位及建筑名称;第二,善于利用网络搜索,除诸多潮州老照片外,还有据此制作的铜版画;第三,摄影师的专业知识,使得他处理图片以及谈论湿胶棉摄影法、移轴镜头时得心应手。说实话,这书换我来做,不见得能达到如此水平。眼看家乡的年轻人有这般兴致与能力,着实让我欣喜,也乐得从此放下那原本就有点力不从心的写作计划。

封面上这幅三元塔,拍摄于1870年,是目前所知潮州影像史的开端。此塔六层以上在1918年的地震中垮塌,故约翰·汤姆逊的这幅作品弥足珍贵。但若放在全国范围审视,同时期的照片中,砖塔、寺庙、城墙、

图2-21 潮州三元塔

— 《旧影潮州》序 —

集市等比比皆是，三元塔算不上特别稀奇。要说兼及建筑、风物、人情与影像，最值得关注的，还属那横卧在韩江上的湘子桥。

大概每个潮州人都会记得这首民谣："潮州湘桥好风流，十八梭船廿四洲，廿四楼台廿四样，二只鉎牛一只溜。"此桥初建于南宋乾道七年（1171），历朝多有扩建与修葺，至明宣德十年（1435）方才大致定型，据说是世界上第一座启闭式浮桥，很是上镜，也很能吸引游客的目光。1870年约翰·汤姆逊拍摄此桥的惊险过程固然有趣，但二十多年后，礼荷莲拍摄的照片画面更为饱满，且包含更多可供解读的生活细节。若有闲暇，仔细爬梳不同时期的湘子桥影像，参阅"余自少留心乡邦文献"的饶宗颐年轻时所辑《广济桥志》，再加上了解此桥1958年撤去梭船、加固桥墩、架以钢梁、改为可通汽车的现代桥梁，以及2007年以修旧如旧为准则、以重现明代风貌为设计依据、重新变身为旅游观光步行桥的整个过程，绝对是一次意味深长的"知识考古"。

今天的潮州古城，吸引广大游客的，除了广济桥（湘子桥）、开元寺、韩文公祠、许驸马府、己略黄公祠、笔架山潮州窑遗址等全国重点文物保护单位，还有大名鼎鼎的牌坊街。可惜，让今日游客惊叹不已的重重叠叠22座石牌坊，乃2004—2009年间复建。真正显示古城风韵的那39座牌坊，因妨碍交通，1951年4月便基本上拆光了。这比北京拆牌楼及城门还早了三年多。剩下的三座，"岳伯""省郎"二坊难逃"文革"厄运，只有北马路的"忠节坊"硕果仅存。《旧影潮州》专设"凭吊潮州牌坊"一节，收录诸多老牌坊的"遗照"，供后世读者缅怀。这些照片拍摄时间不一，且比较靠后，这本是其弱点，没想到作者灵机一动，转而谈论起牌坊上的海报及标语，借以看出时代风气的变化。

随着1860年汕头开埠，潮州作为府城的重要性逐渐下降，因此，史家谈论近代潮汕，焦点明显从潮州转向了汕头。大趋势确实是如此，但不该完全抹杀古城潮州的现代转型。当我看到一百年前潮州的弃婴岛（第49—51页），了解时钟楼的钟声曾响彻古城、惠及三溪（枫溪、意溪、涸溪）（第98—105页），以及1917年为响应新文化运动而组织的潮安青年图书社坚持活动多年（第170—171页），实在按捺不下喜悦的心情——我那处于"省尾国脚"的家乡潮州，清末民初，并不像很多人想象的那么闭塞呀。

谈及当代潮州的"闭塞"，我曾举了个例子：1978年初上大学前，我没有见识过火车。所有人听到这个细节，都会长叹一声，深表同情。可我知道，历史上潮汕之间是有铁路的，要不，从潮州到汕头的公路怎么会叫"铁路线"呢？这条1904年8月动工修建、1906年11月建成通车、1939年6月因遭日军飞机轰炸而毁掉了的潮汕铁路，竟然是近代中国史上第一条由华侨投资兴建的纯商办铁路（第32—33、152—158页），这倒大大出乎我的意料之外。

也曾走在时代前列的潮州，什么时候、因何缘故，变得日渐保守与落寞？这是我特别希望了解的。时过境迁，重新崛起中的潮州，有必要牢记且直面此惨痛的教训。翻阅这些泛黄的老照片，仿佛穿越一个多世纪的风风雨雨，喜欢或关心潮州的你我，怎能不百感交集？

2015年11月24日于京西圆明园花园

（初刊丁铨编著《旧影潮州》，广州：南方日报出版社，2016年）

《行读天下》序

同是读书人,因所学专业不同,有人喜欢独坐书斋,有人擅长纵横天下。对于某些学者来说,走南闯北、上山下乡、漂洋过海,那是他们的生活状态,也是他们的日常功课。明白这一点,当长期从事区域文化和方言研究的老朋友林伦伦拿出一沓文稿,要我为他的《行读天下》写序时,我一点都不奇怪。

记得1990年代,批评界谈及"学者随笔",大都称扬其兼及阅历、心境与才情,有学问而不囿于学问,乃"另一种散文"。只是随着学术评鉴制度的日渐严酷,在岗的学者大都一门心思忙项目、做课题、写论著,不再敢分散精力谈专业以外的话题了。这其实有点可惜。十年前,正是针对"在专业化大潮下,很多人被自己那个强大的专业知识给压垮了,学问越做越没趣",我力主学问中须有"人"、有"文"、有"精神"、有"趣味"。[1] 可惜大势所趋,那些无关评鉴的"舞文弄墨",如今已被绝大多数学者弃之如敝屣。

---

[1] 参见陈平原《人文学的困境、魅力及出路》,《现代中国》第九辑,北京:北京大学出版社,2007年。

—辑二 故乡人文—

学者写随笔,并非想挑战专业作家,而是在理性与感性之间保持必要的张力——那些面对大千世界的观察、感悟与驰想,对于人文学者来说,同样必不可少。阅读林伦伦的随笔集,你能感觉作者在"五洲鸿爪"与"祖国行脚"间那种强烈的好奇心与愉悦感。不过,我最欣赏的,还是第一辑"四海潮声",因其专业修养、文化情怀与游记笔墨相得益彰,显得更有深度。另外,第四辑"师长深情"涉及好几位我尊敬或熟悉的师友,也很耐读。但总的来说,此书不以文采取胜,而以阅历、感悟与学养见长。而这,符合一般人对于"学者随笔"的想象。我只想强调一点,作者"行读"的"天下"既很大,也很小——说"大",指的是作者神游万里、放眼世界;说"小",则是立足脚下的这一方水土。

三十多年前,同在中山大学中文系念书的伦伦和我,硕士毕业后选择了不同的发展方向——我北上求学,他则回家乡深耕。那时汕头大学刚创立不久,召唤在外读书的潮汕子弟回来施展才华。听闻家乡第一次办大学,当初我们许多人跃跃欲试,可真的说走就走的并不多。多年后谈及此事,不无愧疚;念及此,凡家乡学校需要帮忙,我都积极响应。

而为我的服务桑梓提供很大方便的,正是先后出任汕头大学副校长、韩山师范学院院长的林伦伦。尤其是近几年合办"韩江讲堂"以及主编《潮汕文化读本》,让我得以为家乡尽绵薄之力,实在感激不尽。

这些年,伦伦兄多次主持我在韩师的演讲,看场下学生的热烈响应,很多掌声明显是给他们的校长,而不是我这笨嘴拙舌的演讲

— 《行读天下》序 —

嘉宾的。我关注中国的高等教育问题,有"大学五书"等著述,但那是纸上谈兵。在中国当好大学校长,让上下左右都满意,工作要有亮点,而又不逾越黄线,表面上随意挥洒,实则中规中矩,这实在不容易,需要很高的智商与情商。

伦伦兄凭借其在潮汕的超高人气,举重若轻地处理好行政事务,这已经让我很佩服了。更难得的是,当校长近二十年,竟没有放弃自家专业,依旧保持很高的学术热情,读书著述不辍。

如今这鱼与熊掌兼得,又添一新例证,那就是"学者"也能"文章"。

2017 年 4 月 15 日于京西圆明园花园

(初刊《潮州日报》2017 年 7 月 18 日;又见林伦伦《行读天下》,广州:花城出版社,2017 年)

《造化心源——林丰俗作品展》序

庚子初春,新冠疫情肆虐,长时间不能外出,在家读书写作。闲来翻阅乡贤《林丰俗画集》,有感而成七绝一首:"四围石谷写新田,一炬擎天见木棉。满眼春山南国韵,长留喜气在人间。"记得去年接受记者采访时,我特别强调林丰俗画作中到处洋溢着的"喜气"——并非传统士大夫的忧患意识,也不是当代读书人的故作高深,更像隐居山野的高人,情不自禁,手舞足蹈,赞叹日常生活中无处不在的"美"。

林丰俗先生不怎么写奇崛的山水或怪异的鸟兽,画中全是眼前的风景。比起名山大川、珍禽异兽、奇花异卉来,发现日常生活中的美,更需要敏锐的眼光以及澹定的心境,犹如晋人陶渊明。千载之下,仍让你我感动不已的,主要不是"刑天舞干戚,猛志固常在"(《读山海经》),而是"晨兴理荒秽,戴月荷锄归"(《归园田居·其三》)。这其中,当然也有愤慨、郁闷与不平,但全都压在纸背——呈现给读者的,是一种饱经沧桑而又有所超越的"恬淡"与"静穆"。

观赏那些平静而温馨、丰润而多情的作品,让我想起先生《在心源与造化之间徘徊》中的自述:"我希望于平凡的景物中找到情趣

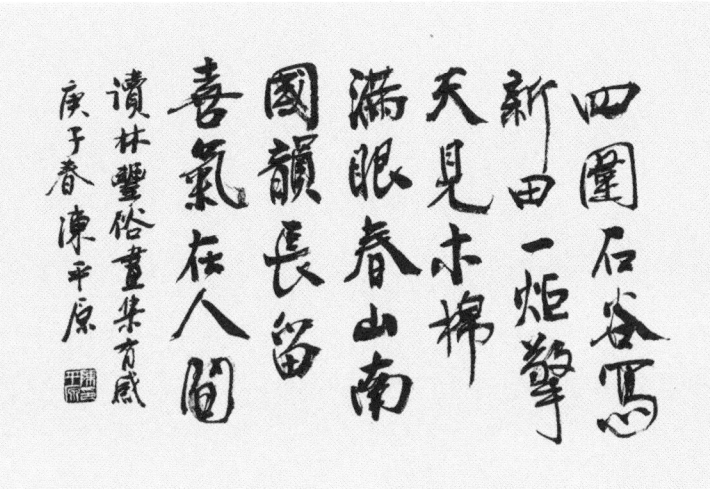

图 2-22 题画诗

并体悟到诗一般的意境，俯拾皆是，触目会心。"人生不如意事常八九，能把一川风雨，化作漫天诗意，需要长期的阅读与修养。林丰俗先生是当代中国少有的能在山水及花鸟画中体现书卷气的画家。借助随意挥洒的题跋，先生时常思接千古，在精神上战胜世俗，在趣味上超越匠气。

关于林丰俗先生的求学历程、笔墨技巧以及在艺术史上的贡献，自有林墉、李伟铭等专家评说。作为一个喜欢林先生画作的普通读者，我能做的，只是对其荣归故里，成为新落成潮州美术馆重点策划的大展，表示热烈祝贺。

2020 年 7 月 22 日于京西圆明园花园

（初刊《潮州日报》2020 年 7 月 30 日）

辑三 自家生活

父亲的书房

人们常说，看一个人的书房，就能大体知道其经历、趣味与修养。这话其实只说对了一半。看一个人父亲的书房，同样可以大体预测孩子将来的趣味与修养；只是个人经历受外在环境影响太大，远不是书房的氛围所能笼罩。可这一切有待几十年后事实的印证，无法马上"拿证据来"。所以，旁人一般不会对"父亲的书房"之类过于遥远的话题感兴趣。只有当事人自己，才会明白那可能早就消逝了的书房的深刻影响。我也是在父亲去世以后，整理其藏书，翻着儿时喜欢的各种读物，才猛然意识到这一点的。

父亲其实并没有独立的书房，只不过在父亲居住的房间里，沿墙根排开一溜大小不一的书架和书橱，摆着同样大小不一的图书。至于藏书总量有多少，从来没做过统计；只知道常有学生来借阅学校图书馆里没有收藏的书。除非关系相当密切，父亲一般不肯出借藏书。因为常有人勤于借书而懒于还书，书一出门便"泥牛入海无消息"。小时候常见父亲用各种"谎言"对付那些不受欢迎的借书者，心里直觉得好笑。直到自己也开始藏书，才明白这小小的狡黠里蕴含着读书人对书籍的那种特殊的感情。

父亲很珍惜他的藏书,大部分书籍都用画报纸包上封皮,再端端正正地写上书名;倘若非出借不可,一定叮嘱借阅者封面别弄脏,书页不可折角。就连我们兄弟取书,也得事先征求他的同意,并接受他不厌其烦的叮嘱。尽管现在看来,父亲的藏书其实不算丰富;可当年我从不敢奢望自己将来也有这么多藏书。因此,每当面对这几大架藏书时,总有一种敬畏的感觉。书是父亲一本本请进来的,几乎每本都有它特殊的命运,父亲喜欢在扉页上记上一笔,几十年后还能娓娓道来。几年前回家度假,随意捡起一本书翻阅。父亲忽然兴奋起来,指着那本书说"就是它"。1960年代初,有一次父亲上广州开会,把身上带的钱全都买了书,以致归途上一天没吃饭,下了长途汽车,又背着一大包书步行近十里路,回到家里半天说不出话来。

聚书不易,散书却不难。"文化大革命"开始,各家各户都在处理可能惹麻烦的书籍。一般性的图书撕下封面当废纸卖;有"问题"的图书则半夜拉好窗帘在屋里烧。那些天,谁家都是大清早端出两脸盆纸灰,谁也别笑谁。我们家藏书多,加上父亲老下不了手,烧书速度不免慢了些,急得母亲直顿脚。果然,红卫兵宣布封存各家藏书,以备日后审查,再也不准"烧毁罪证"了。

昏黄的灯光下,瞪着那几大架贴着封条的藏书,父亲一下子愁白了头。实在说不清里面有多少"毒草",要是书报中再来几个国民党徽或蒋介石像,那可就更吃不了兜着走。那年头人胆子小,从来不敢有揭开封条清理藏书的念头。有一天,三弟玩耍不小心碰坏了封条,全家都吓呆了。好不容易求得红卫兵的谅解,重新补贴好封条,父亲这才松了一口气,说"做饭去"——那已经是夜里11点钟。

— 父亲的书房 —

真没想到,这一封存还真有好处。别的学校的红卫兵来"破四旧",也都不敢动它。居然就靠这几张封条,顶过了那最疯狂的抄家热潮。尽管后来为了寻找"罪证",红卫兵取走了一些书籍和文稿,可我们家的大部分藏书还是保存下来了。而这批藏书,是我八年知青生活里主要的精神食粮。真不敢想象,没有这批藏书,我将怎样打发山村里那近三千个夜晚。

1969年秋天,母亲获得"解放"并被重新安排在一个中学里教语文。以备课需要为理由,母亲申请起用被封存的藏书,居然获得批准。那年我初中毕业,带着两个弟弟,和祖母一起回老家插队务农。从此就与这批藏书朝夕为伍,开始了我颇为漫长的自学生涯。

父亲长期在一个中等专业学校教语文,收藏有从初一到高三各年级的语文课本和教学参考书,而且是不同年代不同版本!不用考

图 3-1　农校教师宿舍

— 辑三　自家生活 —

虑数理化，也没有政治课，一门心思念自己喜欢的书，很快地，所有的语文课本都过了一遍。就凭这点底子，我开始了无拘无束的自由阅读。偶尔也能从朋友处借到几本好书，但主要还是依靠父亲的这批藏书。至于公共图书馆根本指望不上，那年头好书大多被查封，再说进一趟城也不容易。

比起我的很多同龄人，我是幸运的：手头有数千册藏书可供随意取阅，不必为一套《水浒传》或《普希金诗集》而四处奔波。几年间，我把家里的大书、小书、好书、坏书，连带成套的《诗刊》《人民文学》和《文艺报》，全都翻了一个遍。反正也无法找到更好的书，就在父亲的藏书里翻筋斗吧。随便拿起一本书，我都能津津有味地读下去，似乎也都不无收获。明知不该这样碰到什么读什么，可根本无法制订"阅读计划"。于是，只好以"开卷有益"自慰。直到今天，我仍然保留不按计划而凭兴趣读书的习惯，而且也以长于"乱翻书""读杂书"而见称于友朋间。

父亲的藏书以文学类居多，其中又以中国古典文学及外国诗集译本为主。这对我阅读趣味及个人气质的形成颇有影响。尽管上大学后有一阵子迷上了欧美现代派文学，可到头来还是更倾心于中国传统文化。并非着意复古，也不欣赏招摇过市的长衫和瓜皮帽，而且由于受鲁迅等"五四"先驱者的影响，宁愿对传统文化持比较严峻的态度。即便如此，我自知我的生命意识、思维方式和感觉、趣味，都更接近于中国传统的学者与文人，而不是欧美的现代主义者。硬要追赶时尚，谈论现代主义或者后现代主义，我也能做到；可总觉得那说的都是别人的话，没有我自己的生命与感觉。这种相当

— 父亲的书房 —

"古典"的趣味，大概跟我早年如饥似渴的阅读不无关系。普希金、雪莱、惠特曼、泰戈尔等人的诗集，我一直都很喜欢；而这实际上阻碍了我后来对现代派诗歌的接受。没有什么可后悔的，对于伴我度过无数个凄冷寂寞的漫漫长夜的普希金或泰戈尔，我永远只有感激之情。

父亲的藏书充实了我颇为艰难的八年知青生活，同时也规定了我日后学术的发展方向。这一点我也是很晚才意识到的。甚至连我日后的求师问学，似乎冥冥之中也早就注定。在乡下，我自学了大学中文系的课程，用的是游国恩、王起、季镇淮等先生主编的《中国文学史》、王瑶先生的《中国新文学史稿》和黄海章先生的《中国文学批评简史》。真没想到，这些先生后来大都先后成了我

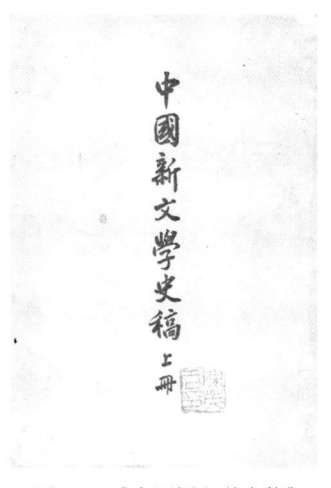

图 3-2 《中国新文学史稿》

的业师。当我决定报考王瑶先生的博士研究生时，居然能从父亲的藏书中找到几乎所有王先生"文革"前出版的学术著作（就缺一本《中国文学论丛》）！前几年回家，又找出绝大部分林庚先生"文革"前出版的著作；本想带回来向林先生炫耀一番，可惜广州火车站遭劫，这段"师生因缘前定"的故事因而无法落实。真不知道父亲当初是如何选中这些书的，或许冥冥之中真有天意。

父亲的书房早就不存在了——当然，也可以说，"父亲的书房"

永远存在于我们三兄弟迈出的每一个步伐之中。但愿这种过于"古典"的说法,不至于引起太多不必要的误解——这只是一个平静的陈述句,没加感叹号。

1992 年 10 月 10 日于北大蔚秀园
(初刊《群言》1992 年第 12 期)

父亲的诗文

都说文章是"不朽之盛事",可文章误人处多多,为何不常被人提及?因舞文弄墨而死于非命者,在中国历史上屡见不鲜。小时候很羡慕父亲的文章能印成铅字广泛流传,希望自己长大也能卖文为生;没想到父亲不以为然,坚决反对我偏科发展。如果不是"文化大革命"和"上山下乡"荒废了数理化,大概我今天也不会"混迹文坛"。至于何以父亲自己吟诗撰文,但不希望我步其后尘,这点等我明白过来已经为时太晚了。

好些年前,我在一篇随笔中略为发了几句牢骚,引来父亲一通教训,说我不懂"祸从文出"的道理,并再三叮嘱"白纸黑字,慎之又慎"。虽然明白"文祸"一词的含义,毕竟没有切身体验,落笔为文时警惕性还是不高。春节回家,父亲"痛说革命家史",反而激起我搜集父亲旧作的热情。

1948年春夏,父亲渡海到台湾谋生,年底又返回大陆。在报馆里当校对,不免"近水楼台先得月",发表了一些诗文。就为了这半年多的游历和几十篇诗文,父亲自1950年代以后一直抬不起头。一来政治运动,那"特嫌"的帽子就可能从天而降。没人说你就是

"国民党特务",可也没人能证明你不是"国民党特务",几十年就这么悬着。当初也曾埋怨父亲为人处世过于谨小慎微,父亲就说了一句:要不这样,小命早没了。

真没想到,搜集父亲的旧作还真不容易。在广州念书时没能找到台湾的《中华日报》《和平日报》和《平言日报》;到了北京,这几份报纸又都不齐。灵机一动,怂恿父亲向学校党委要回剪报本。原先父亲有一剪报本,从1952年起存入个人历史审查档案袋。如今人已离休,诗文又没审出什么问题,要求发还此"个人财产",也是顺理成章。经过一番周折,父亲终于在1990年4月得到发还的剪报本,随即复印三份,让我们三兄弟留作纪念。父亲为此剪报所撰的"几点说明",几乎是不动声色,只是在最后添上一句略带伤感的套话:"呜呼哀哉!"读完此60篇诗文,我也是只有"呜呼哀哉"。

父亲小时师从邻村老秀才,念了好几年古诗古文,进中学后才正式接触五四新文学。没想到后来者居上,父亲的诗文学的是鲁迅和郭沫若,而不是韩愈和杜甫。二十世纪五六十年代,父亲又写起了民歌和故事,而且在当地颇有名气。只是在进了"牛棚"以后,父亲才恢复了对古诗文的兴趣,吟出一批既非律诗亦非民歌的"韵语"。

前年春节,我提出为父亲集印五六十年代的作品,父亲拒绝了;倒是对写印七八十年代的《北园诗稿》,父亲很感兴趣。在诗集的"前言"中,父亲表白他对诗词格律向不重视的态度,除了强调写诗重在"取题立意抒情达志",不愿"作茧自缚"外,更因认定:"天下诸事皆随时迁,岂独格律有万年不变之理?"父亲吟诗不在乎是否

— 父亲的诗文 —

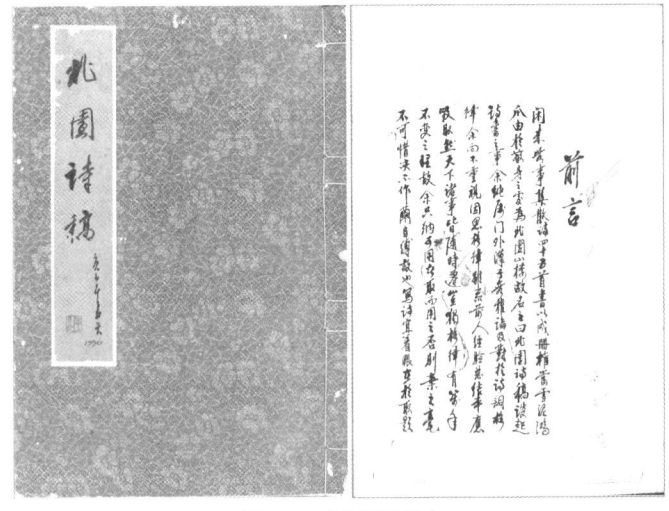

图 3-3 《北园诗稿》

合平仄，只求"易诵易懂易记"，甚至不惜以潮州音押韵。写过新诗和民歌，一直对方言区诗人非用雅言吟诗不可很不以为然，故父亲尝试用潮州音吟写旧诗。明知非驴非马，好在只求自家适意，不必担心合律不合律，反倒有真性情在。也就是父亲在诗集前言所说的："故集中有类古诗者，有类打油诗者，也有类民歌者，余皆在所不计，只求辞达而已也。"

从旧诗到新诗到民歌，最后走到半新半旧半诗半歌，说来父亲的诗路历程也相当曲折。父亲自称是学有余力出而吟诗的文学爱好者，而不是以写作为生的作家。这里面有天赋才情的限制，也有对文祸的恐惧。既然是"业余作者"，可写可不写，可发表可不发表，反正不靠它吃饭。这样既可全身避祸，又能顺乎性情。

— 辑三　自家生活 —

　　平心而论，父亲的诗文不算太好，真的是"只求辞达而已也"。倒是父亲对待诗文的态度对我影响甚深："爱好诗文，但不以诗谋生；撰文时不求惊世，但取适意。"至于我之不敢放言高论，更多的是因为"文章千古事，得失寸心知"，而并非出于对文祸的恐惧——这也算是两代人间的差异。只是这种差异主要源于时势的变迁，而不是我们比上一代人更勇敢。明白这一点，我实在没有胆量指责前辈的"怯懦"。

1992 年 11 月 19 日于北大蔚秀园
（初刊《书生意气》，上海：汉语大词典出版社，1996 年）

永远的"高考作文"

这是一篇并不出色,但影响很大,乃至改变了我整个命运的短文。15年后重读当年的高考作文,颇有无地自容的感觉;可我还是珍藏当初得悉我的高考作文发表在《人民日报》时的那份惊喜、惊愕,以及平静下来后的沉思。那是我治学生涯中迈出的关键性的第一步,我很庆幸没被这不虞之誉压垮。

1978年春天,作为恢复高考后招收的第一届大学生,我和我的同学们自我感觉都特别良好;戴着校徽上街,也总有人投来歆羡的目光。只是在校园里,同是"天之骄子",竞争已经悄悄展开。那时,刚入学的新生必须接受一个多月的军训,好在地点在大学校园而不是在军营,除出操外,还有不少由系里组织的大会小会,以便新生熟悉大学环境。几天下来,来自北京、上海、广州等大城市的同学开始挺起胸膛走路,他们确实见多识广;而像我这样上大学前连火车都没见过的乡下人,开会时只能猫在角落里不吭声,免得露怯。很快地,城里人(必须是大城市,中小城市不算)和城里人,乡下人(大城市的插队知青仍是城里人)和乡下人,各自组合成聊天集团,开始"侃大山"。其实两大集团之间并非有意互相排斥,只

图 3-4　初刊 1978 年 4 月 7 日《人民日报》的高考作文

是各自话题和趣味不同，自然而然就分开了。表面上两大聊天集团都很活跃，只是"城里人"聊天时的声调更高，笑声也更朗。

终于有一天，这种刚刚造成的"阶层感"给打破了。原因是指导员（即现在的班主任）跑来告诉我，电台广播了我的高考作文，只是他所复述的几句又似乎不是出自我的手笔。这下子可热闹了，同学们纷纷猜测，是不是高考卷子搞错了。若如是，此公入学资格都成问题（半年后，班里真有一位同学因被查出高考成绩登记错了而被送回原籍）。因而，那两天两大集团聊天时都尽量压低声音，颇有神秘感。我则因成了怀疑对象而独自在校园散步。既可能是作文特棒，又可能是高考作弊，这种特殊身份，使得我上食堂打饭时都低着头，以避开各种好奇且带审视的目光。直到几天后，《人民日报》刊出了我的高考作文，我才重新抬起头来。

4 月初的那一天，对我来说实在太重要了，我可以心安理得地在大学里待下去，而且"城里人"对我也都刮目相看了。有的道贺，也有的很不以为然——我从那眼神里完全能够读出来。本来嘛，"文章是自己的好"，同学中不乏在当地颇有名气的小作家，更何况我的作文写得确实不算太出色，难怪人家不服气。并非事过境迁故作谦虚，当年认真"拜读"了好几遍自家作文，还是没能品出味道。直到有一天，得知许多地方编《高考作文选评》，都选了我那一篇，而且评得头头是道，我才恍然大悟：入学前我在中学教语文，作文自然有章有法，易得评卷教师的好感；而那些才气比我大的小作家们，写的却是文艺性散文，不大合高考作文的体例。想通了这一层，我也就明白了自己的位置。

有一天，一位自视颇高的同学与我聊天，似乎不大经意地谈起我的高考作文，问我感觉如何，我如实地谈了自己的想法。他想了一下，说："有道理！"沉默了一阵，又说："看来你还有戏！"我当时既感动又气愤，显然他们已经在背后判定我以后"不会有戏"了。凭什么？就凭这点"不虞之誉"？！这还不是一两位同学的偏见，连作文课的教师也扬言要煞煞我的"骄气"，第一次作文给的分数就不高。好在几年下乡，即使有点骄气或娇气，早被穷山恶水和贫下中农给磨没了，不至于"得志便猖狂"。过了两三个月，大家都把高考作文忘了，没人再当我面议论此事，我才活得踏实些。

谁知暑假回家，"高考作文"又搅得我不得安宁。那年头考大学是青年人的头等出路，而大学该如何考又谁都没把握，于是不少家长领着孩子来求教。我哪有本事教人考大学？连我自己是怎么考上的我都说不清。可你要是照实说，人家准以为你假谦虚，或者保守什么秘方。于是我只好四处游荡，把接待客人的任务留给长期担任中学语文教师的我的父母，他们对如何指导学生写作文远比我有经验。

回母校探望我中学时代的班主任兼语文教师，他一个劲地夸我高考作文写得好，而且庆幸当初没照学校的安排做，要不准坏事。

— 辑三 自家生活 —

大概母校老师以为我高考前准备了一批妙文,怕同学模仿抄袭,故不愿露底。这虽是个天大的误会,可又实在无法澄清,我只好一笑置之。高考前,我原先就读的中学把历届毕业生召回集中辅导,学校领导希望我就七八个题目拟作几篇范文,以供大家参考。如此器重学生,可没想到被我毫不客气地拒绝了。那时还没版权意识,也并非俗望一枝独秀;只是我的数学荒废太久,得全力以赴复习。至于语文卷子,我自信不用复习也能考好。事后证明我这一"战略决策"是对的,否则数学考砸可就麻烦了,高考毕竟是十项全能而不是单项比赛。但就因为这件事,被学校领导批评为"缺乏集体主义精神",还说今年如果考不上,明年不接受我参加复习辅导。我的高考作文在《人民日报》刊出后,学校领导当然引以为傲,回过头来也就谅解了我当初的顶撞,甚至许为"有主见""有心计",避免了全校考生作文一个样的尴尬局面。一开始我还向人家解释并没有事先拟好高考作文,可越解释越难让人信服,还被误解为"炫耀才华"。后来也就不做任何辩解了,反正只要不说我高考作弊就行。

不知道是过分相信考官的眼力呢,还是被周围朋友的好话给陶醉了,一向不轻易许人的父亲,居然也说我文章写得好,有一次还酒后吐真言:"早知你高考作文这么好,应该报北大。如能考上北大,爸爸当了破棉袄也要供你上学!"其实家里并没"破棉袄"可当,不过表示一种决心而已。我们家几代人都在家境不宽裕的情况下,坚持送儿子念书。爷爷念了小学,父亲念了中学,到我这一代才能念大学。当初填志愿报考中山大学都被旁人暗地取笑;如今就因为作文登报,父亲就开始想入非非了。父亲年轻时非常向往北京大学,只是家境不允许他实现这梦想。直到几年后,我考取北京大学王瑶先生的博士研究生,才替他圆了这个几十年的梦。

事情已经过去 15 年了,可每当我回家乡探亲,总有父老乡亲夸我的高考作文写得好,似乎我一辈子就会写"高考作文"。开始觉得有点难堪,后来也就泰然处之,有时还能自我调侃几句。

大概,无论我如何努力,这辈子很难写出比"高考作文"更有影响、更能让父老乡亲激赏的文章来了。

1992 年 8 月 25 日于北大

(初刊《瞭望》1992 年第 38 期,收入《书生意气》,上海:汉语大词典出版社,1996 年)

子欲养而亲不待

父亲生病,住进了医院。我急急忙忙往回赶,好在飞机、汽车都很顺利。见面时,父亲说病情已经大为好转,很快就能出院。父亲要我坐在床边,谈谈自己的学业,还有国家大事什么的。父亲笑得很开心,苍白的脸上渐渐现出血色。我答应父亲多住几天,好好聊聊。近年父亲身体不好,无法到外面走动,白天就坐在四楼的阳台上看风景和行人。我每次假期探亲,都是

图 3-5 父亲陈北(1950)

来去匆匆,父亲嘴上不说,可我知道他有怨言。这回无论如何要多住些时日,跟父亲谈谈他最喜欢的怀素或者东坡。不过,得先安顿好手头的工作,请朋友代一下课,还有,走时得带上两本书,以便在家里阅读。不对,这到底是什么地方,是北京还是潮州?父亲呢,怎么不见了……

又是一个噩梦，醒来时心口还隐隐作痛。父亲去世已经三年半，这一两年老有类似的梦境出现。不用心理医生，我也知道这是因为潜意识里有强烈的忏悔和弥补的愿望。望着父亲日渐衰老的身影，我也曾暗暗许愿，等工作告一段落，一定回家好好陪父亲。可工作永远没止境，我的心愿也就永远只是"心愿"而已。突然有一天，父亲撒手而去，我这才明白自己是如何不可饶恕。

虽说父亲临终时，我赶到跟前，略尽了为人之子的责任。可此前几年父亲多次住院都不通知我，说是怕影响学业，往往是危险期过了才告知，并且嘱咐，路远不必往回赶。回家乡时有人说起此事，加了句评语：值得吗？意思是说如此为子女考虑，那"学业"真有那么重要吗？父亲年轻时投身革命，没能完成学业，因而特别希望孩子在学术上能有所成就。出书、获奖或者提职称，在旁人是小事一桩，父亲则看得很重，似乎真有多么了不起。为了让儿子能

图 3-6　父亲在潮州家中阳台（1990 年 1 月 29 日）

专心治学，父亲多少次独自在死亡线上挣扎。每念及此，我就记起"值得吗"的评语——受嘲讽的应该是所谓一心向学的孩子，而不是"可怜天下父母心"。不要说时至今日，学业仍无成；即便真有大成就，也不见得就能避免这种深深的内疚与自责。

随着时间的推移，这种"自责"或许将有增无减。不是说将事业"神圣化"没道理，只是相对于父子情深来，"道理"总显得过于苍白。学海无涯，个人的成就无论如何是渺小的；而丧父之痛以及未能报答养育之恩的悔恨却是如此铭心刻骨。静夜惊梦，醒来时首先想到的，常常是《孔子家语·致思》中的那段话：

> 树欲静而风不停，子欲养而亲不待。往而不来者，年也；不可再见者，亲也。

本是古已有之的"永远的悔恨"，可落实到每个具体的人头上，都感觉格外沉重。"子欲养而亲不待"的痛苦，不便向旁人剖白，旁人也无法使你解脱。特别是当你生存处境好转时，这种"悔恨"会成几何级数增加。

记得父亲晚年常说，他的生命就像荷叶上的露珠，随时可能随风而去。父亲说这话时，语气略带自我调侃。第一次听来惊心动魄，习惯了也就没当回事，只是觉得这意象过于凄清落寞。

终于有一天，我也明白生命是如此脆弱。何止掠过天际的风，即便嬉戏的游鱼、逍遥的小鸟，甚至不安分的青蛙，都可能无意中撞落了荷叶上本就颤颤巍巍的露珠。或许，我没有能力帮助父亲擎好那荷叶,也阻拦不了骄横的命运之风,可我本可以让游鱼、小鸟离远点,起码让父亲晚年生活得更舒心些。可我没做到。现在说这些近乎多余,总不能借此安慰自己。

朋友忧心忡忡,说是父亲病了。我心头一热,真希望自己也有病中的父亲……

1995 年 1 月 13 日午后,梦醒而作

(初刊《学者的人间情怀》,珠海:珠海出版社,1995 年)

未完成的"家族史"

庚午春节回家，与父亲谈起"家族史"。父亲很不高兴，以为不外是求神问卜、光宗耀祖之类的"封建思想"。受五四新文化影响，父亲极端反感"家族观念"，从来不谈此类话题。那天，灵机一动，从族谱的史学价值，美国黑人的文化寻根，一直说到拉美的《百年孤独》，竟引起父亲的极大兴趣，破例"从头说起"。很可惜，回京路上，在广州火车站遭劫，父亲的书画，连带此"家族史"初稿，全都荡然无存。

1991年1月，我赴香港中文大学访问研究，顺路回家探亲，请父亲再谈一次"家族史"。这一回，可就没那么幸运了。父亲身体不好，兴致也不高，记录稿不到两页。此稿虽短，却弥足珍贵：四个月后，父亲遽而去世，"家族史"几成绝响。

父亲口述历史时，全凭记忆。理由是，我家世代僻居山野，无档案可供查阅。即便如此，父亲叙述时留下的不少缝隙，自以为颇有增补的余地。之所以撑开骨架，不外希望日后能生筋长肉。

以下的记录，保留父亲说话的口吻，并略加阐释。

— 未完成的"家族史" —

咱们家世代居住在潮州城东二十里的寨内乡,现在叫阳山。你问祖上是从哪里迁来的,我也说不清。村里有祠堂,解放后改为学校。至于族谱,我没见过,也不感兴趣。

我的曾祖父,也就是你们的曾曾祖父,人称陈阿快,正名不详。每日在村前的金山溪摆渡,自然不是"世代簪缨之族,钟鸣鼎食之家"。现在大家喜欢吹牛,总说自己祖上如何显赫,咱们不能瞎编。图一时痛快,数典忘祖,那不好。咱们家真正读书,当从祖父算起,到现在不过三代。底子薄,能有你们现在的样子,已经不错了。人不能不知足。

至于远祖是大英雄、大文豪,还是无耻小人,我不知道,也没兴趣追究。是好是坏,对我、对你们都毫无影响。

图 3-7　金沙溪旸山段(陈高原画)

— 辑三 自家生活 —

对于读书人来说，提起潮州，首先联想到的，必定是韩愈。那位"一封朝奏九重天，夕贬潮阳路八千"的韩文公，确实使潮州名扬天下。远在天边的蛮荒之地，直到大文豪韩愈"光临寒舍"，方才"蓬荜生辉"——这种流传千载的叙事，其可靠程度大可怀疑。记得韩文公祠里有这么一副楹联："辟佛累千言，雪冷蓝关，从此儒风开海峤；到官才八月，潮平鳄渚，于今香火遍瀛洲。"这里的"瀛洲"，并非传说中的仙山，"烟涛微茫信难求"，而是潮州之古称。以下这段溯源，录自《潮州三阳志·州县总叙》：

> 南粤未灭，已有揭阳之名矣。武帝获建德，复南海郡，乃以揭阳为属县。王莽时，更为南海亭。世祖中兴，名既复旧，不曰县，时曰城。晋成帝时，分南海之东官郡。安帝义熙五年分东官，立义安郡，郡之名盖始于此。宋、齐因之。梁曰东扬州，后改为瀛洲。陈废州。隋平陈置潮州。炀帝大业三年，罢州复为义安郡。唐武德间，改郡为州，复为潮州。天宝元年为潮阳郡。乾元元年复为州。凡五易，然后州名一定。

韩愈出刺潮州，在唐元和十四年，即公元819年，距"州名一定"的乾元元年（758），已有半个世纪以上。至于韩愈置乡校时延聘为师的潮人赵德，乃大历十三年（778）进士，不像是有待点化的蛮荒之民。在我看来，后人之谈论韩愈八月潮州行，多言过其实。相对于众多谒韩祠、题韩木的诗文，我更喜欢宋人杨万里充满谐趣的《宿潮州海阳馆独夜不寐》：

— 未完成的"家族史" —

腊前蚊子已能歌，挥去还来奈尔何？
一只搅人终夕睡，此声元自不须多。

时至今日，潮州的蚊子，仍以"英勇善战"著称。

家乡的陈氏宗祠，建于何时，成于何人，失考。当年回乡务农，破四旧风潮早已过去，"大祠堂"只存在于老人之口，年轻一点的，都称它"学校"。可见其功能的转变，并非一朝一夕。就在这所过去的祠堂、现在的学校里，我前后工作了六年——从小学一年级到初中毕业班，全都"领教"过。直到现在，闭上眼睛，都还能说出这七间教室、六间教员卧室，加上厨房、厕所的一窗一户、一砖一瓦。

图 3-8　陈氏家庙

当年之所以"以校为家",就因为这是村里最宽敞、最安静、最有文化气息的地方。据说,前些年村里新盖了学校,祠堂又恢复了原先的功能。

家乡背靠山,面临水,金山溪离村口不到半里地。此溪原先通韩江,可行船,到我回乡时,已被截断。我们村前的这一段,溪面约百米,水颇深,依旧渡船来往。学大寨时,硬是在上游建了一条坝,目的是走拖拉机。这么一来,金山溪彻底毁了:溪不像溪,塘不像塘,天长日久,必成一潭死水。听老人说,水底有几座很大的石屋,乃古时地陷沉下去的。水下的世界很精彩,据说颇多宝物,但进得去,出不来。我因水性不好,从不敢有"夺宝奇遇"之类的幻想。

曾祖父名喜江,家贫,走南洋,投靠家乡人麒麟王,在其家专司烧茶。后来,在海边"割薄壳"(采获一种贝类)。有一次,中了马标,马上回家娶亲。

到达金山溪渡口时,月色朦胧,渡船已经停在对岸,准备收工。曾祖父于是大声喊叫。艄公问:"是何人?"答曰:"是你父亲。"这是乡间互相嘲骂时讨便宜的俚语。于是双方斗起嘴来,争论到底谁是父亲谁是儿子。渡船终于靠岸了,方才知道真的是父子相遇。

至此,父亲开始变换叙事角度,从晚辈的立场述说。在我们家乡,与子女说话时,父母总是以子女的称呼为称呼。比如,将自己的妻子说成"母亲",而不是"你们的母亲";将自己的母亲说成"祖母",而不是"你们的祖母"。不知是体现父母与子女"感同身受"呢,还是为了建立虚幻的"平等对话"。后来,走南闯北,发现这并非潮州特有的习俗。天下父母,何以都如此"自贬身价",至今尚未找到满意的答案。

"父子相遇"的场面,实在太戏剧化了。不愧为家族史讲述中最为精彩的"保留节目"。每回说到这里,主客全都拊掌,大笑不止。正因为太精彩了,我曾经就此事的真实性提出质疑。父亲毫不在意,说可以问问父老乡亲。不太熟悉《世说新语》的老人们,证实此乃家乡流传甚广的笑话。

真没想到,曾祖父还是"茶博士"起家。小时候,对父亲的"嗜茶",大惑不解。长大了,方才相信这些"像中药一般的苦水",确有其独特魅力。茶龄不浅,功夫欠佳,缺的是那种悠闲的心境,难得真的"在刹那中品尝永恒"。一旦明白此乃"家族遗传",自是对前景充满信心。

靠"中彩票"发大财,这我可从来没想过。在国内,从未买过"有奖证券",不相信这能让我走上发家致富之路。偶尔出游,也曾入乡随俗,尝试过各种赌博性质的游戏——包括在香港买马票。那次在美国大西洋城玩老虎机,妻子见我如此投入,竟恭维我具备"赌徒"的基本素质。很可惜,每回都是"乘兴而去,钱尽而归"。

曾伯父名喜发,也闯南洋。因吸鸦片,很早就死了。其女玩真,出嫁澄海隆都,偶有来往。其子绍真(作锐),小时托在咱们家吃饭,念完五年级后回城里外婆家。后来卖了新兵,从此失去联系。

1950年代初,政府派人来调查,说他成了国民党军队的师长,被捕后在内蒙古劳动改造。此后,再也没有他的消息了。那年头,谁都自顾不暇,怕连累,不敢再打听。

听祖母说过,曾伯父的闯南洋,很具传奇色彩:村里赛神,走在前面的锣鼓手好威风,如果长相可以,打扮得体,更是引人注目。曾伯父希望有一件漂亮的上衣,可家里穷,置办不起,于是赌气出走。那年头,潮州走南洋的很多,虽说不必申请护照,船票总是要买的。没钱买票,只好藏在船舱里,上岸时已经走不动了,是被抬出来的。好在那时没有"偷渡"或"遣返"之类的说法,赤手空拳的曾伯父,就这样在南洋打天下——不过,据说其创业并不成功。

过去时代,潮州人闯南洋的很多。据陈礼颂1930年代在潮州斗门乡所做的调查,村里361户人家,有出外谋生的,占192户;而在373位外出人口中,到暹罗(泰国)打天下的,竟占了332位。(《一九四九前潮州宗族村落社区的研究》,上海古籍出版社,1995年)斗门离我的家乡很近,语音相同,风俗无异。当年搭乘红头船闯南洋的,都是为了谋生,绝无"移居海外"的念头。其胼手胝足、撙衣节食积攒下来的洋钱,按期寄回养家。对于清代及民国年间潮州地区经济的发展,闯南洋者,功莫大焉。

潮人之善于流动,敢于闯荡江湖,这个传统由来已久。到父亲这一辈,还有外出讨生活的习惯。"文革"中挨批斗,父亲无论如何

── 未完成的"家族史" ──

无法让红卫兵相信,不须"处心积虑",便能浮海赴台谋生。尽管台湾一年给父亲的后半生带来无尽的烦恼,在当年屈居山村的我看来,此行依然值得迷恋。连"浪迹天涯"的权利都被剥夺,比起上几代人的辛酸来,我们这一代,更是自惭形秽。

说来令人难以置信,我那时的最大愿望,便是搭乘村里(那时叫"生产大队")运化肥的拖拉机,到广州开开眼界!父亲说,我曾经说了一句很令他心酸的话:没想到我们三兄弟,竟屈死在这小山村里。这话为何显得特别刺耳,父亲没有解释;我也是在整理"家族史"时,才意识到其分量。

> 曾祖父婚后重走南洋,仍在麒麟王家打杂。后来,又积了点钱,自己做生意。先是在曼谷开百货店,后又在呵叻开分店。那时生意丰隆,每年回家探亲时,都要雇挑夫运银元。那是咱们家经济最宽裕的年代。
>
> 现在老家的房子,便是那时盖的,你们看,是不是盖得很讲究?为了供我读书而卖掉的那些田地,也都是那时置的。

这些年走南闯北,到过不少国家,反而是近在眼前的泰国,始终无缘相见。曼谷和呵叻,这两个相距不太远的城市,在我脑海里,依然一片空白。总有一天,我会踏上这块祖先曾经劳作过的土地,即便无法辨认那早已渺茫的足迹,也足以发怀古之幽思。

南洋华侨对潮汕地区经济发展的贡献,这是专家的研究课题;我感兴趣的是一个细节:挑银元。遥想当年,金融系统不完备,外出打工的乡人，如何将血汗钱寄送回家？必定有专门的行业，处理此等事务，不必真的挑着沉甸甸的银元——那多危险！可惜我没有这方面的知识。

老家的屋子，1950年代后一直闲置，祖母坚持不让卖。说是祖宗的规矩，家业不能动。万一外面的世界太乱，无路可走，还可以回家种田。"文革"中，我们三兄弟不必远走海南，得以"回乡务农"，全靠这祖宗留下的两间半老屋。

祖父陈木真，字作藩，在铁铺的笔山小学（即聚奎小学）毕业。那时，能念完完全小学，已经很不简单了，是乡间不可多得的"大秀才"。

读书人，大都是理想主义者，天生倾向于左派。在1927年的大革命风潮中，祖父参加了共产党领导的红派农会。失败后，遭追捕，躲在家里的阁楼上。风声稍小，在家乡教了一学期书，仍然感觉不安全，也闯南洋去了，负责主管曾祖父在呵叻开的分店。

读书人，不会做生意，祖父只是名义上的主管，具体事务自有别人代劳。用书上的话来说，就是"少东家"。

父亲说得对，读书人，确实多是理想主义者。不过，一旦走出校门，脱下长衫，读书人什么事情都做得出来。确有终其一生"不懂政治""不会做生意"的，那只能说是"书生气太重"。天下的好事，固然多与读书人相关；可登峰造极的坏事，非读书人的高智商，也都无法实现。父亲嗜书如命,将心比心,总以为喜欢读书的,都是好人,对读书人"阴毒"的一面,缺乏必要的警惕——直到"文革"中方才"翻然悔悟"。

据说潮人经商的成功率很高,原因是勤奋加聪明。可这不算什么"诀窍",三岁小孩也能说得出来。或许还有别的缘故,比如,远离文化中心,不太受传统儒生"义利之辨"的束缚。做生意不同于讲经论道,书读多了,反而遮蔽了其可能具有的商业才能。就拿我祖父来说,之所以无法继承家业,与"误入学堂"有很大关系。

前些年,学界风行下海,我因有家族的"前车之鉴",丝毫不为所动。与众多高扬人文精神的斗士不同,我之坚守学术,部分出于对"另一种生活"的恐惧。

> 祖父每年回家探亲一次。这个时候,分散在四乡六里的老同学,都跑来庆贺,顺便当几天食客。后来家道中落,祖母经常提起此事,抱怨当初不该如此好客,以致后代险些读不起书。
>
> 父亲六岁那年,曾曾祖父去世了。第二年,曾祖父也在南洋病逝,此后家道一落千丈。祖父不善经营,加上读书人讲"孝",讲"礼",故拍卖店铺,千里迢迢,护送曾祖父灵柩"回唐山"。那时的习惯,有身份的人死了,讲究的并非马上入土,而是先将棺材置于村边的小屋,经常油漆,过一段时间,再择吉日良辰下葬。
>
> 大概是忧伤过度,加上劳累,过了一年,祖父也不幸去世了。那年,父亲才八岁,家里"凄凄惨惨戚戚"的情境,你们

― 辑三 自家生活 ―

可想而知。

从未谋面的祖父,单靠那千里迢迢护送曾祖灵柩回老家的举措,便博得我的极大敬意。不过,此举之不符合工具理性与商业精神,也是不言而喻的。读书人之"迂",其可敬可叹可怜可悯,均在此举暴露无遗。这也是家族史中最值得关注的一页:不只是从此家道衰落,更预示着"文化转向"。

走南洋的曾祖父与祖父,在那边其实也有妻室。这是那时的通例,与今日堂而皇之的"糟糠不下堂,喜新不厌旧"不可同日而语。祖母偶尔说起"番婆",似乎还来过"唐山"。只是此事祖母不愿细说,我也没好意思追问。

曾祖母叫丁赛梅,你们从没听祖母提起过吧?那是因为婆媳关系很不好。她可真让咱们家吃了不少苦。其中一个重要原因,便是曾祖母"吃教"(信仰天主教),而祖母则信佛。曾祖母以家产相威胁,逼祖母改信天主教,甚至跑到祖母家里来砸佛像。不知道是为了"信仰自由"呢,还是为了争一口气,反正祖母始终拒绝入教。

1950年代以后,祖母连佛教也不信了。你们没见过家里拜神佛、祭祖先吧?那是因为政府要求破除迷信,生活在学校里,烧香拜佛,影响多不好。祖母终于听从劝告,放弃了佛龛和祖宗牌位。你问是不是自愿的?这很难说,主要是周围的压力太大了。

— 未完成的"家族史" —

曾祖母和祖母，性格都很倔强，都能独撑门面，故互不妥协。曾祖母一气之余，真的把家产大部分转移到其婆家，留给祖母的很少。1950年代以后，祖母说，这叫"因祸得福"：要不，四九年后必定成为"地主婆"，非挨斗不可。

曾祖母疼爱孙子，父亲上学的费用，部分由她承当。她在家乡开个小店，常叫顾客跟她一起祈祷。小孩子逗她，假装一起祈祷，乘她闭眼时，偷走了鱿鱼或其他食品，她也不生气。

婆媳关系紧张，加上宗教信仰歧异，这可真是"火上添油"。如此激烈的冲突，颇具象征意味。理解"基督教在中国的传播"，除图书馆里众多高头讲章外，此类"生动的场景"，同样不可忽视。

之所以追问祖母之废佛是否出于自愿，因祖母识字不多，知识来源主要是潮州歌册，对神佛事，历来持"信则有，不信则无"的态度，不太可能主动抛弃。用祖母的话来说："是他们不让拜，又不是我不想拜。"父母当然也有难处：为人师表，不能不响应政府的号召。结果是，烧香勉强废除，信仰却并没根本改变。下乡八年，对农村生活及农民心理的了解，使我对"移风易俗"的可能性与合理性产生怀疑。乡民一般不会直接顶撞，上头布置的任务，似乎全都完成。可实际上，绕个弯子，把"命题"的严肃性全都消解。别的不好说，世俗生活，在我看来，最好是顺其自然，过多地强调"改造"，效果并不好。

祖父娶仙田乡丁赛霞为妻，育有二子一女。伯父英才，念小学二年级时病逝。姑母冬茶,嫁给仙何乡陆锡光,祖上也是走南洋发的财。解放后被划为"华侨地主",家产被没收,只是没有挨斗。父亲英名,乙丑年五月十七日生,属牛。祖母属龙,生日是农历九月二十一。今年虚岁八十八,据此推算,应该是生于1904年。

分家以后,祖母带着父亲和姑母,日子过得很不容易。祖母虽不大识字,但坚持送父亲读书。先是卖首饰,卖家具,后来陆续出卖田地。土改时,咱们家只剩下两亩一分地,勉强划了个中农。这也算是一种幸运。要不,你们兄弟也得背上"家庭成分地主"的包袱。

念到高中三年级时,家里实在没钱。那是1948年年初,时局动荡,看不到出路。父亲既爱好文学,又思想激进,看不起留在学校苦读的书呆子。先是跑到台湾谋生,在一家报馆当校对,顺便发表不少诗文。一年后,回潮汕参加共产党领导的游击队。怕连累家人,需要另起名字。同时从台湾回来干革命的,共有三人,一起名"台",一起名"湾",父亲因在台北的《中华日报》社工作过,故名"北"。

解放后,父亲任县卫生院指导员,出布告署名时改回原名。1952年,因"台湾之行"说不清,被发落到大山脚下的汕头农校。恰好同屋的教师也叫陈英名,只好改用打游击时的化名。此后,便一直以"陈北"名字行世,发表文章时,也不再像在台北时那样使用各种化名。

以后几十年的风风雨雨,你们都知道,不说了。

— 未完成的"家族史" —

叙述这一段时,父亲说话的节奏明显加快,没有前面的从容,神情也显得凝重。主要原因是,话题逐渐切己,不免感慨万千。

父亲没能念完高中,除了家庭经济困难,更直接的原因是向往革命。晚年回首往事,对当初之热血沸腾,看不起"书呆子",颇有悔意。父亲就读的金山中学,乃潮汕地区最好的学校,同学中"不革命"者,后来都成了"著名学者"。不说革命成功后的个人遭遇,单是沧海桑田,风云变幻,令其对早年为之奋斗的理想颇表怀疑,这才是最痛苦的。

"文革"中的遭遇,对父亲的肉体与精神造成极大的摧残。每当忆及这段日子,身体已经十分虚弱的父亲,嘴唇和双手便颤抖不已。为了不让父亲太激动,以免危及生命,母亲采取"不准说"的策略。

另外,"以后几十年的风风雨雨",通过其他途径,我们也确实有所了解。只是,如此沉重的话题,非三言两语能够打发。

附记:

祖母走了,昨天(12日)下午走的,享年九十三。我路远,没能赶回去送行,只好搜出一纸旧文,权当祭奠的纸钱。比起父亲的英年早逝,祖母的落叶归根,因在意料之中,不曾引起大的震动。此则短文,起草于父亲刚弃世时;注解部分,乃后来陆续填补。岁月如梭,看多了白云苍狗,"寻根"的努力,也就意趣索然了。对于具体的个人来说,"历史"似乎不及"心境"更值得重视。

1997年10月13—25日于西三旗

(初刊《钟山》1998年第1期)

不知茱萸为何物

夏夜里，阵阵凉风过后，暑气尽消。眼前萤火闪烁，背景则是黑黝黝的大山，学校操场的草地上，父母和我们三兄弟围坐一圈，在一片蛙声中，比赛背诵唐诗——三十多年前的旧事，如今依旧历历在目。

不知是父母注重亲情的着意引导，还是李白、王维的绝句确实

图 3-9　重回农校，依旧屹立不动的，只有操场边的木棉（2004）

最为顺口,一上来,不是"李白乘舟将欲行",便是"独在异乡为异客"。那时节,离"文革"爆发虽还有两三年,课堂上充斥的已经是"对待敌人要像严冬一样残酷无情",以及"小斑鸠,咕咕咕,我家来了个好姑姑,同我吃的一锅饭,和我睡的一间屋",身为语文教师的父母,让我们背诵古诗文,大概并非无缘无故。

父亲在进入新式学堂前,曾念过几年私塾,闲来喜欢闭着眼睛、拉长腔调诵诗。而对我们兄弟,则只要求记忆,既不吟诵,也不讲解。父亲显然相信"书读百遍,其义自见",置孩子们诸多奇异的追问于不顾,一味强调背诵和运用。印象最深的,莫过于这首《九月九日忆山东兄弟》。"遥知兄弟登高处,遍插茱萸少一人。"直到若干年前,我还弄不清王维兄弟的姓名,更不懂茱萸为何物。

促使我下决心解决此不成问题的问题的,是一次尴尬的郊游。那时,我正在东瀛访学,适逢九九重阳,随朋友登高饮菊花酒。酒酣耳热之际,忽有友人询问何物茱萸。慌乱间,只好以晋人周处《风土记》的"九月九日折茱萸以插头上,辟除恶气而御初寒",以及《西京杂记》的"九月九日,佩茱萸,食蓬饵,饮菊华酒,令人长寿"等作答。表面上宾主皆抚掌,可自家有病自家知,我的回答并不圆满。不曾见识过茱萸,无从描述,只好避实就虚,将话题转化为关于茱萸的效用与传说。好在今日中国,佩茱萸以辟邪的民俗不再流行,将其归入遥远的历史传说,也未尝不可。

那日,从医院取回据千年古方制作的"六味地黄丸",不经意间,发现药方中第二位正是山茱萸,自以为失落在悠久历史中的茱萸,原来离我如此之近。赶忙回家翻书,没有"中草药图鉴"之类的工具书,只好搬出明人王圻、王思义编集的《三才图会》,终于在草木九卷中得以一睹山茱萸和吴茱萸的尊容。"生汉中山谷"的山茱萸与"江浙蜀汉尤多"的吴茱萸之间药性的差别,非我所能细究,感兴趣的是其形状与色泽。正因基于审美而非药理,我欣赏的是"木高丈余,皮青绿色,叶似椿而阔厚,紫色。三月开红紫细花。七月八月结实,似椒子,嫩时微黄,至成熟则深紫"的吴茱萸。随后翻阅《本草纲目》,方才明白这段优雅的说明文字,原来"渊源有自"。

儿时多闲暇,除了背古诗,还有一种娱乐,那便是跟随一位"好为人师"的邻居上山采药。头戴斗笠,斜背书包,在山里转悠大半日,归来时,往往是头上插满、腰间挂足自以为包治百病的野花闲草。可惜父亲对那位教员的医学知识不以为然,母亲又嫌干花杂草占地方,一不留神,我们的"宝贝"就进了垃圾堆。在这段半途而废的"多识草木虫鱼"的努力中,是否有过重阳登山的经历,有无采集"今处处有之"的吴茱萸,实在不好妄加推断。一想到自己也许曾经头插一串串或微黄或深紫、椒子般的茱萸招摇过市,既辟邪,又好看,实在开心。

好不容易弄清了茱萸的大致模样,甚为得意,不免在妻子面前略为炫耀。没想到妻子淡然一笑,说:不知茱萸为何物,不也照样"每逢佳节倍思亲"?一时语塞,不知如何作答才是。

1999 年 7 月 31 日于京北西三旗

(初刊《人民日报》1999 年 8 月 19 日)

乡间的野花

——回忆我的中学生活

朋友中多有出身名牌中学的，说起母校，无不眉飞色舞。出于礼貌，谈话中总会有人转过身来，问一句："你呢?"这个时候，真不知该如何回答才好。不是因为自卑（我所就读的初中、高中，均非省地市三级"重点"），能从底层奋斗上来，其实更值得夸耀；而是因为我对于中学生活的记忆苍白得很，而且颇有几分悲凉。

我是在史无前例的"无产阶级文化大革命"中完成中学学业的，可想而知，有些属于我们那代人的共通经历，比如，以"大字报"作为主课、比赛跳"忠字舞"或者练习"长途夜行军"等，对于后人来说，近乎天方夜谭。如此"功课"，也有做得相当投入且非常出色的，我之所以"记忆苍白"，很大程度在于，从一开始就有强烈的抵触情绪。对于一个僻居大山脚下的十几岁少年来说，"文化大革命"是好是坏，非其智力所能判断；只是因父母双双成了"牛鬼蛇神"，没有心思参加校园里五花八门的批斗会。

1966年夏天，我小学毕业。广东的"文化大革命"进展慢，中学照常招生（改为就近入学），我因而得以挤进潮安古巷中学。三年初中,没正经念过几天书,倒是见识了乡村中学里不太为今人记忆的、还不算太疯狂的"大革命"场景。

"文化大革命"的飓风,从首都北京到省城到县城再到我所就读的乡村中学,依次递减,已经大为走样了。并非有意抵制,而是想象力有限,学得不像——也幸亏这"学不像",我方得以优哉游哉地度过了"文革"的最初岁月。直到学校停课,师生结伴四处游荡(美其名曰"大串联"),我才真正"投身运动"。

等到我觉悟过来,下决心出去闯荡世界时,中央已下令不得随意拦截汽车、火车等交通工具。也就是说,这回的长征,真的得学老红军,依靠自己的两条腿了。可想而知,这样的"串联",规模不可能"大"。

到底建立了什么战斗队,我也忘了;反正拿到了一张可以当路条和食宿证的介绍信。走出校门不远,十几位本就不熟悉的同学,卷起红旗,作鸟兽散。胆子大的,直奔广州;我因为有两个弟弟(一念五年级,一念三年级)同行,只好取其次,先到汕头再说。45公里路程,全靠脚板丈量,还是相当遥远的。跟着一杆红旗,走不动,歇一阵,再跟上另一杆;反正潮汕公路上红旗飘飘,不会迷路的。就这样走走停停,到了下午四点多,还有三分之一的路程,只好出钱雇一辆脚踏车,把我们送到市里的红卫兵联络站。

白吃白住,除了到市委大院看大字报,就是游览几处本就不大、而今又经"破四旧"洗劫的名胜古迹。休息了五六天,正准备继续进发,接待站工作人员告知广州流行传染病,不免有点犹豫。那天上街,闻到烤白薯的香味,当即决定打道回府。日后读《世说新语》，得识晋人张翰见秋风起而思吴中莼菜羹、鲈鱼脍，遂命驾归乡，感慨"深得我心"。

回家的路，似乎更遥远。好在半路上遇见一运货的三轮车，允许我们轮流推车坐车，像闹着玩一样，居然平安归来。此举大得父母赞扬，认为有兄长气度；可同龄人则讥为"胸无大志"。

终于"复课闹革命"了，主要任务是批斗走资派。一个小小的中学（实际上只有初中部），哪来那么多"走资派"？先是斗校长，后是打教师，反正我都不认识，也不想参加。出生教师世家，别的没有，师道尊严总还记得，无论如何不能从容上阵。而且，一想到自己的父母也在别的学校挨斗，便没有兴致介入这种残酷的游戏。

说自觉抵制"文化大革命"，那是吹牛；当时只是自居边缘，不冷不热。不曾独立写过一张大字报，联署的则有好几张，不过全都无关紧要，因为老师的名字我还没记全。写大字报的笔墨纸张，可以自由领取，于是颇有开始"练毛笔字"的——我自然也不例外。还有，就是填写各式气魄雄大的"诗词"，模仿同代人谁都能脱口而出的"独立寒秋""北国风光"等，居然博得工宣队的表扬。

唯一美好的记忆，是到学校设在山里的农场劳动。住大棚，吃大锅饭，感觉颇为新鲜。白天没多少活，天一黑，带上手电筒，到稻田里抓田鸡，或者在清澈的小溪捕鱼。强光下，田鸡和小鱼全都晕头转向，很好下手。若干年后，回想自己在"文革"中的所作所为，终于明白，当初为何称毛泽东思想是威力无比的探照灯。

1969年夏天，我初中毕业了。升学是不可能的，出路只有两条,或到海南岛当农垦战士,或回祖籍务农。相信家乡的父老乡亲,于是我转到粤东一个小山村,兼及"回乡"与"插队"。不出所料,半年后,家乡人照顾,让我当上了民办教师。教了一年半书,就在"前程似锦"的紧要关头,辞去极为难得的"孩子王"工作,进了另一所乡村中学——"文革"前后的潮安四中,当时叫磷溪中学。

接着念高中,语文好办,凭着自家功力,轻而易举便能对付过去。但从没学过数理化,可就惨了,只好恶补。一个暑假,全用来自习数学,开学后勉强跟得上。物理、化学则是一窍不通。最初几周,浑身不自在,就怕老师提问。好在那时的功课不紧,再加上人不太笨,紧赶慢赶,到学期末,我已经游刃有余。

别人还必须老师帮助肃清"读书无用论"的流毒,我是弃教职而来求学的,自然珍惜这读书的权力与机遇。如此念书,成绩自然极佳——有一学期各科平均99分半。这才真叫"山中无老虎,猴子称大王"。中学毕业四年后,高考制度终于恢复,可我根本不敢报考理科,就因为有自知之明——我那连年百分的数理化其实"含金量"很低。

念初中的古巷中学,门前是一面积不大的池塘,不能游泳,大概也养不了什么大鱼;念高中的磷溪中学,虽建在一座小山上,高度不够,也无法像大寨人那样"站在虎头山,胸怀全世界"。不过,学生生活总是让人留恋。能有机会钻进中学,多念两年书,在我便已心满意足,不曾考虑合不合算。日后之得以上大学,改变整个命运,与当初"不计成本"求读书,不无关系。

乡村中学办学条件差,学生无法寄宿,每天上学,得走十几里路。从小学一年级起，我就是走读（因父亲所在的农校办在一座大山脚下，子弟只好就近入学），因而练就快速走路的绝招。大路转小路，山坡转田埂，对我来说，根本不在话下。令我高兴的是，那高高扬起的牛鞭，不再时时在眼前晃动。说来有点不可思议，当地农民对政府办农校占用土地不满，将愤懑转嫁到我辈农校子弟身上。于是，上学路上，常被牧童（在大人的陪伴下）拿牛鞭抽打。惹不起也躲不开，只好经常绕道。那时，习画的父亲对李可染的各式牧牛图赞不绝口，受到我们兄弟的一致反对。如今可好了，混入了"贫下中农"的队伍，上学再也不怕骄横的牧童了——万一需要，还可以打上一架。

与极为压抑的初中生活相比，我的高中念得很开心。那时，父亲还没"解放"，是否"国民党特务"（因1948年从谋生的台湾赶回来参加共产党领导的游击队）尚无定论，村里干部睁一只眼闭一只眼，让我教书；磷溪中学的老师也不在意，照样在大会小会表扬我。这大概是我最受宠的"黄金时代"。当然，其间有个大背景：邓小平重新上台后，着重抓教育，我所在的中学生源不太好，且受"读书无用论"影响较深，像我那样不用督促便肯认真念书的极少，老师们方才如获至宝，一点也不计较我的"出身"与"态度"。

两年高中，除了念书，还有件雅事值得一提。学校组织文艺汇演，我自编自导自演了一出话剧（记得是关于植树的，主题并非"环境保护"，而是"阶级斗争"）。本来只是编剧本，只因没人愿意替我"抛头露面"，只好亲自上阵。正式演出时，前面的节目拖场，主持人问我能否"割爱"，我非常愉快地答应了。因为，我实在没把握能让同学们耐心把戏看完而不骂街。如此"粉墨生涯",还没开场,便已鸣金收兵。

至今,我还很怀念我的高中老师,以及我那并非五彩缤纷的中学生活。在那个荒凉的年代,如此不太受污染的野花,确实也只能生长在乡间。有时,我甚至想,当初如果不是在乡下上的中学,而是有幸进入大城市里的名校——那里"阶级斗争的弦"肯定绷得很紧,我反而不可能有如此温馨的回忆。

如此说来,我之就读"无名"的乡村中学,并非坏事。

1999年2月9日于京北西三旗
(初刊《中华散文》1999年第6期)

五味杂陈的春节故事

闲来翻阅宋人蒲积中编《古今岁时杂咏》（辽宁教育出版社，1998年），有个小小的"发现"：同是吟咏节庆，好诗不集中在分量最重、名气最大的春节，而更倾向于元宵、清明、中秋、重阳。单从篇数看，除夕（卷四十一、卷四十二）加元日（卷一、卷二），总共四卷，是规模最大的。可惜多有应景之作，或故作高深，或堆砌辞藻，或豪言壮语，或叹老嗟卑……相反，那种清新、家常、优雅、豁达，不学诗也都过眼不忘的，少而又少。王安石的"爆竹声中一岁除，春风送暖入屠苏"（《除日》），算是其中流传最为广泛的。此外，唐人高适的"故乡今夜思千里，霜鬓明朝又一年"（《除夜作》），也能为无数远游的今人所记忆。至于唐人李约的"称觥惟有感，欢庆在儿童"（《岁日感怀》），以及宋人苏轼的"白发苍颜五十三，家人强遣试春衫"（《和子由除夜元日省宿致斋》），在节日的喜庆中不乏感慨与无奈，还包含着某种童心与顽皮，让我称羡不已。

读多了岁时纪胜之类诗文，很容易误认为唐宋元明清乃至当代中国人，都过着同样长短、同样色彩、同样声响的春节。其实，不仅南北不同，城乡有异，时代更是千变万化，稍有年纪的，大都经

— 辑三 自家生活 —

历了诸多"截然不同"的春节。这里的"不同",一半缘于自己,一半归属时代。因此,添上唐人刘希夷的"年年岁岁花相似,岁岁年年人不同",或许更有说服力。

小时候只知道喊"过年啦""过年啦",记忆中,除了剪头发、穿新衣,吃甜粿,放鞭炮,再没有别的滋味了。长大后,方知这古今中外、东西南北、富贵贫贱的"过年",其实不是一个味。落实到个人,更大的可能性是"五味杂陈"。记录在书本上的,是普天同庆的"民俗";留存在脑海里的,方才是自家的"真生命"。正是这些带着时代印记的悲欣交集的故事,值得你我再三追忆与琢磨。

我记忆中最为凄风苦雨的春节,当数1968年。那年的大年初一,我是在广东汕头农校的养猪场里度过的。随着"文化大革命"的"深入展开",父母亲都进了牛棚,农校家属区的气氛变得异常诡

图 3-10 远眺汕头农校

异。表面上，太阳照样升起，可谁家出事，谁家得意，大家心里一清二楚。同是落难，没多少信息可以交流；革命群众警惕性又很高，你不仅问不出所以然来，还可能给父母添乱。我家唯一的"信息源"是农校养猪场的大在叔（很抱歉，不识大名，只记读音）。他出身好，又无一官半职，说话无所顾忌。因此，我喜欢与他聊天。在力倡"过一个革命化的春节"的时代，他只能在养猪场过年，无法回十几里外的老家团聚。于是，大年初一，我陪他打扫猪圈，顺便听他讲述学校搞运动的诸多内幕。听到批斗会上父亲如何挨打，心里很难受，回家后狠狠哭了一场。时隔多年，我还记得回荡在养猪场里那句朴实的话：甭（勿）惊，人生就是这样，有时星光，有时月亮。

1979年的春节，我是在广州度过的。作为七七级大学生，刚念了一年书，这回的寒假不回家，一来路途遥远，二来经费紧张，三来也想见识见识这大名鼎鼎的羊城花市。多年后，读到中山大学黄天骥教授的长篇乐府《花市行》，其开篇固然喜人："花拥五羊春满路，倾城争说买花去。东风浅笑过墙来，轻逗几点黄昏雨。"更让我感叹不已的是其结尾："重霄乍觉彩云开，仿佛花魂喜满腮。如许春花来不易，寄语东风着意栽。"这首初刊1979年除夕《羊城晚报》、现收入《岭南新语》（花城出版社，2014年）的《花市行》，除了描写热闹的花市光景，还夹杂若干时代氛围的渲染——那种意气风发，日后难得一见了。还记得拥挤的街道两旁繁花似锦，人海如潮，虽略显杂乱，自有浓浓的喜庆味。在广府人必买的金橘、桃花和水仙中，我挑了一枝桃花——因为便宜，而且绽开的时间比较长，这符

— 辑三 自家生活 —

合穷学生的趣味。至于"行桃花运"或"大展宏图"（桃），非我那时的学识及方言所能及。

自1984年9月入京念书，此后的春节大都是在京城度过的。伴随着旧时民俗的逐渐复兴，我逛过不少"与时俱进"的庙会，从卖平民小吃为主，到假扮皇家礼仪，从高挑的风车及冰糖葫芦，到号称无污染的电子鞭炮，唯一不变的是拥挤与嘈杂。记得清人潘荣陛在《帝京岁时纪胜》中描写京城的"元旦"："闻爆竹声如击浪轰雷，遍乎朝野，彻夜无停。更间有下庙之博浪鼓声，卖瓜子解闷声，卖江米白酒击冰盏声，卖桂花头油摇唤娇娘声，卖合菜细粉声，与爆竹之声，相为上下，良可听也。"今天即便你逛庙会，欣赏到的也不再是如此"市声"——那些有腔有调的吆喝，属于"表演"而非日常生活。眼看京城里的景物及声音日渐单调，加上"天增岁月人增寿"，若无特殊需要，就不再往庙会挤了。

我在京城所经历的最为惊险的春节，乃1980年代末——具体是哪一年，记不清了。除夕晚上阖家团聚，这是过年的最大兴致，若有可能，一般人都不会错过。忙乱了一整天，酒菜都准备好了，正想喊开饭，突然发现岳父不见了。他有傍晚外出散步的习惯，可今天是除夕，好不容易三兄妹回家团聚，岳母一大早就叮嘱早点回家。可等啊等啊等，六点不见人，七点不见人，七点半还是不见人。沿着他平日散步的路段来回寻找，挨个给常见面的老朋友打电话，全都未见踪影。岳母急死了，不知如何是好，打电话到附近的派出所，问有没有走失的老头……一直到八点半，他老人家才慢悠悠地推门进来。全家人又喜又气，喜的是终于平安归来，气的是他竟然看电影去了。说是走在街上,看到《木棉袈裟》的电影海报,忘记今夜是除夕,一头扎进去,经历了好一番腥风血雨,才散场回家。在《千古文人侠客梦——武侠小说类型研究》(人民文学出版社,1992年)初版《后记》中,我提及"父亲少时练过武术,连带喜欢武侠小说。去年读了我论武侠小说的文章,父亲旧瘾复发,让我二弟给找了一部《神雕侠侣》,一拿上手就不愿放下,以致因对病弱身体非常不利而被我母亲勒令'下不为例'"。现在想来,除了父亲喜欢武侠小说,还得再添上岳父的酷爱武侠电影,方才成就我那本"雅俗共赏"的专著。

1994年的春节,我和妻子是在东京度过的。辽宁教育出版社1996年版《阅读日本》中《"初诣"》一则,说的便是我们在日本"过年"的故事。先到音乐厅欣赏新年音乐会,再到位于千代田区永田町的日枝神社参拜。临时搭起的棚子里,参拜者依次品尝屠苏酒,我自然从俗。新正时节,饮屠苏以防病驱邪,这习俗大概起源于汉代,起码《荆楚岁时记》中就有记载。从日枝神社转到港区芝公园的增上寺,已是凌晨两点。不知是夜深游人倦呢,还是日本人更喜欢神社,反正大雄宝殿里奉纳者不多。回家补睡了一觉,元旦下午还赶了一场明治神宫的热闹。没错,这里说的是新历"元旦",而不是古书上说的"元日"。原因是,明治维新后,日本历法改革,将原本属于春节的礼仪及民俗,全都转移到了"新年伊始"的元旦。

这回可是有照片为证,2008年的春节,我是在香港度过的。那年1月起,我应聘出任香港中文大学中国语言及文学讲座教授。除夕下午,偕妻子到港岛的朋友家过年,顺路观赏了香港摊位最多、最为热闹的维多利亚公园花市。与我20年前看到的广州花市不同,这里既不拥挤,也不喧闹,一切井井有条,但同时又少了那种杂乱中不断升腾着的洋洋喜气与勃勃生机。香港春节放假三天,不可谓不重视;可整体氛围就是不及圣诞节。这不是政府决断,而是民众趣味以及商业驱动——我在香港过了好几个圣诞节,深知在这座中西合璧的国际大都市里,节庆的文化、政治及商业力量如何携手并进,相得益彰。

这就该说到最近的一次"过年"了。翻查日记,很遗憾,去年的春节我过得很窝囊。除夕那天上午,改定了书稿《抗战烽火中的中国大学》,随即将电子版发给了北大出版社;下午略为打扫房间,晚上外出吃饭。不幸的是,回家路上略有耽搁,因此受了凉。初一至初七,全都在与感冒顽强抗争。

事后想想,古人之所以设计各种节庆,宗教意味之外,不就是为了因应张弛有度的生命节奏?因此,不该违背古训及自然规律。过年了,不再赶工,管他公活私活、俗事雅事,全都暂时搁置。

这你就明白我今年的春节准备怎么过了吧,两个字:歇着。

2016年2月4日于京西圆明园花园

(初刊澎湃新闻2016年2月14日)

扛标旗的少女

——我的春节记忆

作为民俗的春节与作为个人记忆的春节是两回事。你兴奋不已的,他人未必感兴趣;反过来,别人津津乐道的,你也很可能插不上嘴。说全国人民享有"同一个春节",在我看来近乎幻象。共享的,只有休假与美食;就连团圆与否、鞭炮有无,如今也都成了未知数。其他习俗,更是因时因地因人而异。

我记忆中最美好的春节,属于1986年。无关"国泰民安"大格局,纯属自家小问题。那年,我第一次偕新婚不久的妻子回乡。三兄弟都娶了媳妇,阖家团圆,自然是其乐融融了。父母亲私下支招,为了逗不懂普通话的祖母开心,妻子临时抱佛脚,学了几句潮州话。这一招很管用,原本叮嘱不要找"不会说话"的媳妇的祖母,如今连连夸奖这孙媳妇好,会说话。日后的春节,或南北遥望,或人天相隔,如此温馨的场面,再也没有出现过。因此,在我记忆中,那年潮州的天特别蓝,笑脸特别多,潮州柑特别甜,潮州大锣鼓也特别响。

偶尔与皇城根下长大的妻子聊起来,她也对这个在南方小城度过的春节特有好感,而且还提及一个细节——大年初一西湖边观看潮州大锣鼓,那些扛标旗的少女很可爱。想想也是,走南闯北这么多年,观赏过诸多节庆场面,要说闹中取静、武中有文、俗中带雅,还属潮州大锣鼓队中扛着标旗"招摇过市"的靓女们。

作为粤东地区及东南亚流传极广的传统音乐,潮州大锣鼓兼及锣鼓乐与管弦乐,特别适合于行进中表演。关于潮州大锣鼓的历史溯源及演奏特点,自有专家论述,我只知道,相对于固定舞台或典礼表演,节庆时的巡游最见风采。配合着神像、花车、舞蹈、标旗,以及不时炸起的震耳欲聋的鞭炮,这个时候的潮州大锣鼓,虽仍有迎神赛会的意味,但其周游街巷,祈福远大于酬神,人间趣味占绝对优势。

所谓"百里不同风,千里不同俗",即便都是春节巡游,各地的鼓乐与花车也不尽相同,难分高低。比起踩着喜庆的锣鼓点上蹿下跳、威武刚猛的舞龙或舞狮来,潮州大锣鼓队中扛着标旗默默行进的少女,实在是过于娴静了——既不唱,也不跳,只靠身姿与面容,还有肩上的各色标旗,吸引着无数围观的群众。

大概是读书人的缘故,我们首先关注的是标旗上绣着的大字:"一帆风顺""出入平安""国泰民安""吉祥如意""恭喜发财""改革开放""斗私批修""一心向党""实现四个现代化"……再加上"旅泰华侨""新加坡潮州商会"或香港某某公司捐赠的字样,真的看得你眼花缭乱。与各种口号或吉祥语之混杂相对应,这些色彩瑰丽,用金线、银线、绒线绣制而成的旗帜,同样新旧杂陈。为什么会这样呢?因潮绣从属于中国四大名绣之一的粤绣,制作考究,工艺繁复,绣一面精美的标旗,需花不少时间。因此,各村镇锣鼓队的标旗,都是逐渐积攒起来的,自然带着时代的印记。

图 3-11　潮州巡游（陈高原画）

这些精心制作的标旗，平时妥善收藏着，过年过节或重要庆典时，方才用竹竿穿起来，由妙龄少女横扛着，随同锣鼓队巡游乡里或城镇。前头挂一小袋潮州柑，寓意"大吉大利"，后面的竹梢随步伐上下颤动，更显少女之婀娜多姿。至于扛标旗的少女，穿华服，戴墨镜，步态轻盈，面容娇美，更是万众瞩目。

前些天在东京的东洋文库与日本学士院会员、东京大学名誉教授、现任东洋文库图书部主任的田仲一成教授聊天，说起他当年拍摄潮州祭祀戏剧相关照片，我问还记不记得那些扛标旗的标致少女。他连声说记得记得，只是没注意这些少女是否长得漂亮。

田仲先生1978—2012年间在中国各地及东南亚各国所拍摄的有

— 辑三 自家生活 —

关祭祀演剧的资料照片 35,044 枚，现挂在日本东洋文库网页上，可查询并下载（hppt://www.toyo-bunko.or.jp）。我以"潮州"为主题词检索，得 943 枚，其中 1980 年阴历七月初十拍摄的香港筲箕湾巡游，有 9 张出现少女挑花灯或扛标旗的情形。拍摄者研究祭祀与演剧，故注重场面及氛围，图片上的少女，或仅存背影，或只露半边脸，没有特写镜头。这明显不同于街边围观民众的观赏趣味。有人拜神像，有人听锣鼓，有人赏标旗，但更多的是指点这个或那个姿娘仔（潮州话，指未婚少女）"好看""雅绝""有架势"。这里所评说的，包括面容、扮相与步态，混合着舞台感与现实性。

这些扛标旗的少女，随锣鼓队走大半天路，很累人的。可这是个好活，大家抢着做。"文化大革命"中，我在潮汕某山村插队，有机会仔细观察农村里的春节活动。1974 年冬天，大队宣传委员被抽

图 3-12　香港巡游（田仲一成拍摄）

调学习，我代管三个月。筹备春节联欢活动，那可是宣传委员一年中最吃重的活。作为"临时代办"，我注意到，为了这扛标旗的四个名额，各房头及大队干部争得死去活来。哪个房头都有好看的姿娘仔，凭什么让她们几个独享荣耀？要知道，有了这堂堂正正地在公众面前展示风采的大好机会，春节过后，自然而然就成了本村乃至四乡六里的名人，还愁嫁不到个好人家？以至于介绍某某女孩时，你只要说她曾扛过标旗，大家就能想象她的相貌、人品、家世、步态等。

2004年春夏，我在巴黎某大学教书，刚到时，便听朋友绘声绘色讲述春节前香榭丽舍大街上的花车游行。那是为了纪念中法建交四十周年，官方主持、民间组织的大型文化活动。来巴黎之前看过相关报道，说潮州大锣鼓作为此次新年大巡游的压轴节目，如何引发了现场观众的阵阵喝彩，其中还特别提及那15支用中法两种文字绣着新春祝语的标旗。出于好奇，我问这位朋友，注意到那些扛标旗的少女没有？很遗憾，对方一脸茫然。

开始有点丧气，后来我想明白了——如此华丽且宽广的大街，本就不是扛标旗少女的舞台。我相信，除了若干怀乡的潮汕人，现场其他观众，都被充满动感的舞龙或舞狮吸引，而很少关注那十几个体态婀娜、笑容可掬、安静地走在大街上的少女——即便习惯于T台表演的名模，走在香榭丽舍大街上，与喧天锣鼓及华丽花车竞争，也不见得能取胜。

这就说到，我们潮州那些扛标旗的少女，生活在乡村或小镇上，没有受过任何走T台或戏剧表演的专业训练，只是偶然被选中，便扛上标旗，近乎无师自通地"摇曳多姿"起来。这是巡游队伍中一道靓丽的风景，其特殊魅力在于与围观民众的良好互动——熟悉更好，不认识也没关系，都处在同一个生活圈。某种意义上，这是农业社会自娱自乐的"选美比赛"加"时装秀"，更适合于走在乡镇或小城的街道上，而不属于繁华的大都市。

在《朝花夕拾·五猖会》中，鲁迅曾感叹张岱《陶庵梦忆》描写的赛会"真是豪奢极了"，为了扮演梁山泊好汉三十六将，而"分头四出，寻黑矮汉，寻梢长大汉，寻头陀，寻胖大和尚，寻茁壮妇人，寻姣长妇人，寻青面，寻歪头，寻赤须，寻美髯，寻黑大汉，寻赤脸长须"，这样的雅兴与壮举，"早已和明社一同消灭了"。不仅仅是钱的问题，生活形态变了，游神赛会的形式与风格也必然随着改变。同样道理，随着电视普及、网络便利、出游频繁，眼界日渐开阔的年轻人，或许不再围观、欣羡那些扛标旗的少女了。

我注意到一个细节，这些很可能一生只有一次扛标旗机会的少女，随潮州大锣鼓巡游时，普遍戴着墨镜。这可不是为了遮阳，也不是为了扮酷，而是便于少女在行进或歇息时观察路边群众。这里用得着卞之琳的《断章》："你站在桥上看风景，看风景的人在楼上看你。"我很好奇，不知这些曾戴着墨镜、扛标旗走过乡镇或小城的少女们，多年后，如何追忆此等风光时刻？

2016年2月1日于日本德岛大学客舍

（初刊《人民日报》2016年2月22日）

冰糖鸡蛋

那是40年前的事了。正在粤东山村插队务农的我,突然听闻国家准备恢复高考,一开始半信半疑,在外工作的父母来信确认,并催促赶紧准备。于是,我振作精神,竖起脊梁,进入了紧张的复习状态。

我插队的地方,是个将近三千人口的大村子,前有水塘,背靠大山,巷子很窄,房屋密密麻麻。阿嫲(祖母)住的地方离我很近,就隔着两间邻居的屋子。村里虽有电灯,但经常停电;别说电视机,连收音机都不多见。入夜以后,除了青年间(未婚男子聚居的地方)比较热闹,一般人都睡得很早。我家是例外,除了我夜里读书,还有就是窗外刚好有一公用的碓臼,傍晚或凌晨时分,敦敦之声不绝于耳。舂米或舂粿须两人配合,一人脚踏让碓上扬下落,一人在石臼边抹匀被舂的稻谷或粿粞,劳作时说说笑笑。

晚上九点后,人声渐歇,书屋方才安静下来,那是我凝神静气复习功课的好时光。自从打定主意参加高考,我每晚都会复习到一两点。

图 3-13 多年后，阿嬷在潮州新家阳台（1990 年 2 月）

阿嬷不知从哪里打听到，熬夜很伤神，吃隔水炖的冰糖鸡蛋可润肺滋阴，属于温补。于是，每天晚上十一半左右，阿嬷就会打开门，冲我的住处喊一声"平原——"。夜深人静，听得很清楚，我赶紧放下书本，跑过去吃一碗又香又甜、软硬适中的冰糖鸡蛋。吃完宵夜，继续回去念书，阿嬷总不忘叮嘱一句，别太晚了。阿嬷耳朵很好，我偶有太迟睡觉，第二天她就会提醒。

有天饭后，阿嬷突然说：考大学很好，但别走得太远了。我一时不知怎么回应。阿嬷又补了一句：将来出去读书，别娶不会说话的老婆。阿嬷不会说普通话，怕跟孙媳妇无法沟通。我当时笑了，说阿嬷你想得太多了，还不知道能不能考上呢。

事情的进展果如阿嬷所料，我真的考上了中山大学，毕业后又到北大读博士，不仅越走越远，而且还娶了个北京姑娘。第一次回乡，妻子临时学了几句潮汕话，现炒现卖，虽然发音不准，阿嬷还

— 冰糖鸡蛋 —

是很高兴，逢人便说，这孙媳妇好，"会说话"。我明白阿嫲的意思：孙媳妇虽不懂潮汕话，无法跟她多聊，但体贴人情，会哄老人高兴，这就行了。

阿嫲不识字，但崇尚读书。父亲七岁那年，阿公（祖父）就因病去世了。孤儿寡母，生活不易，可非要争口气不可。先卖首饰，后卖田地，阿嫲居然供父亲从小学念到了高中。若不是父亲受共产党影响，中学没毕业就上山打游击去了，说不定还能供他上大学呢。为供父亲念书，阿嫲很舍得花钱，不用说，因此也就家境衰落。到了土改时，我家田地已很少，评为中农，免去了日后很多屈辱，真是因祸得福。

也正因此，陪伴我回祖籍插队务农，阿嫲支持我"耕读"。知道参加高考很要紧，从不唠叨我深夜读书，只是暗暗打听补身子的办法。在当年的山村，物资极为匮乏，这冰糖鸡蛋已经是上好食材了。

我终于考上了大学。离开山村前，父母和我们三兄弟在村口合影，纪念这乡下八年的艰难日子。那时相机很少，拍照是技术活，故专

图 3-14　离开山村前夕，父母和三兄弟（1977 年 12 月）

门从城里请来了摄影师。可阿嬷无论如何不愿意进入镜头。

多年后,每当拿起这张极为难得的老照片,我都会记起阿嬷拒绝入镜的凄婉神情。当初只觉是她不喜欢拍照,随着年龄增长,阅历渐多,我方才体悟阿嬷那一刻的悲欣交集。

2017 年 6 月 5 日于京西圆明园花园

(初刊《人民日报》2017 年 6 月 24 日)

那是决定自己命运的关键时刻

当初在乡下,最大的痛苦不是钱多钱少,而是根本看不到出路

1969年初中毕业,因为父母被批斗,我无法继续念高中,就插队务农去了。我当年上山下乡有两个途径,一是到海南岛的生产建设兵团,一是回到我的祖籍广东省潮安县磷溪公社旸山大队去插队。回到祖籍,父老乡亲们相对来说会比较照顾。我1969年10月下乡,1970年2月就当上了民办教师。民办教师也是农民,但主要任务是教书。就像阿城小说《孩子王》写的那样,我带着学生,一边教书,一边读书,当然也一边劳动。平时要种自家的自留地,农忙也必须去公家田里参加劳动。

在同代人里面,我是比较幸运的。因为,我在乡下八年,有好多时间是在当小学老师和初中老师。而且,我还在邓小平第一次复出的那段时间去补念了两年高中。当时根本没办法预料将来还有可能上大学,只不过见缝插针,只要有机会,我就想读书。当年很多

图 3-15　重回当年教书的地方，与老同事合影（2019）

人认为我很傻，因为民办教师是一个很好的工作，我去读高中回来，就没有这个位置了。再过了一年，才有了新的机会，我又当老师去了。在同代人中，我的学历是最完整的：从小学、初中、高中、本科、硕士、博士一直读下来，只是中间被切成一段一段的。

北方因为气候原因，一年有四个月不能下地劳动，所以，东北很多知青参加宣传队，会写诗、绘画、唱歌、跳舞、说相声等，而广东一年 12 个月都能下地劳动。我们有大量的农田改造工程，说是农业学大寨，高的地方往低的地方搬，没沟的地方硬要挖一条河……当初认为农业机械化是我们发展的道路，可我下乡的地方人多地少，加上一半是山地，根本不适合于做这种改造。改造的结果，就是把下面的生土翻上来，熟土反而压在下面，收成不升反降。

因为我有民办教师这个工作，劳动强度没有当地的农民大。前期只是记工分,后期每个月除掉工分,还有五块钱的津贴,相对于其他人来说,应该是很不错的了。只不过当初在乡下,最大的痛苦不是钱多钱少,而是根本看不到出路。我相信很多下乡知青都有这个感觉。

今天的孩子们可能觉得,下乡几年,没问题,挺好玩的。但我们当初不是这么想,是准备一辈子扎根农村的。我先下去,然后我奶奶把两个弟弟也带去了。我爸爸后来回忆,说我当年有一句话让他伤透了心。我说,没想到我们三兄弟会屈死在这个小山村里。说实话,如果不是政策改变,单靠个人的力量是走不出来的。我在小学教书,教得很好,两次被推荐去上大学,最后都走不了。

图 3-16 原旸山学校(陈高原画)

— 辑三 自家生活 —

我在小地方，没有能力获得各种小道消息，只能通过看《人民日报》来了解时局变化。那些有大量城市知青集合的地方，信息比较丰富，知青们也见多识广。比如说北京知青在东北或陕西，他们有自己的流通渠道，会传播各种政治消息。在那个闭塞的年代，"小道消息"很重要，但必须进入那个网络才能获得。插队知青相对来说比较闭塞，像我在乡下，孤零零的，知道的东西很少。

担心体重差一斤不能被录取

我父母是中学和中专的语文老师，家里本来就有藏书。"文化大革命"刚开始，这些书就被查封了，我下乡以后，我母亲先解放出来了，就要求把那批书还给我们。所以，我是靠那一批"文革"前父母积攒下来的书籍来阅读并成长的。

那些书籍决定了我日后读书的方向。比如，后来我在中山大学、北京大学念书时的名教授，像黄海章、王季思、吴组缃、林庚的书，我家里有。而我的博士导师王瑶先生"文革"前出版的书，我家里几乎也全都有。那些书当时读不懂，但随便翻翻，多少总有收获。所以，等于是先天地规定了我只能走这条路。比如说，我家里没多少社会科学方面的书，自然科学的那就更没有了。我在乡下能读到的书，大都是文史方面的，像古典小说、古典诗词，或者翻译的诗集，以及文学史、中学语文教材等。

我读高中的时候，各科成绩都很好，平均分数是99点几，除了体育课，其他都是满分。但是我深知，我回乡下劳动几年，再来参加高考，数学和物理是不可能考好的。所以我只能选文科，这跟家里这方面藏书多，以及个人的阅读兴趣有关系。

对我们那代人来说，抓住读书的机会，这是最关键的。至于毕业以后，哪个学科的知识更管用，不知道，也没想过。可以这么说，只有七八十年代，才有那么多人坚信"知识就是力量"。以后的孩子们，嘴上也许也这么说，但不见得会相信。可我们那代人真的相信，所以，只要有读书的机会，哪个地方都去。

我在山村学校当语文老师，所以，语文课是不复习的，闭着眼睛走进考场都可以。我需要认真复习的科目是数学。因为数学隔了几年不读，会忘掉的。加上我本来就是在农村中学学的数学，水平有限。当年不考外语，对我们这些离开校园多年的人来说，数学是决定能否被录取的关键。所以，我从得到消息可以参加高考，到正式走进考场，时间基本上都用在复习数学上。

其实77级、78级能够考上大学的那些人，大部分都是在"文化大革命"中没有完全放弃读书的；如果不是这样，那么短的时间是准备不过来的。这么多年，我们没有完全放弃阅读，但因环境限制，绝大部分读的是文学或文史方面的书。所以，有机会参加高考，我们首先集中精力，把跟日常生活关系不大的数学补上来。我知道好多我的同代人都是这样做的。

恢复高考第一年，各省自己命题。广东的作文题目是"大治之年气象新"。我的作文先是在省里电台广播，后来登在《人民日报》上。这有很大的偶然性。我是语文老师，参加高考，作文必定中规中矩，稍微有一点点小才气，这样就行了。太过文采飞扬的，或者太有个性的，反而不符合高考作文的要求。考场中，基本上没有好文章，自古以来就是如此。

只能说我很幸运，有了这个机会，能让我走进中山大学。这里有个很好玩的故事。高考之后，需要体检，那个时候我很瘦，至今记得很清楚，体检记录是99斤。听说大学录取新生有规定，男生必须达到50公斤。我特别沮丧，因体检规定早上不能吃东西，我要是偷偷吃一个红薯，肯定就过了。为了这差一斤，那段时间我非常焦虑，很怕因此而不被录取。后来听上过大学的人讲，不同专业要求不一样，念文学的，瘦一点胖一点关系不大，这才比较放心。

大家都是硬着头皮往考场里面走，谁都没把握，但又谁都有可能性

报名参加高考的时候，就填报了志愿。我妻子在北京，她报的第一志愿北大，第二志愿北师大，第三志愿南开大学。这在我看来是很不合适的，三个志愿同一个级别，如果第一志愿录取不了，就三个都录取不了了。因为她此前在东北插队，好不容易回到了北京，她说，比天津更远的地方我就不去了。

我不一样，在山村插队，哪个地方有读书的机会，我都去。所以，我第一志愿是中山大学，第二志愿是华南师范学院，第三个志愿是肇庆师专。专科、本科、重点大学都报了。报了中山大学，还被同事嘲笑。她觉得我不自量力，怎么能考得上中大呢！因为，中大在华南是最好的学校，而且，十年没招生，这么多人集中在一起，

那是决定自己命运的关键时刻

山外有山，天外有天呀。对于77年底参加高考的人来说，没有录取的标杆，大家都是硬着头皮往考场里面走的，谁都没把握，但又谁都有可能性。

我们三兄弟同时参加高考，我是老大，老二已从乡下回到城里，在工厂工作，比较稳定，所以他复习就三心二意，最后就我和老三考上了。当初并不觉得上不上大学有那么重要。有人因为年纪较大，结婚生孩子，拖累比较重，就没有参加高考；有人是不相信高考真的会按照分数录取，因为此前工农兵学员招生时也有考试，但那只是做做样子；有人是因为自己没下定决心，当然也有人因领导的阻挠而没能报名参加高考。但是，凡参加高考的，绝大多数人将来都会感觉到，那是决定自己命运的关键时刻。

当时我做好了思想准备，连师专都准备去读了，万一还考不上，那就明年再考。肇庆师专最先发录取通知书，然后是华南师范学院，中山大学要晚好几天，那几天我特别紧张。

我在乡下教书，参加县文化馆组织的各种活动，写的诗歌、小说、剧本等，得到很多人的表扬。而且，此前两次被推荐上大学，都没上成。我知道被录取的成绩不如我，但是他们能上我不能，那是制度有问题。一旦恢复高考，以我的聪明才智，肯定是能走出来的。即便今年不能出来，明年也能的，所以我关心的是整个国家大政方针的变化。

我们这一届很特殊，77级大学生是1978年2月份才入学的，6月份是思想解放运动，12月份十一届三中全会召开，整个中国正是在这里转了一个大弯。77、78级的幸运就在于，用当时的话来说，我们跟这个国家一起走进新时代。所以，与以后各年级的大学生相比，我们有更多天之骄子的感觉。现在的孩子们，一边读书，一边苦恼毕业后找工作、买房子等问题。而这些，我们当初从没想过。之所以比他们单纯，是因为我们都知道毕业以后会有很好的发展前景。那时的大学毕业生是国家包分配的，所以，想也没有用。正因为不必考虑太多世俗事务，我们比较多地体会大学生活里青春的飞扬。

为了体现思想解放，有些今天看来很好笑的举措。比如，不只我所在的中山大学，全国大学生都让练习跳交谊舞。不管喜欢不喜欢，都必须学。因为，这代表新时代的新风气，或者说一种新的生活方式。还有，各个大学都有自己的文学社团，中大学生办《红豆》杂志，全国十三所大学的学生社团合办《这一代》等。这些活动我都参加过，但从来不是主角。

我选择一直念下去，是因为我喜欢读书

今天怀念1980年代，会把它描述成一个非常美好的黄金时代。总的印象没错，但我提醒，如果说1980年代，请记得两首歌，一是《在希望的田野上》，一是崔健的《一无所有》。1980年代初期和1980年代中期，是不太一样的，而且，"阴晴未定"是常态。只不过，我们的大部分同学念完本科就工作了。毕业马上工作，路走得很顺，不见得非要念硕士、博士不可。

我选择一直念下去，是因为我喜欢读书，对就业没有特别向往。我是在中山大学念硕士的，因为有机会，那我就读。至于读博士，

— 那是决定自己命运的关键时刻 —

确实有点偶然。我到北京找工作，我日后的导师王瑶先生接受了钱理群等人的推荐，希望北大中文系录用我。报到学校去，北大有自己的骄傲，觉得从中大招聘毕业生不太合适，便告诉王先生，你要是觉得他好，就招他来念博士吧。念完博士留校，那就顺理成章了。因此，很荣幸，我成了北大最早的两位文学博士之一。有机会到北大念书，也使我日后的学术道路比较顺利。但我不是北大最早的博士，数学系、哲学系都比中文系早招博士生。我进北大，那时全校博士生中的男生大概五六十人，住在29楼。

我第一学期的室友是学国际政治的，第二学期的室友是化学系，第三学期以后的室友才是历史系的阎步克和高毅。不同院系的学生在一起，当然会有很好的交往与对话。可惜我后来结婚了，不太住学生宿舍。

那时读博，没什么专业课程，除了第一、第二外语是必修的。我的任务是每星期的一个下午到我的导师王瑶先生家里跟他聊天，他抽烟，喝茶；我喝茶，不抽烟。三年以后，我就被熏陶出来了。当初中国的博士学位制度刚建立，还在草创时期，并没有课程和学分的要求。好处是你自己读书，有问题向老师请教，老师就像师傅带徒弟一样跟你沟通、对话、传道授业解惑。我在纪念中国建立博士制度20周年的时候，应邀写过一篇文章，谈我当初怎么读博，学生们看了很羡慕。

现在各种各样的学分制度以及课程设计，保证了基本的教学质量。但所谓严格要求，往往是没有办法的办法。要是学生足够聪明且用功，应该让他自由发展。我们今天大学里开设那么多课程，有选课、分数、作业等要求，对于提高学生的整体水准有意义，但对于比较特立独行的人来说，那是一种不必要的限制，说严重点是扼杀。所以我才说，最近30年的中国高等教育，迅速提升了学生的普遍水准，但减少了特异之才。换句话说，模式化的教育，保证了基本质量，可牺牲了山高水低、自由发展。"文革"结束后培养的前几届硕士生、博士生，每个人都不一样；而最近20年的硕士生、博士生，同一个专业出来的，都差不多。

前些年北大做过一个改革试验，挑选若干所优秀中学，给名额，让校长推荐学生直接上北大。几年下来，我问招生办主任，为什么没看到特异之才。那些推荐上来的好学生，若参加高考，照样也能上北大。回答是：没有一个校长敢把偏科乃至某门功课不及格的学生推荐给北大。那么多人盯着，谁也不敢打破常规。我们都更相信考试制度，而不是伯乐的眼光与襟怀。而且，能上各地重点中学的，从小学到初中再到高中，一路冲杀上来，每门成绩都好，考试总在前面的，其实都被严格规训过了，很难有什么特异之才。

（初刊《北京青年报》2017年12月29日，收入《参事馆员见证改革岁月》，北京：人民出版社，2019年）

教育的责任与魅力

——在韩山师院"陈北国际交流奖学金"颁奖仪式上的致辞

二十多年前,父亲陈北(1925—1991)因病逝世,我悲痛万分。几年后的某一天,噩梦中惊醒,我写下短文《子欲养而亲不待》,其中有这么一段:"静夜惊梦,醒来时首先想到的,常常是《孔子家语·致思》中的那段话:'树欲静而风不停,子欲养而亲不待。往而不来者,年也;不可再见者,亲也。'本是古已有之的'永远的悔恨',可落实到每个具体的人头上,都感觉格外沉重。'子欲养而亲不待'的痛苦,不便向旁人剖白,旁人也无法使你解脱。特别是当你生存处境好转时,这种悔恨会成几何级数增加。"多年来,一直想用某种形式,表达我对父亲的思念之情。这回得到家人及亲友的支持,在韩师设立"陈北国际交流奖学金",让我很是满足。

父亲生前喜欢书法及吟诗作文,但算不上文学家。作为长期任教汕头农校的语文老师,父亲更重要的贡献在教书育人,还有就是培养我们三兄弟的读书兴趣。我曾在《父亲的书房》中称:"人们常说,看一个人的书房,就能大体知道其经历、趣味与修养。这话其实只说对了一半。看一个人父亲的书房,同样可以大体预测孩子将来的趣味与修养";"只有当事人自己,才会明白那可能早就消逝了的书房的深刻影响。我也是在父亲去世以后,整理其藏书,翻着儿时喜欢的各种读物,才猛然意识到这一点的。"十年"文革",我们三兄弟没有完全放弃读书,得益于父亲此前的言传身教。正因这一刻骨铭心的记忆,我和夏晓虹决定将自家藏书陆续捐赠给韩山师院,同时,在韩师设立以父亲命名的奖学金,奖励品学兼优的青年学生。

我们家三代教书,深知教育是最好的"投资"。当老师的都明白,所谓"教育投资"的巨大回报,主要不是金钱,而是知识、教养与人格。家人如此,家乡也不例外。潮州并不富裕,韩师也不完美,但潮人重视教育这一传统,在这一方水土上可谓根深蒂固。具体到个人,我相信两句大白话:一是"为善最乐",二是"做好事不嫌小"。

今年春天,我在潮州师范讲《如何谈论"故乡"》提及:"故乡确实不尽如人意,可这怨谁呢?你是否也有一份责任?对于远走高飞且在异乡取得很大业绩的你,在表达爱心与倾注乡情时,请尊重那些在地的奋斗者。"离开家乡多年,大贡献我做不了,只能小事情上尽力而为,比如在教育及文化领域,略尽绵薄之力。

至于设奖学金而指定"国际交流",那是因世界很大,潮汕很小,韩师学生不能满足于"站在笔架山,胸怀全世界",有机会还得多出去走走。某种意义上,这是潮人的习性——走南闯北,既开阔视野与胸襟,也寻找发展机遇。前辈谋生如此,后生求学也不例外。不能因地处"省尾国角"而自暴自弃,韩师学生完全有可能走得更远、更稳、更好。学校办在哪里是一回事,校长、教师及学生的心有多大是另一回事。想得到的，不一定做得到；但如果连想都不敢想，那就太可悲了。我相信，这所"千年学府、百年师范"，是有梦想的。希望韩师梦想成真。

照惯例，这种场合，需勉励获奖学生如何努力学习，更上一层楼。我教书多年，深知学生不爱听这些套话。那就免了吧。小时候常听祖母说"层花遮层叶"，意思是说，一代人管一代人的事，或者说管你该管的事；至于下一代或不归你管的，你想管也管不好。教育及督导韩师学生的重任，自有韩师老师承担，我再多说，就属于越界了。

因个人能力有限，这次获奖学生数量少且金额不大，这让我深感遗憾。希望有更多朋友伸出援手，在韩师设立各种奖学金、奖教金、纪念建筑或讲座。古人说："山不在高，有仙则名；水不在深，有龙则灵。"我想再添一句：校不在大，有气则赢。这个"气"，是志气、豪气、意气，也是神气。祝地处小城的韩山师范学院越来越神气。

2019 年 5 月 31 日于哈佛旅次

（初刊《潮州日报》2019 年 6 月 20 日）

文化馆忆旧

十年前，应复旦大学出版社"三十年集"丛书的邀约编自选集，很自然地，开篇就是恢复高考的故事。近日，因出版《陈平原研究资料集》的需要，我编"学术纪事"（1978—2020），也是从上大学说起。小引中提及："初中毕业后，因政治原因无法继续读书，只好于1969年10月回原籍潮安县磷溪公社旸山大队插队务农。山村生活八年多，除抽空念了两年高中，大部分时间在旸山学校当民办教师，真正种田的时间并不长。即便如此，也已深切体会'耕读'的艰难。一直到恢复高考，才得以离开山村，外出求学。"对我们这代人来说，谈学术成长从上大学说起，有道理，但不甚准确。因为前面的故事还很长，只是不太美好，故常被有意无意地忽视了。

这些年接受各种采访，多次谈及我在乡下的读书生活，制约的因素包括父母职业、家庭藏书以及民办教师的经历。近日想起，还有一点不该抹杀，那就是与潮安县文化馆的联系。起因是，前些天为著名画家林丰俗（1939—2017）在潮州美术馆的作品展撰序，注意到他1964年毕业于广州美术学院，到怀集县文化馆任职，1975

年调肇庆地区群众艺术馆，1981年方才转入广州美术学院国画系任教。16年粤西生活，除了创作《公社假日》《石谷新田》等一大批优秀作品，林先生应该还有培养业余作者的经历，可惜他这方面的工作，在其历年刊行的画册以及这次画展中，均没有得到体现。

从二十世纪二三十年代的民众教育馆，到新中国成立后的文化馆或群众艺术馆，这种推广成人教育以及开展群众文化活动的机构，是我们谈论现代中国下层社会的思想启蒙及文化生产时不该忽略的特殊组织形式。不同时期，因政策导向以及经济实力不同，文化馆的作用有大有小，但这条线始终没断。"文革"后期，除了八个样板戏，真的是百花凋零，文学则只有"鲁迅走在'金光大道'上"。这

图 3-17　潮州开元寺（陈高原画）

— 辑三 自家生活 —

个时候,各地方文化馆反而发挥了很大作用,不仅组织各种文艺汇演,还着力培养青年作者,显得颇有声势。虽然只是配合政治宣传,形式上也相当简陋,但在当年,也算是荒原上一抹隐约的亮色。但凡"文革"后期开始文艺创作的,大都曾得到各地文化馆的培养。这一滴水之恩,随着时代急遽转变,以及当事人上大学远走高飞,或转而从事专业创作,而被迅速遗忘。

我大概是1975年秋冬开始与潮安县文化馆建立联系的,此前山村教书,独学无友,孤陋寡闻,心里很郁闷。同样热爱文学的父亲,带我到那时在潮州开元寺里办公的县文化馆,找他熟悉的作家曾庆雍(1926—2018),请他代为指教。曾老师1954年发表短篇小说《陈秋富当选人民代表》,被收入《全国青年文学创作选辑》;1956年到中国作协文学讲习所学习,1959年进潮安县文化馆工作,此后一直负责群众文艺创作的辅导工作,一直到1986年离休。

曾老师很热情,看了我的新诗及小说,也好好鼓励了几句,不过很快话锋一转,劝我学写点曲艺。因为这是在县文化馆职权范围内,有此需要,且可发表。家里收藏不少俄苏文学的译本,还有"文革"前出版的全套《诗刊》,我学写新诗,不外依样画葫芦。如今抛开普希金、马雅可夫斯基,以及艾青、贺敬之等,开始兴致勃勃地琢磨什么是曲艺。很可惜,手头有的,只是"文革"期间各地刊行的各种演唱资料集,水平远远赶不上1950年代赵树理等编《说说唱唱》。眼界如此之低,出手可想而知。可正是这些退而求其次的写作,得到县文化馆诸君、尤其是曾庆雍老师的欣赏,得以陆续刊出,小小满足我的文学梦。

高考制度恢复，我开始走南闯北，由学士、硕士、博士，而讲师、副教授、教授，加上研究的是中国现代文学，当然明白自己当初写作的拙劣。因此，离开家乡后，我从不提及那些幼稚可笑的曲艺作品，也基本上把此事忘记了。直到三年前，在潮州图书馆工作的朋友，发来我当年在《潮安文艺》及潮安县文化馆编印的《演唱资料》上的五篇作品，我才如梦初醒。很惭愧，自己当年就这个水平——全都是配合现实政治，把口号改为韵文，或者揣摩形势，胡编乱造，看不出任何才情，更谈不上独立思考与自由表达。

图3-18 《潮安文艺》

记得离开山村时，我对自己最初的发表还是很在意的，从集子里撕下来，且一一注明出处，妥为保存。四十多年后，想起文化馆的故事，于是翻箱倒柜，终于让其重见天日。自家藏本比朋友见到的还多了一倍，现按发表时间排列如下：

图3-19 《演唱资料》

（1）《书记和我扛大石》（潮州方言快板），潮安县文化馆编印：《演唱资料》第3期，1976年5月，封面画"欢呼无产阶级文化大革命的伟大胜利"；

（2）《田头做戏》（方言歌），潮安县文化馆编印：《演唱资料》

第3期,1976年5月;

(3)《"的禾"歌》(潮州方言韵白说唱),陈平原词,陈思佳曲,潮安县文化馆编印:《演唱资料》,1977年2月("的禾",潮州方言,即唢呐);

(4)《山乡人民学大寨》(唱词),潮安县文化馆编印:《演唱资料》,1977年4月;

(5)《如此工农兵》(相声),潮安县文化馆编印:《演唱资料》第5期,1977年6月10日;

(6)《歌唱杨开慧》(唱词),潮安县文化馆编印:《演唱资料》第6期,1977年;

(7)《工地庆祝会》(方言歌),潮安县文化馆编印:《演唱资料》第6期,1977年;

(8)《红巾似火》(小潮剧),作词:陈平原;作曲:蔡声桐;潮安县文化馆编印,单行本,1977年12月7日;

(9)《红巾似火》(小潮剧),潮安县文化馆编印:《潮安文艺》(1978年全县业余文艺调演创作小戏选辑),1978年6月(此选辑收录五个小潮剧,第一个就是《红巾似火》);

(10)《公孙夜读》(小演唱),汕头地区文化局编印:《文艺宣传资料》,1977年6月。

除了表彰革命(如《红巾似火》写1933年初夏凤凰山上游击队),就是配合时事(如《公孙夜读》唱的是学《毛选》第五卷),很不好笑的相声《如此工农兵》因批判王洪文,得以入选广东人民出版社1977年8月刊行的曲艺集《彻底砸烂"四人帮"》。记得还有一篇小说，省城某杂志让我看过校样，因形势变化，最后没有发表——幸亏如此，否则更是后悔不迭。那个年头，远在天边，不了解京城里变幻莫测的风云，而又想配合形势写作，很容易落得如此结局。

回头想想，作品是失败的，可写作的过程很愉快。比如撰写小演唱《公孙夜读》，那是我第一次参加汕头地区文化局组织的考察活动，得以在全地区各县到处游走，其机制类似改革开放后风行一时的"笔会"。更多的时候，是我到县文化馆拜访曾庆雍老师，交稿并讨教。县文化馆有食堂，碰到开饭时间，曾老师会热情留饭，那是我乡下生活的美好记忆，足以回味好些天。

回忆很美好，但也很残忍。因为明摆着，那些作品一无是处。为了适应形势争取发表，我的文学观念多有扭曲，趣味也大为败坏。一旦时代走了弯路，大风起处，除非定力深厚，其实是很难抗拒的。若没有判断力，与其贸然进取，还不如停在原地，多读书，养身体。乡下那些年，写作并没有提升我的精神境界，相反，留下了一堆伤疤。几年前，我说过："我们那一代是从'文革'中走过来的，多少都受到'文革'意识形态的影响，尤其是中文系。拿我自己来说，'文革'中读了不少流行读物，从文学作品到政治评论，深受其害。进入大学后，我有一个'呕吐'的过程，在接受各种新思想的同时，不断调整自己的立场。那一代人的成功与否，跟有没有经历过这个'呕吐'的过程有很大关系。"[1]说这段话，正是因看到朋友发来我"文革"后期的写作。

把以前吸纳的毒素吐出来，这是一个痛苦的过程。我知道很多

---

[1] 参见萧辉《北大教授陈平原：下一代会比我们做得更好》，《财新周刊》2017年7月10日。

人舍不得，会尽量找理由，让其合理化乃至神圣化。我则承认当初的猥琐与懦弱——之所以迎合时势，缺乏判断力之外，还蕴含着世俗考虑。对于出身不太好的下乡知青来说，恢复高考之前，能走出山村的，要不就是唱唱跳跳，要不就是写写画画。只有自家文艺才华得到上级主管部门的充分认可，才不会因政审而被卡下来。那种挣扎乏力、深恐老死山村的巨大阴影，是后人所难以想象的。

说白了，我的青春是"有悔"的，乡下八年半，浪费大好光阴不说，连学习写作也走了不少弯路。幸亏家里藏书不少，中外名著的自由阅读，打下了不错的底子，因而上大学后能迅速调整姿态，跟上时代的步伐。至于没能成为著名作家，怨不得潮安县文化馆，那是因为自己才华有限，俗话说的，"不是那块料"。多年后回想，开元寺曾庆雍老师小屋里的缕缕茶香，还有众多不着边际的闲谈，还是我乡下生活难得的温馨记忆。

大约 20 年前，我到开元寺怀旧，除了礼佛，再就是想看看曾老师那间小屋。大致方位没错，记忆很清晰，只是物是人非，无法轻扣柴扉。走到菩提树下，十几位老人聚在一起讲报，天南海北，煞是有趣。我干脆坐下来，不时会心笑笑。老人们有点警觉，相互使眼色，不作声了。我怕打扰，只好起身离开。

其实他们不知道，我到这里，停下匆匆的脚步，只是为了重温早年的文学梦，还有那些蕴藏在文学梦背后的对于"天高任鸟飞"的期盼。

2020 年 7 月 29 日于京东平谷客店

（初刊《南方都市报》2020 年 8 月 2 日）

山乡春节杂忆

要说过大年，还是乡下有味道。那种热闹、红火与喜庆，是城里人难以体会的。正因平日艰辛，乡下人特别看重春节的仪式感与烟火气。从1969年10月下乡插队，到1978年3月2日到广州上大学，我在粤东山乡总共过了九个春节。直到今天，一声"过年啦"，马上能召回许多温馨的场景。

说起来，我插队的山乡很不富裕，十个工分（壮劳力工作一天）也才两毛七（妻子在吉林插队，说那边是一块八）。可过年前后那半个月，不仅衣食足，而且文化生活丰富。春节临近，锣鼓紧催，不愉快事暂时抛到九霄云外，那可是插队生活里难得的幸福时光。那种红火与欢快的场面，比今天全家围坐看春节联欢晚会好多了。关键在于"不隔"，乡民们大都参与，而不仅仅是看客。

作为村里为数不多的"知青"，我每年协助宣委（大队宣传委员，记得是专职，不用下地干活）组织春节联欢，非常享受那种"与民同乐"的氛围。最常做的，就是大榕树下搭台子猜灯谜。前两年在台下猜，努力拿奖品；奖品贵贱无所谓，能在谜台前过五关斩六将，那是很风光的事。后几年则是坐在谜台上，帮助临场编谜，还有就是对答案、发奖品。谜台高筑,红红绿绿的谜语挂满大榕树,猜谜人报一下号码和答案,答对了,击打鼓心,咚咚声响,犹如喜报;答错了,敲敲鼓檐,也没什么不好意思的。

因兼及知识传播与文化娱乐,猜谜在粤东地区很流行。十多年前,我在巴黎的法兰西学院汉学研究所阅读,图书馆里藏有一册潮州人杨小绿(杨睿聪,1905—1961)编的《潮州俗谜》。这册1930年由支那印社刊行的小书,分自然、人事、身体、器物、食物、植物、动物七部分,辑录了广泛流传于潮汕民间的谜语二百多则,后附有"潮州歇后语"。在异国猛然撞见"老乡",自是感慨万端,日后我在《俗文学研究视野里的"潮州"》中专门提及。此书1949年香港潮书公司曾刊行增订本,不过我在乡下时根本无缘得见。能作为压箱底宝贝的,是每年县文化馆编发的谜语手册,还有就是若干事先制作的带本地风光的土谜语。

村子背靠大山,面朝水塘,左右村口好几棵老榕树,犹如把守要塞的大将军。山乡怀抱一足球场大小的水泥地广场,名为"清埕";那是全村公共活动场所,白天晒谷晒麻,傍晚打球纳凉,节庆时看戏放电影,可谓一专多能。

那年头,民众被充分组织起来,需要安排各种文化体育活动。山乡因场地及器材所限,比较适合开展的,也就是大球和小球。乒乓球适合在室内打,有一年为吸引观众,在广场上举行比赛,于是风向决定了胜负。相对来说,篮球更有参与度与观赏性,春节前后,赛事此起彼伏。参与者都是计工分的,玩耍兼赚钱,何乐而不为?我个子不高,虽有满腔热情,只是在准赢或准输的状态下,才被允

图 3-20　旸山清埕（陈高原画）

许上场过把瘾。印象中，我们村的球队实力不济，从没进入公社前三，也就无缘县里的决赛了。

最惬意的，还是协助放电影。公社电影队轮流到各村放映新片，最理想的，莫过于档期刚好在正月。即便是平常日子，电影队进村，总得有人陪伴，帮助挂幕布、架机器、圈地盘以及维持秩序等，当然，还陪同吃饭。那是最美的差事了，我只轮到有限的几次。来了尊贵的客人，允许动用村口池塘的鱼，现捕现烹，味道好极了。那时好看的电影不多，记忆特别深刻的，不外朝鲜电影《卖花姑娘》（长春电影制片厂，1972 年）、南斯拉夫电影《瓦尔特保卫萨拉热窝》（北京电影制片厂，1973 年），还有国产片《闪闪的红星》

(八一电影制片厂,1974 年)、《海霞》(北京电影制片厂,1975 年)等。放过电影后的好些天,大家不断谈论及追忆,那才真叫余音绕梁。可惜外国人名地名太绕口,实在记不住,村民于是将那部好看的南斯拉夫电影简称为"三个字保卫四个字"。多年后,我跟远隔千山万水、同样有插队经历的朋友聊天,一说"三个字保卫四个字",他马上明白是指《瓦尔特保卫萨拉热窝》。可见,天南海北,民众的智慧是相通的。

当然,我最记挂且怀念的乡村文化生活,还是学戏与讲古。一是记的工分比较多(学戏 20 天,讲古半个月);二是这两件雅事与我日后从事的工作,竟有某种隐秘的关系。

先说学戏,那可是惊心动魄的故事。1970 年年初,宣委通知我近期不用下地干活,改为参加春节演出节目的排练。临时搭建的剧组,包含乐队、演员及后勤,大约二三十人。农闲季节,给 20 天时间排戏,不但赚工分,且经常吃夜宵,自然很开心。排戏的老师来自县文化馆,在好些村子轮流执教,让我们先熟悉剧本并背台词。记得大戏是《张思德》,还有一个作为搭配的小戏,名字忘记了。借助网络检索,方才知道中国青年艺术剧院 1967 年 10 月曾创作并首演六场话剧《张思德》,而后贵州省花灯剧团 1968 年演出过大型花灯剧《张思德》。同名潮剧估计是移植的,但眼下找不到剧本,不敢说死。

拿到剧本,首先分派角色,各派势力争持不下,最后宣委拍板,让我这没有任何背景的外来知青演主角。好些嗓子及扮相都好的"老演员",因文化水平太低,教他们读剧本很费时间,这大概也是宣委选我演主角的原因。我半天就能记住的台词,很多人背了五六天,才勉强过关。后来我发现,不全然是记忆力问题,反正记工分,慢慢来,没必要逞能,这也是一种农民式的狡黠与智慧。那年我16岁,看那些俊男靓女打情骂俏,实在长见识。一周后,台词基本背熟了,老师开始教唱。一天下来,我坚决要求换角,因嗓音不行,无论如何唱不上去。宣委让我继续留在剧组,转岗为后勤服务,平时帮助阅读剧本,演出时负责提词。其实,只要踩对锣鼓点,唱得上去,且扮相俊俏,台词对错没关系的。都是业余演员,用的是新剧本,又只演一次,没必要记那么牢。现场有我提示,不怕下不了台。

接下来的训练,白天学唱新戏,晚上来几段大家都会的老戏。潮剧是中国十大剧种之一,几年前我为吴国钦、林淳钧著《潮剧史》(花城出版社,2015年)写序,提及此书以下论述让我大为振奋:"第一,潮剧迄今已有580年历史,比影响巨大的京剧、越剧、黄梅戏、粤剧要长得多;第二,明本潮州戏文七种的出现,为明代潮州地区的社会生活、民情风俗、语言运用等提供了宝贵资料;第三,'时年八节'的民俗活动成为潮剧勃兴的推手,也决定了潮剧的美学品格;第四,潮剧不仅是粤东平原最具代表性的艺术品种与文化符号,还流行于福建南部、港澳及东南亚一带,是维系海内外两千万潮籍同胞乡梓情谊的重要文化纽带。"民间广泛流传,老少都能哼几句的,多属于《陈三五娘》《苏六娘》《井边会》《扫窗会》等经典剧目。"文革"中,这些表现帝王将相才子佳人的老戏不让演了,但民间随便唱唱还是可以的。

初一晚上的正式演出,效果很不错。反正都是乡里乡亲,粉墨登台也能认得出来。台上唱什么不太要紧，台下观众指指点点，品评优劣乃至互相争吵，反正很热闹，这样就行了。大概太紧张了，主角经常忘词，我在后台提示的任务很重，一个晚上下来，嗓子都喊哑了，感觉比前台表演还累。

20天的"演艺生涯"，多年后仍让我津津乐道。去年中央电视台戏曲频道来潮州拍摄专题片"品戏·读城"，坚邀我专程回家乡当临时向导。说起我曾吃过半个多月的"潮剧饭"，导演很兴奋，计划就从我失败的学戏故事说起，还专门回我插队的山乡，拍摄了老祠堂（现在是村里的文化活动中心）里村民清唱潮剧的场面。那场面我太熟悉了，触景生情，哇啦哇啦又说了一大通。可惜后期剪辑时，发现跑题了，"读城"变成了"读乡"，只好忍痛割爱，只保留了若干村民清唱潮剧的镜头。

与学戏的铩羽而归相反，我的讲古非常成功。记得是1973年春节，大队宣委希望开拓新的文化品种，分派我大年初一讲古。在空旷的晒埕上，与猜谜、球赛争夺观众，可不是一件容易的事。当初问我题目，我脱口而出"水浒"。除了这部小说我很熟悉，更因故事情节跌宕起伏，打打杀杀，更适合民众趣味。给我两周温书的时间，非常从容。那时年轻，基本上过目不忘，多看两遍总可以记牢的。只是讲一整天古，大不了六七小时，如何剪裁是个难题。最后竟无师自通，选择了以武松故事为中心，类似扬州评话大家王少堂的"武十回"（我读到江苏文艺出版社1959年版《武松》，已经是多年后的事了）。大年初一，乒乓球台上放一张书桌、一把椅子、一个开水瓶和一个茶杯，还有就是高音喇叭，连醒木和纸扇都免了。

此次清埕讲古,效果极好,以至于春节过后,走在路上,总有老人小孩指指点点,说这人了不起。我之选择水浒故事,在"《水浒传》这部书,好就好在投降"的最高指示传达之前两年,与时政没有任何关系。但被安排说《红楼》,确与特定政治氛围有关。1973年12月,毛泽东对武将许世友说,要读《红楼梦》,读一遍两遍不够,要读五遍。至于为什么,毛泽东没说,大队书记自然也不晓得,只知道这是最高指示,照办就是了。考虑到我的讲古价廉物美,指定我第二年春节就说《红楼梦》。说是半个月若太紧张,可以再增加温书时间。没想三天过后,我落荒而逃,宁肯下地干活,也不要这雅差事了。因为思前想后,实在没把握能用宝黛爱情故事吸引众多山乡民众。

多年后,我撰写博士论文《中国小说叙事模式的转变》(上海人民出版社,1988年),竟然福至心灵,分析同属章回小说,《红楼梦》之所以迥异《水浒传》,很大程度在于作家创作心态由拟想中的"说—听"转为现实中的"写—读"。后者容易回到说书场,前者则很难。尽管保留"欲知后事如何,且听下回分解"的说书人口吻,但《儒林外史》《红楼梦》等其实已经是纯粹的书斋读物了。

四十多年过去,插队生活早已烟消云散,唯独山乡春节的热闹与红火,至今仍萦绕脑海。考虑到山乡的文化生活与县文化馆的指导有关,今年我撰写了《文化馆忆旧》,又在潮州市主办的文化沙龙上,做了"文化馆的使命与情怀"的主旨发言,大意是:1950年代以后的群众艺术馆或文化馆的建制,一直在完善中。1990年代以后,因商业化大潮兴起,舞台演出及电影生产等的市场化取得巨大成功,但也留下不小的遗憾。最大问题是各地民众自发的文化活动，除了有信仰支撑的，基本上都垮了。年轻人从小看电视、逛网络，熟悉远在天边的各种文化形式（对蕴藏在其背后的政治或商业因素习焉不察），而忽略近在眼前的本地风光。表面看也很热闹，但与当地日常生活脱节，民众没有参与感，只是买票当看客，实在可惜。这才促使我重新思考那些兼及"在地、实感与参与"的市县一级文化馆，在满足人民群众日渐增长的文化需求方面，到底该如何发挥更大作用。

前年及去年，我在台北、潮州及深圳分别举办了三次书法展，好多观众对其中一幅作品感兴趣，那就是《乐声》："弦诗雅韵又重温，落雁寒鸦久不闻；犹记巷头集长幼，乐声如水漫山村。"附记是："近日重听潮州音乐《平沙落雁》《寒鸦戏水》等，忆及当年山村插队，每晚均有村民自娱自乐的演奏，不胜感慨。"不是因为字或诗写得特别好，而是那种乡村生活及文化氛围，让很多人感动。

近期我重回当年插队的粤东山乡，被告知生活方式变了，很多原先的文化活动升级换代，唯独村民自娱自乐演奏潮州弦诗依旧，夏秋夜里，照样是"乐声如水漫山村"，这让我很欣慰。

2020年12月27日于海南陵水客舍

（初刊《美文》2021年第2期）

农校子弟

——"洋铁岭下"之一

从 3 岁到 15 岁,我在粤东洋铁岭下的汕头农校生活了 13 年。那时交通不便,信息封闭,童年及少年的我,基本上就以这所学校(加上几里路外的小学和初中),作为活动天地。小时候浑浑噩噩,长大后方才晓得,我生活的这个世界实在太小太小了。

一条公路穿校而过,东边是十几间大教室、四百米跑道围起来的体育场,还有几排学生宿舍。西边有四排教师宿舍、一座图书馆、两层的办公楼,以及饭厅(礼堂)和厨房。这就是学校的主体结构了,往东推进是农田,往西发展是果园。公路拐弯处立有一座四面纪念碑,上面隶书"毛主席万岁"等标语,那是我父亲的手笔,当初十分得意。"文革"期间,父亲被关押审查,每天经过此碑,我都默默注视,不是敬祝领袖万寿无疆,而是希望这碑上的字不被铲除,那就意味着父亲能平安归来。

因为是 90 度急转弯,又是上坡,那地方很容易出车祸。记得有一年大卡车上坡急转时出问题,轮子一直滚到小卖部前,把柜台都撞坏了,好在没伤着人。从这里岔开去,有一坑坑洼洼的小路,经

— 辑三　自家生活 —

过一养牛场和小池塘，就来到农校家属区，再就是养猪场了。

不知汕头农校到底有多少教职工，反正家属区不大，两排平房相向而立，中间有一小广场，植有几株橄榄树。宿舍区分上下两级，有五六米的台阶连接，合起来也就30间左右。每家一间带厨房的小屋，各自独立做饭，偶有挪到门口表演的。十多年前我曾重归故里，站在那狭小且破败不堪的旧居前，感叹当初我们三兄弟和阿嬷（祖母）就生活在这十二三平米的空间。记得屋里安放两张木床，中间夹一高桌，既是饭桌也是书桌。旁边是装衣物的柜子，还有几只小板凳，再就是锅碗瓢盆了。当初也没觉得特别苦，因相对于周边村子的农民，我们的生活还算是好的。

父母住在几百米外的教师宿舍，也只有一间房，今天看来，同样

图 3-21　原汕头农校家属宿舍，我们住左手第二间

十分简陋。好在旁边就是图书馆,母亲早年是图书馆员,我上小学那年,她才调到潮州华侨中学教语文。农校不设幼儿园,我童年嬉戏的空间,除了可随意奔跑的山野,再就是图书馆里纵横交错的书间小道。

二十多年前,我写过一则散文《不知茱萸为何物》,开篇就是:"夏夜里,阵阵凉风过后,暑气尽消。眼前萤火闪烁,背景则是黑黝黝的大山,学校

图 3-22 母亲重访工作过的农校图书馆(2004)

操场的草地上,父母和我们三兄弟围坐一圈,在一片蛙声中,比赛背诵唐诗——三十多年前的旧事,如今依旧历历在目。"那操场边上,有一棵很大的木棉树,现在不知是否还在。至于背唐诗,我长大后才发现,父亲用的是中华书局"古典文学普及读本"的《唐诗一百首》。几年前央视做我的专访,还专门到网上买了一册作为道具。

家属区旁,有一道蜿蜒的小溪,弯弯曲曲,时深时浅。踩着垫高的石头,跨过小溪,就是一片分配给各家耕作的自留地。高处种蔬菜,低处植芋头,因后者需要较多水分。阿嬷擅长农活,在那块小地盘上深耕细作,收获颇丰。尤其是种植芋头、保水施肥等,那是需要技术的。我跟在她后面,帮点小忙,以至日后插队务农,拿起锄头有模有样。小溪里有鱼,大多藏在石头间,个头很小,忙碌

大半天，收获甚微，但好玩。

顺着小溪，可以一直走到半山腰。曾经跟着农校的老师，沿溪采集各种中草药。可惜那些宝贝第二天就被母亲扔了，害得我心疼好几天。坡越来越陡，关键处，必须手足并用。好在山并不高，海拔只有300米。爬到山顶，环顾四周，也没什么特殊的风景。有几处残破的碉堡，据说抗战时，国军和日寇在此地有过一场激烈战斗。

"文革"爆发，父母被隔离审查，红卫兵前来抄家，开始只管教师宿舍，后来才延伸到家属区。那年我已13岁，颇为懂事，一看情势不好，预先自己检查一遍。房子很小，很快发现柜子上有一包装严密的袋子，打开一看，藏着生锈的子弹壳，子弹壳里还有纸条。那年头，阶级斗争的弦绷得很紧，我取纸条时手一直发抖，担心真有什么变天账或密电码。打开纸条一看，是父亲的字迹，说某年某月某日登洋铁岭，在碉堡旁捡到此子弹壳，遥想当初战斗场面，然后就是一段抒情文字。父亲自幼爱好文学，属于典型的文青，如此举措，完全可以理解。可在那个年代，无风尚且三尺浪，我怕说不清楚，赶紧将父亲精心收藏的子弹壳和小纸条一并消灭。

忘记是哪一年了，反正是"文革"前不久，所谓"英雄辈出"的时代，不时有舍身救列车、救羊群、救粮食的故事传来。某天晚上，农校仓库起火，有一学生奋不顾身与歹徒搏斗，手臂被刺了两刀，还高喊"不要管我，救火要紧"，于是成了学校大力表彰的对象。可没过几天，县公安局来人，把这"英雄"抓走了。这才知道，原来是那学生想当英雄想疯了，自导自演了这出好戏。大人的世界很复杂，小孩子根本不懂，也不关心；若非此事跌宕起伏，戏剧性太强，我对农校的日常生活完全没有记忆。也不对，应该这么说，我对农校的唯一兴趣，是国庆及春节的聚餐与文艺表演。

农校家属区的卫生条件实在太差，大人小孩上百口，只有四个公厕的位子。要不起早贪黑，排队蹲坑；要不走好远的路，教师宿舍区那边有较大的公厕。于是，几乎是无师自通，小孩子都跑到竹林深处自己解决了。那竹林很大，孩子们各有自己的方位，一般不会撞车。而大自然自我清洁的力量，那才叫奇妙，基本上不会有污秽的痕迹。唯一不方便的是刮风下雨天，或者半夜里需要出恭。

多年前，我写过一篇《"厕所文化"》（《十月》1995年第2期），其中有这么一段："周作人在《入厕读书》中，曾抱怨北京那种'只有一个坑两垛砖头，雨淋风吹日晒全不管'的茅厕。此等去处，倘遇风雨，实在难以'悠然见南山'。个中滋味，下过乡插过队的，大致都能领略。没有屋顶的厕所，偶尔也有好处，比如'观风景'。可比起日晒雨淋的不便来，这点'风雅'我宁肯牺牲。"那天在北大课堂上讲废名的《莫须有先生传》，引"莫须有先生脚踏双砖之上，悠然见南山"时，学生们没有任何反应，体会不到其中的幽默与调侃，这才想起，他们从小就没见识过此等情景。

随着上山下乡运动的展开，儿时伙伴风流云散，唯一留下的，就是曾经一起背着书包上学堂的遥远记忆了。

2021年1月25日于京西圆明园花园

（初刊《潮州日报》2021年3月8日）

上学去

——"洋铁岭下"之二

春花烂漫,独木桥上,三个戴着红领巾的小孩,背着书包上学堂,旁边还有一条小狗,正摇尾乞怜。第一次看到潮籍著名画家林

图 3-23　林丰俗《上学去》(2005)

上学去

丰俗（1939—2017）晚年国画《上学去》（2005），我当即热泪盈眶。早已消逝的童年往事，一下子涌上心头。60年前，刚满六周岁的我，就是这么随着一众农校子弟，歪歪扭扭地走在乡间的小路上。

广东汕头农校办在洋铁岭下，离潮州市区有十多公里，农校子弟上学于是成了大问题。经过家长们一番商议，全都就近入读枫洋小学。小学离家大约四里，路况不好，小孩子需走半小时。碰上台风或大雨，偶尔也能请假，一般天气，则都是结伴上学。

上学路上，有一条七八米宽的小河，若走正路，从桥上过，需多花十分钟。抄近路也可以，那就是借道架在小河上的木制水槽。平衡能力好且胆子大的，借助木槽中间的横格，一步步往前挪。年纪小的，生怕一失足成千古恨，只好将书包甩到背后，手脚并用，全神贯注往前爬。祖母告知，她好多次跟在我们后面，一直目送我们过了小河，这才折回家。下雨天路滑，那没办法，只好乖乖走大路。平常日子，仗着人多，前呼后拥，居然也都过来了。

记得初小阶段，我的学习成绩很一般，有一学期因逃学，语文得了三分，刚刚及格，把父亲气得抄起了鸡毛掸子。可这不怨我，农校子弟普遍学习成绩欠佳。关键不在路远，而是经常无端受辱，被扔泥巴掷石块是常事；若擦身而过，骑在牛背上的牧童，还会用半湿的缰绳抽打。因此，上学路上，总是栖栖遑遑，没有安全感。如此心神不定，走进课室，焉能马上静下心来读书？

牧童如此刁蛮，并非无缘无故。因为家里大人告诉他们，农校占了他们的地盘，害得他们生活如此艰难。这些农校子弟吃商品粮，是城里人，可又生活在乡村，属于寄生虫，没干什么好事。1952年

— 辑三　自家生活 —

汕头农校从广东惠来县葵潭镇迁来潮安县古巷镇枫洋村洋铁岭下时，确实得到了不少划拨的土地，至于政府是否以及如何补偿乡民，我不清楚。不管怎么说，这肯定影响了当地民众的生活质量。据说农校领导的主要任务是与村干部搞好关系，逢年过节请客吃饭。至于普通村民，根本不管这一套（村干部的真实态度其实也难说），认准自己吃了大亏，不时与农校师生发生摩擦，即便偷东西被抓，也都理直气壮。上级领导多次前来协调，但这属于结构性矛盾，无法解决。

多年后回想，既理解当地农民的怨恨，也觉得我们实在无辜。本来是政府的问题，怎么最后板子都打在农校子弟的屁股上？当初不晓得这些，总觉得那些骑在牛背上的孩童心肠狠毒，无缘无故打人，真可恶。一见前面有牛群过来，赶紧拐弯，换一条路走。好在乡间阡陌纵横，七转八转，总能回家。

上学路上，随时有挨打的可能。你可以回家哭诉，也可以到学校告状，但都没有用。家长抚慰之余，只能提醒孩子们出行要结伴，好互相照应。而且还再三叮嘱，别跟他们吵，没道理可讲的，见势不妙赶紧跑。如此难堪局面，大人可以理智分析，小孩哪里懂得这些，只觉得这世界实在可怕。

终于顶不住了，全体农校子弟转学到古巷小学，那是我刚上五年级的时候。古巷是镇所在地，相对文明些。多走两里路，换来的是心安，上学路上不再担惊受怕。班主任李老师对我们这些插班生多有关照，我很快就融入了新集体，开始体会到读书的乐趣。此后，我的学习成绩突飞猛进，作文经常贴堂，人也开始变得自信起来。记得小学毕业前夕，我有一篇谈读书的作文，被刻印发行全镇（公社)各学校。前些年,偶然看到自己"珍藏多年"的那篇"少作",虽惭愧得无地自容,还是很怀念那让我真正站立起来、开始昂首走路的古巷小学。

到古巷小学念书,走的是另一个方向,同样有大路小路之别。不用说,大路远,小路近。通常走的是小路,出门后,把鞋子脱下来,打个结,挂在脖子上,等快到学校时,才重新穿上。因为,走在宽窄不一、干湿不定的田间小道,赤脚更为方便,即便不小心滑下去,也都没关系。

但有一点,若碰到雷雨天,还是挺吓人的。书包里永远备着雨衣,小雨大雨都不怕,怕的是天边不断打闪,平地一声闷雷。雷雨天上路,诀窍是不说话,排成行,快步走,迅速脱离危险区。这个时候,特别忌讳在孤零零的橄榄树下躲雨,那样容易被雷劈。我读小学那些年,不时听闻当地农民触雷电。水田如镜,远处有散落耕作的农夫,儿童矮小,

图3-24 林丰俗《上学去》(1963)

只要不站到大树底下，还是比较安全的。

这就说到林丰俗题为《上学去》的国画，其实有两幅。除了上述横写的，还有一幅竖的——古木参天的林间小路上，走过来几个蹦蹦跳跳、戴着红领巾的小学生。此画作于1963年，那时林先生还在广州美院念书，属于技术操练阶段。一看就明白，画面主体是松树，孩子只是点缀，应景而已。

可背着书包上学堂这个场景，似乎不断萦绕在画家脑海里，于是有了1976年3月24日的写生《春雨小霁》、2000年10月的《丹霞朝暾》以及2012年12月的《山路梅花自在香》——都是山水画，可画中总有么几个小孩子，背着书包上学堂。尤其是最后一幅，既写景，也抒情，画题寄托遥深。对于乡下孩子来说，最好的劝学诗句，莫过于"梅花香自苦寒来"。

林丰俗先生是从潮安乡下走出来的大画家，儿时上学，是否也像我当年那样坎坷，不得而知。但童年上学路上的所见所闻，包括山水、人事与心情，几十年后记忆犹新，才会在山水画中不断呈现。或许，这些山水画中作为点缀的书包与红领巾，乃画家无法释怀的童趣与诗心。至于作为读者的我，由乡贤这些充满诗意的画作勾起的回忆，则复杂多了——可谓酸甜苦辣，百味杂陈。

2020年12月30日于海南陵水客舍

（初刊《潮州日报》2021年3月9日）

逃学记

——"洋铁岭下"之三

同龄人中,像我这么"学历完整"的,不算太多。小学、初中、高中、本科、硕士、博士,一个都没落下;可天知道,这中间的水分有多大。作为七七级大学生,上大学后的路我走得比较顺;往前推,可就狼狈极了:念高中时正值"右倾回潮",虽说乡村中学水平低,好歹课是照常上的。初中三年则纯属瞎逛,没资格参加红卫兵,只好旁观同学"闹革命"。高小好些,经常受到表扬,很是意气风发;初小则很不愉快,偶尔还逃学。

虽说真正意义上的"逃学"只有一次,但后果很严重,故至今记忆犹新。

初夏时节,天气晴好,还像往常一样,十多个农校子弟结伴上学堂。那年我念小学二年级,走在队伍里,属于跟屁虫性质。路过一片龙眼树林,不知谁说起昨天有人在此捕捉了好几只漂亮的龙眼鸡,大家一下子兴奋起来,纷纷冲进林子里,希望碰碰运气。热闹了好一阵,突然想起上学的事。这时候,某位带头大哥说,课没什么好上,不去了。于是,大家一片欢呼,就这么定了。

― 辑三 自家生活 ―

这片龙眼林少说也有上百棵树,密密麻麻,分布均匀。树盖遮天蔽日,大热天可躺在地下睡觉,因几乎不透阳光。这应该是农校试验性质的果园。树不小,可攀爬,承受得了小孩子的重量;但又不太高,摔下来也没什么关系。平日也曾在林下嬉戏,这回目标很明确,那就是捕捉龙眼鸡。

那年头我喜欢好多种昆虫,可相对来说,萤火虫个头嫌小,蟋蟀长得不好看,蝴蝶过于娇气,蜻蜓略显普通,最高雅且比较难得的,还属龙眼鸡。斑斓的身子,红红的长鼻,善跳,能飞,矫健非凡,不容易被捕捉到。对当年的我来说,这龙眼鸡到底是害虫还是益虫,属什么纲、什么目、什么科,无关紧要;只知道它好看,警惕性高,弹跳力强,对小孩子特有挑战性。

图3-25 龙眼鸡(陈高原画)

— 逃学记 —

一阵欢呼与喧闹，准是谁又捕捉到一只。大家默默开展竞赛，看哪个本事大。龙眼鸡趴在树干上，伪装得很巧妙，但小孩子视力好，一个个火眼金睛。问题在于，你稍有动静，准备扑过去，那边已预先感知，迅速弹跳逃逸。如此反复，比试的是耐心与敏锐。最终还是人厉害，同伴们多少都有斩获。接下来便是站成一排，用小绳子拴住各自手中的龙眼鸡，一起往外抛，看谁的宝贝飞得远。这比评哪个更好看要公平些，因漂亮与否，大家意见很难统一。赢的自然高兴，输的也不服气，怎么办？那就再抓，再赛。于是，伙伴们爬上爬下，四处追逐那些隐藏或腾飞的龙眼鸡。

多年后，读周氏兄弟文章，知道他们小时候喜欢玩苍蝇。比如鲁迅的《从百草园到三味书屋》中有这么一段："三味书屋后面也有一个园，虽然小，但在那里也可以爬上花坛去折腊梅花，在地上或桂花树上寻蝉蜕。最好的工作是捉了苍蝇喂蚂蚁，静悄悄的没有声音。然而同窗们到园里的太多，太久，可就不行了，先生在书房里便大叫起来：'人都到哪里去了！'"周作人《儿童杂事诗》分甲、乙、丙三编，分咏儿童生活和儿童故事，共72首，作于1947—1948年间，刊1950年2月23日至5月6日上海《亦报》，丰子恺为其中69首配图。其中有一首题为《苍蝇》："瓜皮满地绿沉沉，桂树中庭有午阴。蹑足低头忙奔走，捉来几许活苍蝇。"古今中外，小孩子大都喜欢粗糙的玩具、乡间的野花、无意义的童谣，以及蓝天白云下的追逐与嬉戏……还有就是把玩各种小昆虫。

1924年，周作人写过一则随笔，题为《苍蝇》："苍蝇不是一件很可爱的东西，但我们在做小孩子的时候都有点喜欢他。我同兄弟常在夏天乘大人们午睡,在院子里弃着香瓜皮瓢的地方捉苍蝇——苍蝇共有三种,饭苍蝇太小,麻苍蝇有蛆太脏,只有金苍蝇可用。金苍蝇即青蝇,小儿谜中所谓'头戴红缨帽,身穿紫罗袍'者是也。我们把它捉来,摘一片月季花的叶,用月季的刺钉在背上,便见绿叶在桌上蠕蠕而动,东安市场有卖纸制各色小虫者,标题云'苍蝇玩物',即是同一的用意。"接下来,学养丰富的周作人,开始引经据典,谈论古今中外小孩子玩苍蝇的习惯以及相关诗文。

不知不觉中,时已过午,没有饭吃,也没有水喝,好在不远处就是农校的蔬菜基地。于是,分批跑过去,钻过竹篱笆,来到番茄园,先吃后拿。连排架子上挂满大大小小的番茄,有红有黄有绿,让人直流口水。说来还是心虚,不敢长久逗留,书包里塞上若干,赶紧跑回龙眼林。

又是一番嬉闹,算好下课时间到了,这才装作若无其事,各自放学回家。

当天晚上,农校家属区一片叱骂与哭叫声,此起彼伏,连绵不绝,那是家长们在发威。不过,并非校长或班主任打来电话,他们并没注意到那天农校子弟集体缺席;是守护菜园的农校职工告的状。平日里,小孩子路过菜园,摘几颗熟透的番茄吃,那是允许的。这回实在太集中了,且因心情紧张,动作幅度过大,弄断了好些枝叶,园工很不高兴,于是告发了我们。

孩子们没经验,家长一骂,马上竹筒倒豆子,全招了。本来嘛,小孩嘴馋,偷摘几个番茄吃,问题不大的。等发现是集体逃学,这还得了，批评马上升级。农校办在大山脚下，远离城区，小孩上学一直是难题。现在孩子们竟然集体逃学，家长们自然格外揪心。于是，责骂的声浪越来越高，回荡在夜空中，久久不曾散去。

逃学确实不应该，可捕捉龙眼鸡的过程实在精彩。自从挨了骂，我开始埋头读书，结果是，不再"多识于鸟兽草木之名"。多年后反省，当初之回心转意，实在是有得也有失。

2021 年 1 月 23 日于京西圆明园花园

（初刊《潮州日报》2021 年 3 月 11 日）

我的语文老师

——"洋铁岭下"之四

前些年曾短暂介入中小学语文教育,如在华东师范大学召开的"百年语文的历史回顾与展望"研讨会上做主旨演说,谈及语文课的意义:"比如多年后回想,语文课会勾起你无限遐思,甚至有意收藏几册老课本,闲来不时翻阅;数学或物理就算了,因为相关知识你已经掌握了。另外,对于很多老学生来说,语文老师比数学、英语或政治课老师更容易被追怀。不仅是课时安排、教师才华,更与学生本人的成长记忆有关。在这个意义上,说中小学语文课很重要,影响学生一辈子,一点都不夸张。"这篇初刊2015年1月9日《文汇报》的《语文之美与教育之责》,日后在网上以各种名目广泛传播。

之所以如此立说,那是基于我的个人经验。山乡插队时当过民办教师,主要教语文,深知此课程对孩子们的吸引力。谈论自己的小学及中学,不用查档案,马上就能记起的,也都是语文教师。比如前些年接受采访,提及我念广东省潮安县磷溪中学:"教我们语文课的金老师和魏老师,人都挺好,上课认真,对我很有帮助。"[1]

作为七七级大学生,我在家乡潮州的声名,很大程度建立在当年的高考作文上。那篇初刊1978年4月7日《人民日报》的《大治之年气象新》,有这么一段:"魏老师年近六旬,患有严重的高血压病,这两年一直在家休养。他正在准备办理退休手续时,华主席为首的党中央一举粉碎'四人帮',他拐杖一扔,立刻跑回学校要求参加工作。"尤其谈及他如何"主动承担起辅导准备参加高考的同志的任务",很多人想当然的,将文中的"魏老师"直接等同于原磷溪中学语文教师魏钦江。其实,那篇作文多有虚构。

我请朋友找到潮安县磷溪中学1972年12月25日填写的"干部登记名册",确认广东梅县人、1949年8月参加工作、大学学历的魏钦江老师,填表时年方46;到我参加高考那年,他也才51岁,远未到退休年龄。为了渲染气氛,考场上的我灵机一动,选择了年纪较大、教隔壁班的魏老师作为原型。没想到这篇作文不仅帮我敲开了大学的门,还因登在《人民日报》上而广泛传播。这样一来,无形中对我的语文老师兼班主任造成了压抑与困扰。

教我语文课的金振正老师,那时38岁,广东澄海人,1955年8月参加工作,大学学历。记忆中金老师个子较高,人也长得帅,说话利落,显得很自信。他住潮州城里,不像魏钦江等外地老师每天都在学校。金老师对我很欣赏,除了不断表扬我的作文,还安排我负责学校的黑板报。记得是个星期天,金老师约我和另外两个同学

---

[1] 《发现语文之美,享受阅读之乐》,《语文建设》2012年第9期。

到西湖边的潮州高级中学参观。校园很安静，金老师一路上指指点点，要我们观察人家的黑板报是怎么编写的。我主持的首期黑板报出来，他很得意，第一时间把学校领导及好几位老师拉来观赏，边看边赞叹：这水平，绝对超过了潮州高级中学！我当然明白，这是不可能的事，纯属老师鼓励。

磷溪中学原称潮安县第四中学，在全县各中学里属于后排就座的。我就读的那两年（1971—1973），虽说老师及学生很努力，但语文水平绝对无法超越当时全县数一数二的潮州高级中学。谈及中学生活，除了金、魏这两位语文老师，我只记得教导主任姓陈，图书馆员姓周——前者好几次在全校大会上表扬我，后者曾给我推荐过好多好书。至于当年给我很大帮助的数学老师、物理老师、化学老师，则无论如何想不起来了。拿到这份磷溪中学"干部登记名册"，若干名字依稀记得，可就是想象不出各位的尊容。年代久远是一回事，还有就是文章开头说的，语文老师及班主任更容易被学生追忆。

我上高小时，转学到潮安县古巷小学。刚开学就遇到班里同学打架，分成两派，各自站队，让我无所适从。于是班主任李金之（芝）老师在语文课上，撇开正式课文，讲起廉颇蔺相如故事，顺便教了"负荆请罪"这个成语，很快化解了同学间的矛盾，这让我很佩服。记得古巷小学分成初小与高小两部分，李老师是外地人，就住在这两部之间的小屋，我曾经有幸造访。

为撰写此文，我翻箱倒柜，居然找到八篇自己珍藏的小学作文，上面都有贴堂的痕迹。大概自己当初很得意，加上父亲刻意鼓励，方才如此敝帚自珍。我上的是普通的乡村小学，时间又是1964年9

图 3-26　原潮安古巷小学（2004 年拍摄）

月至 1966 年 6 月，可以想象作文的水平。不过，少作虽难看，李老师的评语却值得抄录。

我保存的五年级作文共四篇：《拾废品》一文是重抄过的，没有评语，只有分数。《春耕的一天》写我如何帮助农校学生冒雨补种花生，评语："冒雨补种花生，这种精神可嘉。文章在写景中能运用拟人化，使文章显得形象生动。全文边写景边写人，层次清楚，句子通顺。希再努力，争取更大成绩。"《到江河湖海去》描述学校游泳队比赛，评语："能把游泳活动的盛况写出来，文章写得也形象生动，层次清楚。但有的地方用词不准确。文章结尾也能联系自己实际，希望能学会游泳，这是很好。但要千万注意，今后要学习游泳一定要有老师或会游泳的同学一同去，切不可私自偷偷去学，以免发生意外。"《我爱古巷》一文得到 88 分，是我那些年作文最高分。除了几处点评如"简练""用词准确""抒发个人感情，写得生动、亲切""首尾呼应"等，还有总评："内容丰富，重点突出，思想性强,语言生动活泼,感情充沛。但是书写尚不够认真,今后要注意。"这里指的是我把"什么"错写成"升么",于是有了文后连续抄写30遍的"什"字,想必以后不会再犯这样的低级错误。

六年级作文也保存了四篇。《〈在烈火中永生〉观后感》与《学习王杰叔叔之后》二文,满篇都是空洞的大话与套话,可见国家意识形态的变化如何深刻,甚至影响到乡村小学的文风。最后一篇有点意思,题目是"记一个王杰式的好少年",明显是老师希望引导学生回到日常生活。我写班上的玩波同学如何努力读书,还热心帮助同学。那天轮到我们这一组扫地,一看快要下雨了,玩波让路远的我先走。"当我回到家里,雨也下了,要不是玩波他们让我先回家,我就得淋一身。"李老师的评语很有趣:"写作很有条理,几个事例也写得很生动,能突出文章的中心意思。但第一个事例说服力不强,因为扫地不用那么久时间,你回家的路又较远,会不会被雨淋,恐怕关键不在于扫地。"教育小学生写作文时要修辞立其诚,不要瞎编,也不要刻意拔高,在那个人人都在说大话的时代,这种提醒很重要。

还有一篇《在欢乐的日子里》,谈我听到中国第一颗原子弹成功爆炸的消息后的感想,李老师的评语写得很认真:"一、本文反映作者为原子弹爆炸成功而欢呼鼓舞,从而激发起努力学习,当共产主义接班人的雄心壮志,思想内容很好。二、叙述生动自然:先写听到原子弹爆炸成功的消息,后写欢乐的情景,进而谈认识表决心,段落紧凑。三、语言简练有感染力,能注意标点符号,书写端正美观,这也值得大家学习。"最后一句指的是我那两年的作文,全都用毛笔抄写,虽说不上漂亮,但一笔一画,很是认真。

半个世纪过去了,重读"少作",犹如欣赏自己穿开裆裤的照片,说不上骄傲或惭愧,更多的是叹惜时间流逝,还有就是感念小学及中学的几位语文老师。

2021年1月24日于京西圆明园花园

(初刊《潮州日报》2021年3月13日)

《双亲诗文集》缘起

我的父亲陈北(1925—1991)、母亲陈礼坚(1930—)都是中专或中学语文教师,因工作也因性情,闲来喜欢吟诗作文。二十多年前,我在《父亲的诗文》中提及,1948年春夏,父亲赴台谋生,在《中华日报》等台湾报纸发表了几十首诗文,日后成了时刻悬在头顶的利剑,害得他几十年谨小慎微,"要不这样,小命早没了"。

父亲拒绝了我帮他搜集五六十年代作品的建议,倒是对写印于七八十年代的《北园诗稿》很有兴趣。在诗稿的"前言"中,父亲称他写诗重"取题立意抒情达志",不愿"作茧自缚",因而不在乎是否合平仄,只求"易诵易懂易记"。写过新诗和民歌,一直对生活在方言区的作者用雅言吟诗填词不以为然。父亲尝试用潮州音吟写旧诗,明知非驴非马,但不管不顾,只求自家适意,这样,反倒有真性情在。

父亲去世后,母亲继续生活在文化气息浓郁的古城潮州,除了不时与老战友聚会,撰写若干怀旧文章,再就是兴致勃勃地吟诗作词。与父亲所作"有类古诗者,有类打油诗者,也有类民歌者"不同,母亲积极参加潮州瀛园诗社的活动,所吟自然要求协律。此前

— 《双亲诗文集》缘起 —

我曾撰文谈及文言文及旧体诗词的复兴，对"老干部体"不太以为然。可从母亲老来学诗之夜以继日且其乐无穷，我方才悟出"此中有真意"——那就是，吟诗的真正意义在"生活"，而非"文学"。

父母亲都不是职业作家，其所吟及所撰，在文学史上毫无位置，但对于个体生命来说，却极为重要。正是基于此，我决意为他们编一册诗文集，不计工拙雅俗，但求留下雪泥鸿爪。

图 3-27 《双亲诗文集》

诗文集中，父亲部分，包括那册多灾多难的剪报《幼苗集》，以及晚年手书在彩笺上的《北园诗稿》，再加上零星几则诗文。母亲的作品乃自选，只是因刊物及文体不同，分成四辑。

既然是"生命印记"，诗文之外，照片自然不可或缺。可惜父母早年很少照相，现存相片的保留状态又不理想，能用在书中的屈指可数。好在名为"诗文集"，自然以文字为主，图像只是略为点缀。

谨以此书献给英年早逝的父亲，以及身体安康，至今仍读书吟诗不辍的母亲。

2016 年 8 月 28 日于京西圆明园花园

（初刊陈平原编《双亲诗文集》，自刊本，2016 年）

《学书小集》序

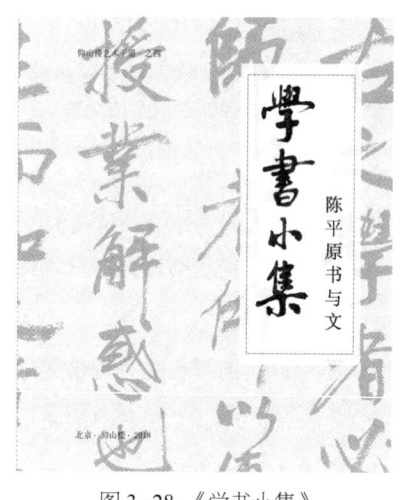

图 3-28 《学书小集》

儿时的兴趣之一,是趴在书桌边看父亲写字。有一次被父亲用毛笔在脸上画了好几个圈,吓得大哭,可事后还是乐此不疲。上学后,在父亲的督促下,也曾专心练习毛笔字,但绝无前辈学者扎实的童子功。山村插队,当了好几年民办教师,照理说是有读书写字的机会的,因无人指导,乱写一通而已。上大学乃至工作后,住房逼仄,书桌限制,只能抽空写点小字。比如,友朋通信时,我改用八行笺。

20年前,撰文使用电脑;十年前,手机取代了书信。很快地,原先记忆中稳健且优美的汉字,面目变得日渐模糊。阅读没有问题,可拿起笔来,竟然会缺胳膊少腿的。正是有感于此,读书间隙,我

《学书小集》序

又捡起了搁置已久的笔墨纸砚。

八年前,一时兴起,我选择三种明刊戏曲——明崇祯年间刊本《秘本西厢》(陈洪绶绘图、项南洲镌刻)、明万历二十九年(1601)金陵书肆继志斋陈氏刊本《红拂记》、明万历戊午年(1618)吴郡书业堂刊本《还魂记》——的四幅插图,配上自书的原作词句,烧制成笔筒,赠送友朋。笔筒效果不错,字也颇获好评,这让我信心大增。

五年前,我开始为自己编著的书籍题写书名(此前只写过一种),且越写越顺,如"阅读晚清""大学新语""论文衡史"等,便都说得过去。

去年因身体不好,加上朋友送来宣纸,写字的兴致及时间大为增加。因专业的缘故,决意择古今诗文随意书写,既温书,也养神。为此,还吟了一首打油诗:"少时练字重摹临,老大钞书无古今。唐宋遗风常顶礼,自家面目亦可亲。"

仰山楼主人见过我那些不成体统、但颇有个性的"钞书",居然大为赞叹,积极张罗起书展来。与之配合,还要印制一册精美的小书。朋友盛情难却,可我还是有自知之明的。此乃读书人的"书迹",而非书法家的"墨宝",只是证明我在日常使用电脑之余,没有完全忘本,还在坚持写字。

读书人的字,也有工拙美丑之分。这方面,我没有充分的自信。开列自家著作目录,并提供两则相关随笔,说好听是显示我的工作范围与趣味,以便读者知人论字;说不好听呢,那就叫"戏不够,曲来凑"。

书名"学书",意思是兼及读书与练字。前者如《史记》说项羽少时"学书不成",后者则有曾巩《墨池记》谈王羲之"临池学书,池水尽黑"。

以打油诗《钞书》开篇,带出二十则我喜欢的古人言辞及文章片段,再加五副自撰的联语,希望读者鉴赏珠玉时,稍微忽略木匣的粗糙——比起我的书迹来,那些文辞无疑更值得仔细咀嚼。

2018 年 5 月 6 日于京西圆明园花园

(初刊《中华读书报》2021 年 8 月 4 日;又见《学书小集——陈平原书与文》,自刊本,2018 年)

《游侠·私学·人文——陈平原手稿集》后记

对我来说，1991年是个十分关键的年份。元旦那天，写下《〈千古文人侠客梦〉后记》，为完成一部突发奇想的小书而洋洋得意；半年后撰写"校毕补记"，则感叹喜爱剑侠的父亲去世，"再度灯下涂鸦，不禁悲从中来"。将近三十年后，为《现代中国的述学文体》（北京大学出版社，2020年）撰写自序："父亲的英年早逝，对我是个巨大打击，但也促使我迅速成熟。这个世界上，最关心也最牵挂我的人走了，以后一切都只能自己做主。"

图3-29 《游侠·私学·人文——陈平原手稿集》

去年夏天回潮州，母亲交给我一包东西，我打开一看，泪如雨下。那是我出外念书期间寄回来的家书，父亲装订成册，上面还有不少圈点。最早一封写于1978年3月11日，那是我进中山大学校园的第二天，主要内容是报平安。最晚一封则是1989年10月30

日，信中提及刚写完一篇谈武侠小说的文章，准备某杂志明年第一期用。经查，那是我第一篇讨论武侠小说的文章，题为《武侠小说与中国文化》，刊《文史知识》1990年第1期。若将此信收入手稿集，跟《我与武侠小说》相呼应，那再好不过了。可惜这封家书目前不宜发表，于是退而求其次，选了一则略有趣味且无伤大雅的，那就是1988年6月15的家信，附录在此。

家父陈北自幼喜欢舞文弄墨，对于自己因参加革命而中断学业，晚年多表悔恨。我能上大学且略有所成，父亲很引以为傲。生病无法下楼，翻阅儿子著作及家书，便成了他晚年最大的娱乐。也正因此，我的家书毫无文采，也不太涉及国家大事，除常见的报喜不报忧外，更多的是汇报自己及妻子的学术成绩。当时的我，以为好好读书，就是在报答父母养育之恩。直到父亲遽然去世，我才恍然悔悟："学海无涯，个人的成就无论如何是渺小的；而丧父之痛以及未能报答养育之恩的悔恨却是如此铭心刻骨。"（《子欲养而亲不待》）随着时间的推移，这种自责有增无减。

去年十月，我在深圳举办《说文·写字——陈平原书展》，除了书法作品及相关著作外，还陈列了《章太炎与中国私学传统》《未知死，焉知生》两份手稿，以及两则家书（1985年12月3日、1988年6月15日）。观众对手稿没什么感觉，对家书则兴趣盎然，纷纷趴在展柜前仔细辨认，且啧啧称奇。父亲保存了我上百封家书，用毛笔写在八行笺上的，约占三分之一。那是因为，小时候喜欢看父亲写字，也跟着信手涂鸦，可惜因"文革"及下乡，没能坚持下来。上大学后，学生宿舍空间狭小，放不下笔墨纸砚。父亲于是提醒，不妨借家书保留一点写毛笔字的习惯。

这回印制手稿集,思虑再三,还是决定收一则家书,借以纪念虽早已去世、但仍在督促我蹒跚前行的父亲。

2020 年 3 月 6 日于京西圆明园花园

(初刊《游侠・私学・人文——陈平原手稿集》,自刊本,绍兴:越生文化,2020 年 4 月)

后记：最忆是潮州

为家乡潮州写一本书，这念头是最近五六年才有的。这一选择，无关才学，很大程度是年龄及心境决定的。年轻时老想往外面走，急匆匆赶路，偶尔回头，更多关注的是家人而非乡土。到了某个点，亲情、乡土、学问这三条线交叉重叠，这才开始有点特殊感觉。在我来说，那是2016年。这一年，我印制《双亲诗文集》，撰写《五味杂陈的春节故事》《扛标旗的少女》，演说"六看家乡潮汕"，还与朋友合编《潮汕文化读本》，一下子把我与家乡的距离拉得很近。

谈论故乡，没有一定之规，既可以高屋建瓴，也可以体察入微。我的立场是：就从自家脚下——包括儿时生活及家庭故事——一直说到那遥远的四面八方。

这就说到本书的性质，有论文，有随笔，有演讲，也有序跋，体裁芜杂，但主旨相近，全都指向"故乡情结"。因此，选择《如何谈论"故乡"》开篇，再合适不过了。第一辑"回望故乡"，既拉开架势，又举重若轻，很能体现本书的旨趣；第二辑"故乡人文"，谈论俗文学、乡土教材以及张竞生等，在在显示我的专业背景；第三辑"自家生活"，忆旧为主，琐琐碎碎见真情，也是本书最初得以推

— 后记：最忆是潮州 —

进的主要动力。爱家乡与爱家人，二者互相叠加，情到浓处，方才可能笔墨生辉。各文之间互相引述，与其说是为了寻求呼应，不如老实承认，那是因缺乏整体构思，文章并非写于一时，是随着时间推移以及心境变迁一笔一笔涂上去的，故有的地方浓墨重彩，有的地方则云淡风轻。说到底，这是文章结集，而不是专门著作。

写于1990年代的几篇散文，说实话，关注的是家人而非故乡。因父亲及祖母先后逝世，我一下子坠入深渊。那种"子欲养而亲不待"的痛楚，只有过来人才能真切领略。丧亲之痛，本与籍贯无关，可无数远游的学子，在挂念亲人安危祸福的同时，往往不自觉地联想到家乡的现实处境以及文化传统。

真正促使我反省这个问题，是20年前应我在中大的导师吴宏聪先生之邀，撰写《乡土情怀与民间意识——丘逢甲在晚清思想文化史上的意义》。为了参加2000年1月6—8日在汕头大学召开的"丘逢甲与近代中国"研讨会，我第一次认真地从历史文化角度谈论我的家乡。此文第一节谈及原籍蕉岭的丘逢甲与同期内渡的其他人不一样，没有过多的顾影自怜，也不曾努力去谋取一官半职，而是迅速地在"归籍海阳"与"讲学潮州"中获得相对稳定的心态："在'大江日夜东，流尽古今事'的《说潮》中，读者不难感觉到丘逢甲借叙述潮州史事触摸这块神秘土地之脉搏的急迫心情。而在《和平里行》及其序言中，丘氏参与当地文化建设之热切，更是溢于言表。"当初写下以上这段文字，我自己都有点被感动了。

五年后的某一天，接南方日报出版社编辑来信，说他们报纸用一年多时间，每周一整版，推出了50期的"广东历史文化行"，如

— 后记：最忆是潮州 —

今结集出版，希望我写一篇五千字的"引言"。阅读书稿，紧赶慢赶，在2005年6月30日完成了这篇题为《深情凝视"这一方水土"》的引言（初刊《同舟共进》2006年第4期）。当初要稿要得很急，只给我20天时间，可正式出版拖了好几年。文章是这样开篇的："如何深情地凝视你生于斯长于斯的'这一方水土'，是个既古老又新鲜的挑战。说'古老'，那是因为，在传统中国，类似地方志那样表彰乡里先进、描述风土名胜的著述不胜枚举。说'新鲜'，则是随着全球经济一体化的迅速推进，保护文化的多样性成了一大难题。于是，发掘并呵护那些略带野性、尚未被完全驯化的'本土知识'或'区域文化'，便成了学界关注的重点。"描述完我所理解的广东历史文化的特点，尤其是近代以来广东的迅速崛起，结语是："并非每个出生于或长期生活在广东的'读书人'，都对这一区域的历史文化有足够的了解。很可能，由于教育水平的限制，或者知识类型的差异，此前你无暇顾及于此。如今，面对这册五光十色、曲径通幽的文化读物，你难道没有深入了解脚下这块土地的冲动？"若非应邀撰写导言，我对广东历史文化也不会有如此全面了解的欲望与能力。

终于有一天，意识到"故乡"这个话题硕大无比，很难完美呈现。既然不是自传，也不是回忆录，只是关于自家以及故乡的文章结集，点点滴滴的感受，长长短短的回忆，日后可以有续编，当下不能没有逗号或分号。与我此前刊行的诸多学术著作不同，此书更多蕴涵自家心情，聚焦在故乡与家人，还有我那早就失去的童年与青春。史论部分好说，多少有些学术价值；回忆二十世纪五十至

— 后记：最忆是潮州 —

七十年代南中国一个小小的角落，会有人感兴趣吗？后来者听我反反复复，讲什么"上山下乡""恢复高考"，可能有点烦——就那么点陈芝麻烂谷子，有什么好激动的？是的，相对于大历史，个体生命确实很卑微；黄河总归东流去，可你不幸恰好面对的是倒流或拐点，有什么办法呢？好在任何时代，不管舞台多么杂乱、背景多么不堪，都有一代新人要成长。当然，说好说坏，那些抹不去的记忆，更多属于自己以及同龄人。

书稿编好了，重读一遍，感觉最意犹未尽的是第三辑。其中好几个话题，我必须略加补充，让它继续余波荡漾一会儿。

自从父母亲搬回潮州西湖山后的农校宿舍，每年放假回家，我们不再跑到位于洋铁岭下的汕头农校了。知道学校还在，但随着时代变化，已日渐破落。一直到2004年元月，我突发奇想，约上母亲与弟弟，一起回去怀旧。也幸亏有那么一次回访，拍了好些照片，可供我这回插图。站在儿时生活的家属宿舍前，以及观看父母亲先后居住过的房子，还有老图书馆等，真是感慨万千。今冬应校方邀请，探访重建后焕然一新的潮州农校，还能辨认出来的老建筑，只有那间刻意保留的窗户破败但屋顶尚存的大教室。回京后，收到校方寄送的五六百张老照片，我一看就苦笑，那都是我离开农校下乡插队二三十年后发生的故事。不能埋怨时间飞逝，只能说自己确实是老了，这才汲汲于怀旧。

年初在《潮州日报》连载四则"洋铁岭下"，引来很多围观，最有趣的是那则《我的语文老师》。好几位退休的校长及老师说认得那位教过我的"李老师"，提及名字则五花八门，全是读音问题。有一

后记:最忆是潮州

位跟我同届的,说李老师在汕头居住,几年前还曾回古巷找老同事聚会。这让我充满期待,于是委托汕头教育局及《汕头日报》记者帮我查询。最后得到的线索是,李老师是属兔的,1970年代末还在潮州孚中联中任教,深得学生敬重,之后调回汕头,几年前去世了。一位帮助查询的朋友来信:"李老师如健在,看您的文章一定万分高兴。"这让我更加懊恼,为何当初只顾自己忙碌,没能早点撰文,向曾经给予我很大鼓励与帮助的金老师、李老师致谢?实在是追悔莫及。

第一次听著名文史专家曾楚楠和黄挺说我插队落户的旸山村是历史文化名村,还以为是在开玩笑。仔细核对他们引述的资料,方才明白所言不虚。不过当初我在这山村生活/战斗了八年半,全然没有这方面的知识与感受。只晓得这村子背靠七屏山,西临金沙溪,风景很不错。为了方便村民到山后耕作,半山腰炸了个大缺口,据说破坏了好风水。我下乡半年多,就目睹一件惨剧——中午收工时刻,渡船因超载而慢慢下沉,本可滑行到岸的,危急时刻有人跳离,失衡的渡船当即翻过去,好些妇女被扣在底下,于是七尸八命,整个村子哭声连天。高音喇叭响起,全村人都涌向了渡口,那年我16岁,第一次如此直接且具体地面对死亡,那场景至今难忘,可说是下乡期间最惊心动魄的一课。金沙溪乃韩江下游的狭长积水地带,不是活水,当初觉得溪面很宽,很难游过去的;十年前回去,发现河道变窄,水也有点脏。好在近年此地被选址建污水处理厂,想必很快会重现山清水秀。

两年前,央视戏曲频道拍"品戏·读城"的潮州篇,邀我回去串场。听我谈及初下乡时吃过一个月的潮剧饭,还有我的诗/书作

后记：最忆是潮州

品"犹记巷头集长幼，乐声如水漫山村"，觉得很有趣，想以此为贯串线索。后来发现不行，跑题了，"读城"变成了"读乡"。编导割舍不下此等有趣场景，于是搞了个折中方案，依旧跟我回旸山，拍摄我在陈氏家庙（原旸山学校）与父老乡亲座谈，且与当年教书的同事合影；再就是转到如今变成乡村文化站的祠堂，听村民自娱自乐唱潮剧。节目播出时，这些难得的场景保留下来了，大家都很开心。

1992年的《父亲的诗文》与2016年的《双亲诗文集》，当然应该对读。此外，还可以推荐初刊1994年3月18日《南方周末》的《风雨故人》。那说的是20多年前我第一次访问台湾，打听《中华日报》的旧址，想到父亲工作过的地方拍照留念。主事者不在，女秘书殷勤招待，给了我若干历史资料。文中称："不记得是谁的发明，将我作为'故人子弟'介绍给女秘书。我很欣赏这一称呼，因其让人联想到'风雨故人来'的古诗。倘若没有这几十年过分稠密的'风雨'，也就不会有我这迟到的'故人子弟'之'感叹亦欷歔'。"至于父亲晚年手抄的《北园诗稿》，大都写实与感事，引一首《闻歌有感》为证："窗外人唱《乌崠顶》，惹得窗内百感生。天池乌崠迎旭日，跃马高歌抒豪情。光阴逼迫二十载，壮志沉沉寸步行。明知圆缺寻常事，偏惹白发头上生。——《乌崠顶》是余于一九四九年夏在凤凰山乌崠顶为伤病员创作之一首潮曲清唱，解放后流行潮汕各县，并被改编为短剧。一九六九年夏，余在五七干校受管制时，听窗外管制人员高声大唱此曲，有感吟此。"

《双亲诗文集》属于自费印行，赠送家乡亲友，还有对潮汕文史有兴趣的读书人。陆续收到反馈，包括补充若干没有入集的作品，

— 后记：最忆是潮州 —

比如初刊汕头地区文艺杂志《工农兵》1959年第1本的小演唱《乌崠歌声》，那是歌颂人民公社的，与上述潮曲清唱《乌崠顶》没有关系，作者为陈北、曾庆雍。

曾老师是潮州文化馆的专职作家，我在乡下学习写作时，得到过他的指点，去年撰写的《文化馆忆旧》谈及此事。文章发表后，我意味未尽，想借此探讨基层文化活动如何展开。于是有了潮州日报社、潮州市文化馆、潮州市饶宗颐学术馆合办的"忆旧与追新——陈平原和文化馆的故事"主题文化沙龙，除了我做《在地化·启蒙性·参与感——文化馆的使命与情怀》演讲，更恭请当地著名文化人李英群、曾楚楠、丘陶亮、黄景忠等共同参与，谈他们与文化馆的缘分，以及构建基层公共文化生活的可能性。此活动吸引了不少潮州文史爱好者，而那篇初刊2020年12月8日《潮州日报》的《"乐声如水漫山村"——陈平原和潮州文化人眼中的群众文化和文化潮州》的专题报道（江马铎、黄春生），以及《何为"文化潮州"——写在文化沙龙边上》（邢映纯），日后流传甚广。

在主题发言中，我谈及从阅读父亲诗文，到编印《双亲诗文集》，再到撰写《文化馆忆旧》，真正关心的是业余写作到底意义何在。热爱文学的人很多，日后成为专业作家的极少。绝大部分人阅读及写作的目的，是培养感受力与想象力，使人活得健康、充实、幸福，这才是文学的真正意义。若从培养业余作者、满足群众文化需求、推广乡土文化、达成新启蒙目标这些方面看，基层文化馆可发挥很大作用。

回顾晚清以降一百多年的历史，除了政治体制的变革、经济实

— 后记：最忆是潮州 —

力的提升，还有文化生产方式的转移。后者一波三折，值得认真品味。如何提振乡村/城镇的教育水平及文化生活，早年多为自发，新文化人基于启蒙立场，眼光向下，主动介入，积极引导。1950年代以后的群众艺术/文化馆的建制，一直在完善中。1990年代以后，商业化大潮兴起，舞台演出及电影生产的市场化，取得巨大成功，但也留下不少遗憾——最重要的一点，便是与当地民众的日常生活脱节。

眼界越来越大，可人们的心理空间却越来越小。其中一个重要原因是，知识学习以及娱乐传播的方式，从金字塔形向垂直方向转移，赢者通吃，民众都成了看客（粉丝），没有参与感。借助无所不在且无所不知的网络和手机，虚拟世界中的你我，很难再有独立的体会、感受与表达能力。各地民众自发的文化活动，除了有宗教信仰支撑的，基本上都垮了。因为，年轻人从小看电视、逛网络，熟悉远在天边的各种文化形式（对蕴藏其后的商业因素则习焉不察），忽略近在眼前的乡土文化。

当下的世界，科技与商业结盟，彻底改变了我们的日常生活，包括时空感受与审美趣味，政府、学校以及人文学者，有责任也有义务站出来平衡这一趋势。在我看来，政府主管的文化馆、博物馆（美术馆）、图书馆三足鼎立，各自功能定位有重叠，有交叉，也有互补，运营得好，可以发挥很大作用。关注群众文化需求，支持群众文化活动，其中最难落实的是文学创作。我当年是从这里起步的，所以特别感慨。今天，高等教育普及了，网络文学发达了，文化馆这方面的作用很难充分发挥。可真正影响一个地方的文化生态，或者一个城市的精神面貌，文学恰恰是最根本的。文学和民俗、节庆

— 后记：最忆是潮州 —

携手，文学与科技、商业结盟，文学和影视、非遗联姻，然后各美其美，各取所需，并因此丰富各自的独特生命，这种可能性是否存在，值得认真思考与探索。

本书所有文章中，《永远的"高考作文"》后续故事最多，也最值得梳理。那篇写于1992年的随笔，结尾处兼及自得与自嘲："大概，无论我如何努力，这辈子很难写出比'高考作文'更有影响、更能让父老乡亲激赏的文章来了。"没想到，这还只是故事的开端，其后的逐步展开，更是大大出人意料。不说我自己撰文或媒体专访，就谈其如何成为"标志性事件"，汇入关于改革开放大潮的追忆与陈述。《文史参考》是人民日报社主办的高端时事/历史杂志，其2011年6月（下）"建党90周年专刊"刊登《"文革"后的首次高考：陈平原的作文登上了〈人民日报〉》。央视十套（CCTV-10）的《读书》节目，2013年3月17日播出45分钟的专题片"我的一本课外书之陈平原"，节目最后，主持人专门赠我放大并加镜框的《人民日报》所刊高考作文《大治之年气象新》。2019年新华社"新青年"制作新中国成立七十周年专题节目，选择七个人，代表七十年，选择很严，层层审批，尤其我这一集，据说踌躇再三。谈论1969至1979这十年，怎么书写都是陷阱，最后选择"恢复高考"作为标志，明显是为了回避矛盾。所谓"讲述丰富经历，讨论时代议题，启发当代青年"，在我这一集很难完全实现。"文革"不让谈，"上山下乡"只允许切个边（否则为何恢复高考），制作者虽很认真，效果只能说"过得去"。同年，"羊城派"报道中山大学校史馆开馆，特别提及改革开放部分，展示我的高考作文《大治之年气象新》，这

— 后记：最忆是潮州 —

更是让我惴惴不安：都四十年了，还在"吃"高考作文，实在没出息。去年，为了"呈现中国高考制度的变迁以及对考生带来的深远影响"，国家外文局主管的《人民画报》及英文刊 China Pictorial 第 8 期刊出中英文版的《改变命运的高考》，那是编辑从我以往文章中摘编的，只是要求我授权。

一篇高考作文，竟有如此魔力，诸多戏剧性变化，乃大时代的投影。不是我特别能干，而是当代中国史叙述需要这一笔。1978 年的《人民日报》，其实共刊登了五篇高考作文（分两次），之所以屡次选择我作为恢复高考的表征，除了我生活在北京，在学界比较活跃，媒体很容易找到，还有一个重要原因，那就是作文题目。当年《人民日报》刊出的山西作文题为《心里的话儿献给华主席》，安徽的则是《紧跟华主席，高唱〈东方红〉》，这些都太紧跟形势了，时过境迁就不能用；还是广东的《大治之年气象新》以及北京的《我在这战斗的一年里》比较稳妥。2017 年 12 月，我大病初愈，赶回中大参加七七级同学聚会，活动中好几位老师提及我的高考作文，还披露了一个秘密——那年广东的高考作文题是中大中文系金钦俊老师出的。至于阅卷人以及是谁推荐给《人民日报》，可就无法查证了。

最后透个底，可能让人大跌眼镜。能考上中大，我已经很满足了，从没想过要去查分。两年前，因工作需要，请中大中文系到档案馆查了我当年的高考成绩：语文 92，数学 67，政治 75，史地 76.5——除语文外，各科成绩并不高，只是碰巧作文满分，才有了日后诸多神奇故事。

最后有两点说明，一是为求全书结构相对完整，我从另外两书

— 后记：最忆是潮州 —

（《当年游侠人》《文学如何教育》）借来了三文，日后编辑个人文集时，再做进一步协调。二是众多插图，除了我自己准备的书影与照片，特别感谢著名画家林丰俗的家属允许使用他创作的两幅《上学去》，还有就是我三弟陈高原专门为此书创作了十幅钢笔淡彩，共同追忆那日渐远去的童年与故乡。

2021 年 12 月 11 日于京西圆明园花园